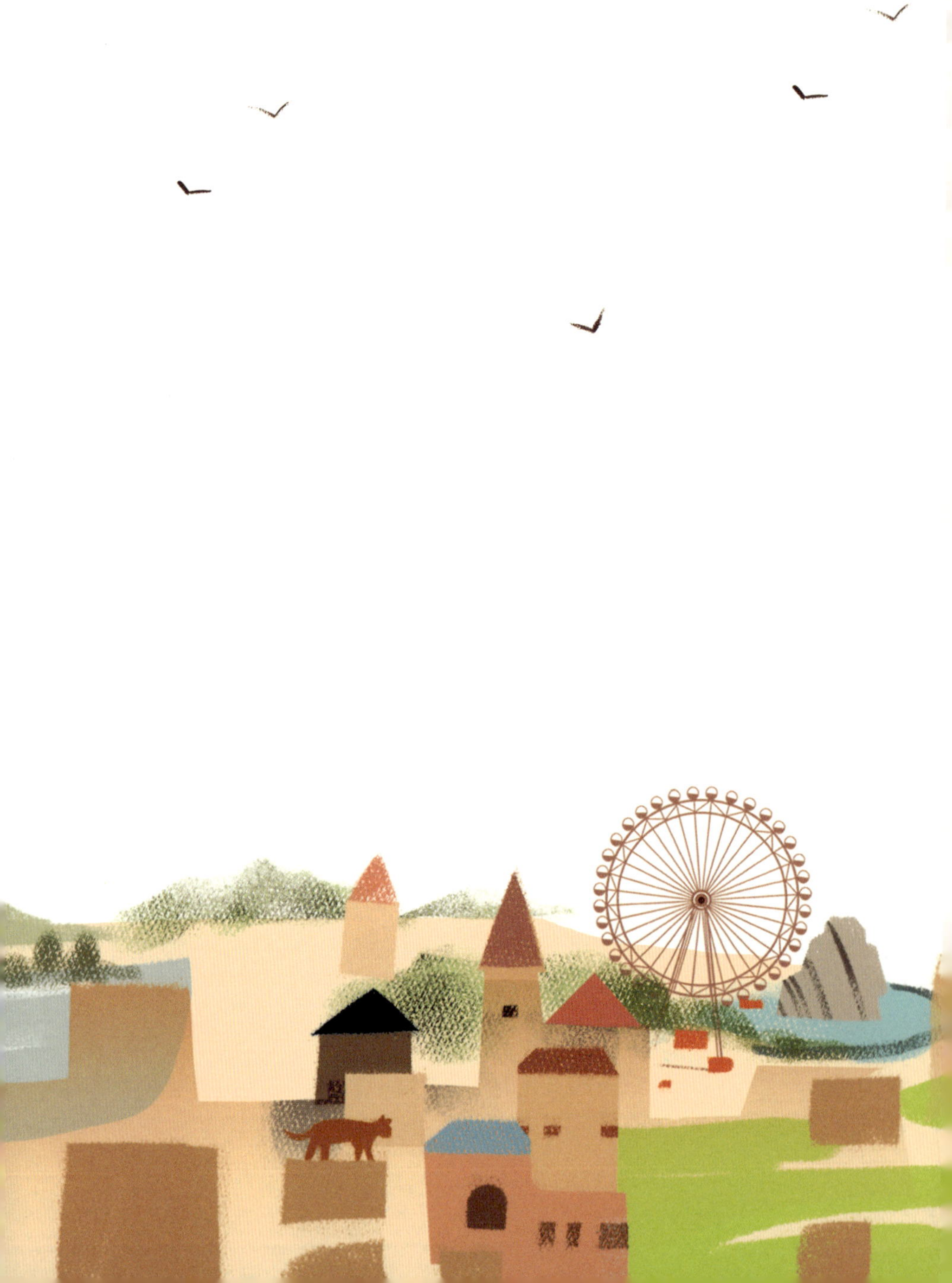

黎明动物园

黄蓓佳 著

江苏凤凰少年儿童出版社

版权所有　翻印必究

图书在版编目（CIP）数据

黎明动物园 / 黄蓓佳著. -- 南京：江苏凤凰少年儿童出版社, 2023.9
ISBN 978-7-5584-3086-2

Ⅰ. ①黎… Ⅱ. ①黄… Ⅲ. ①幻想小说－中国－当代 Ⅳ. ①I247.5

中国国家版本馆CIP数据核字(2023)第123547号

黎明动物园
LIMING DONGWUYUAN

选题策划	王泳波　陈文瑛
著　　者	黄蓓佳
绘　　者	王晓旭
责任编辑	钟小羽　田　俊
装帧设计	蔡　蕾
责任校对	窦　康
责任印制	季　青
出版发行	江苏凤凰少年儿童出版社
地　　址	南京市湖南路1号A楼，邮编：210009
印　　刷	江苏凤凰新华印务集团有限公司
开　　本	890毫米×1240毫米　1/32
印　　张	8.75　插页6
版　　次	2023年9月第1版
印　　次	2023年9月第1次印刷
书　　号	ISBN 978-7-5584-3086-2
定　　价	38.00元

如发现质量问题，请联系我们。
【内容质量】电话：025-83658155　邮箱：zhongxy@ppm.cn
【印装质量】电话：025-83241151

凡有疑虑的地方,
我们要为信任而努力;
凡有绝望的地方,
我们要为希望而努力。

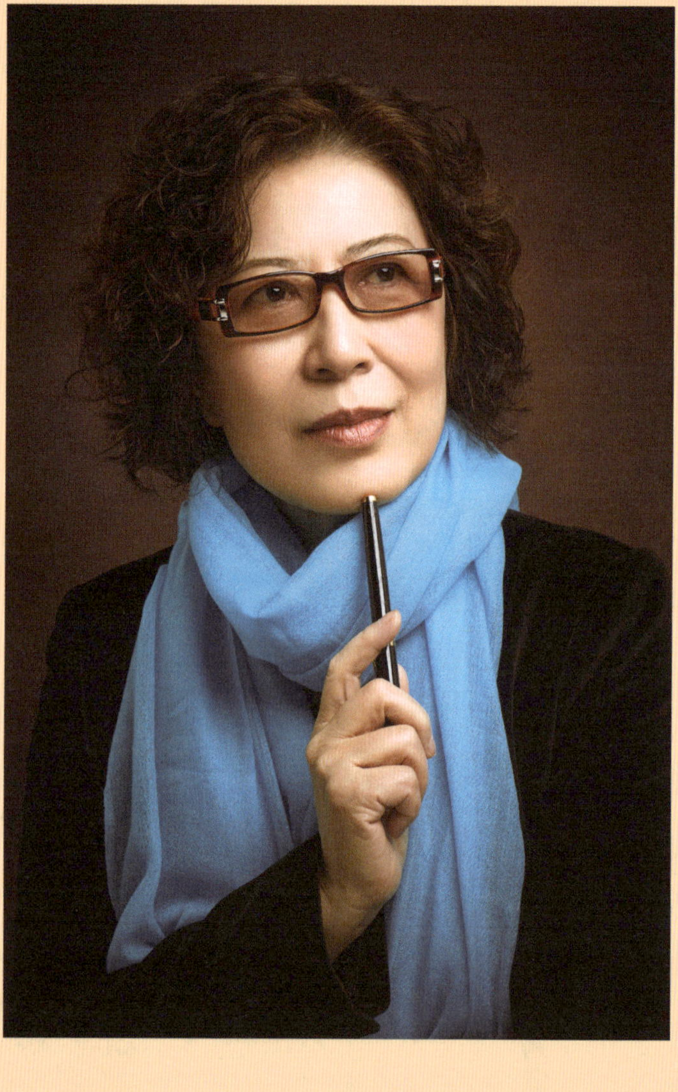

作家简介

　　黄蓓佳,出生于江苏如皋。1973年开始发表文学作品。1982年毕业于北京大学中文系文学专业。1984年成为江苏省作家协会专业作家。

　　主要儿童文学作品有"黄蓓佳倾情小说系列"16部、"5个8岁"系列长篇小说5部、"中国童话美绘书系"10册等。儿童文学代表作有《我要做好孩子》《今天我是升旗手》《亲亲我的妈妈》《你是我的宝贝》《艾晚的水仙球》《余宝的世界》《童眸》《野蜂飞舞》等。作品曾荣获中宣部精神文明建设"五个一工程"奖、中国出版政府奖、中华优秀出版物奖、全国优秀儿童文学奖。根据其作品改编的电影、电视剧和戏剧获国际电视节"金匣子"奖、中国电影华表奖、中国电视剧飞天奖等。有多部作品被翻译成法文、英文、德文、俄文、日文、韩文等出版。

画家简介

王晓旭，笔名东山旭，插画师，绘本创作者。毕业于广州美术学院雕塑系。作品曾获 2018 北京国际设计周"视觉城市插画单元"金奖、第六届 Hiii Illustration 国际插画大赛评审奖、2021 陈伯吹国际儿童文学奖原创插画展二等奖、第十六届美国 3 x 3 国际插画大赛优秀奖，入选中国首届插画艺术展，入围金风车国际青年插画家大赛作品展等。

目 录

- *001* 第一章 炮火在凌晨降临
- *031* 第二章 饥饿的大威和小威
- *057* 第三章 这么多的讣告
- *075* 第四章 启程
- *087* 第五章 深陷泥潭
- *121* 第六章 两个小女孩

137	第七章	好奇小战士
155	第八章	无人机送来神秘礼物
173	第九章	园长和上校
197	第十章	黑猩猩芮芮
229	第十一章	大象妈妈和女儿
255	第十二章	出发吧,朝着光明

第一章
炮火在凌晨降临

凌晨五点。

遮天蔽日的森林里,十四岁的戴克带着他心爱的边境牧羊犬卷毛,踩着足有一尺厚的陈年腐叶,深一脚浅一脚,拼命地逃窜。枯枝碎叶在他的脚底下咔咔作响,每踩下一步都会轰出一小股带着霉腐气味的尘埃,升腾起紫色和青色相间的奇幻雾霭。戴克不清楚这样的雾霭是否有毒,他感觉自己好像置身在烟火冲天的火灾现场,炙热,憋闷,头晕目眩。

在他的身后,仅仅百米之外,是一头发着脾气的身形庞大的雷龙,高高的脊背看上去就像一座山头,圆睁的怒目让它的眼球格外凸出,如同脑袋的顶端挂着两颗热气球大小的灰白色的磨砂球体。它恼火而又焦躁地紧追戴克和他的狗,很愚蠢又很执着地不肯放弃。它前进时,四只比载重卡车的车轮还要巨大的脚掌叩击地面的力度,即便有厚厚的落叶做缓冲,依然如同一波又一波的小型地震,清晰地传送到戴克体内,拍得他腑脏欲碎。还有,雷龙每发出一声愤怒的嘶吼,鼻孔和嘴巴里就会喷出一股腥臭的热浪,隔着百米的距离滚滚而来,席卷一切,让戴克恶心到窒息。他已经身心俱疲,意志全无,每迈出一步都感觉是最后的挣扎。

戴克身边的边牧卷毛,看起来比戴克还要狼狈。它气喘吁吁,舌头从嘴里挂下去半尺多长,小小的身量,跋涉在腐叶之中,每迈出一步都要付出比主人更多的消耗。偶尔戴克接触到卷毛望向他的目光,那目光中有忠诚也有绝望,显示它已经离最终的献身不远。

绝境之中,毫无预警地,戴克的身边开始山摇地动,巨石滚落,地面凹陷。雷龙的喘息声听不见了,取而代之的是远处天边传来的一波接一波的惊天爆炸,火光冲天,呼啸隆隆,世界混沌一片,仿佛整个山谷要被炸翻,天空和地面要发生一个巨大的翻转,戴克、卷毛和怒气冲冲的雷龙都会被抛入空中,再坠进深渊……

戴克满身汗水地醒来,稍一愣神,惊讶地发现,爆炸不是在梦中,是在他生活的这个城市,在楼房的前前后后,四面八方。窗户正在哗啦啦地颤抖,仿佛那不是大片的玻璃,而是可怜的薄薄的风中纸片。屋顶天花板裂成网格的形状,白色的涂料碎屑簌簌掉落,粉末钻进戴克的鼻腔,呛得他一个劲儿咳嗽。地板在爆炸震荡中咯吱咯吱呻吟,好像下面有一头怪兽要钻地而出。从窗户里放眼望出去,远远的地平线上,不少高大建筑物已经被炮弹击中起火,火光如巨舌一般疯狂地舔舐凌晨五点钟的天空。窗玻璃上时不时映射出刺眼炫目的红光，鼻腔中嗅到的全是硝烟、硫黄、灰尘和燃烧物的气味。

戴克躺在床上，心脏猛跳，一时间不能摆脱噩梦中的地狱之景，闹不清眼前的一切是现实还是梦幻。天光朦胧，晨曦初现，屋里没有开灯，但是窗外的火光代替了灯光，将房间里的一切映照得清晰可见：墙上的球星海报，桌上的书籍文具，书架上一副红色拳击手套，站立在角落里的明星签名滑板，每一样东西都在它们该在的地方，只不过笼罩了一层忽明忽暗并且在不停跳跃的火的颜色。

愣怔片刻，戴克猛一激灵，坐起来，甩甩脑袋，掀开被子，光脚跳到地上。

爆炸声还在持续，时而沉闷，时而尖厉。

脚踩在粗糙的榉木地板上，地板冰凉刺骨，估计楼里已经停了暖气。他想要开灯，按了一下门边的开关，电灯却没有亮。

"爸爸！爸爸！"他拉开房门，冲进过道，习惯性地大声呼喊。

爸爸的房门大开，房间同样被透过窗玻璃的一道又一道耀眼的红光映照，墙上的那一组家庭照片尤其显得奇幻又诡异。戴克小心翼翼地走进去，床上、更衣室、洗手间，哪儿都不见爸爸的身影。他正感迷茫，头顶上方的屋外，掠过一声尖锐的啸叫，两秒钟后，整栋楼房晃了几晃，耀眼的火光一闪，窗户玻璃咔啦啦碎裂一地。戴克的胸口被一股无形的力道凶猛冲撞，像是被横纲级的相扑手

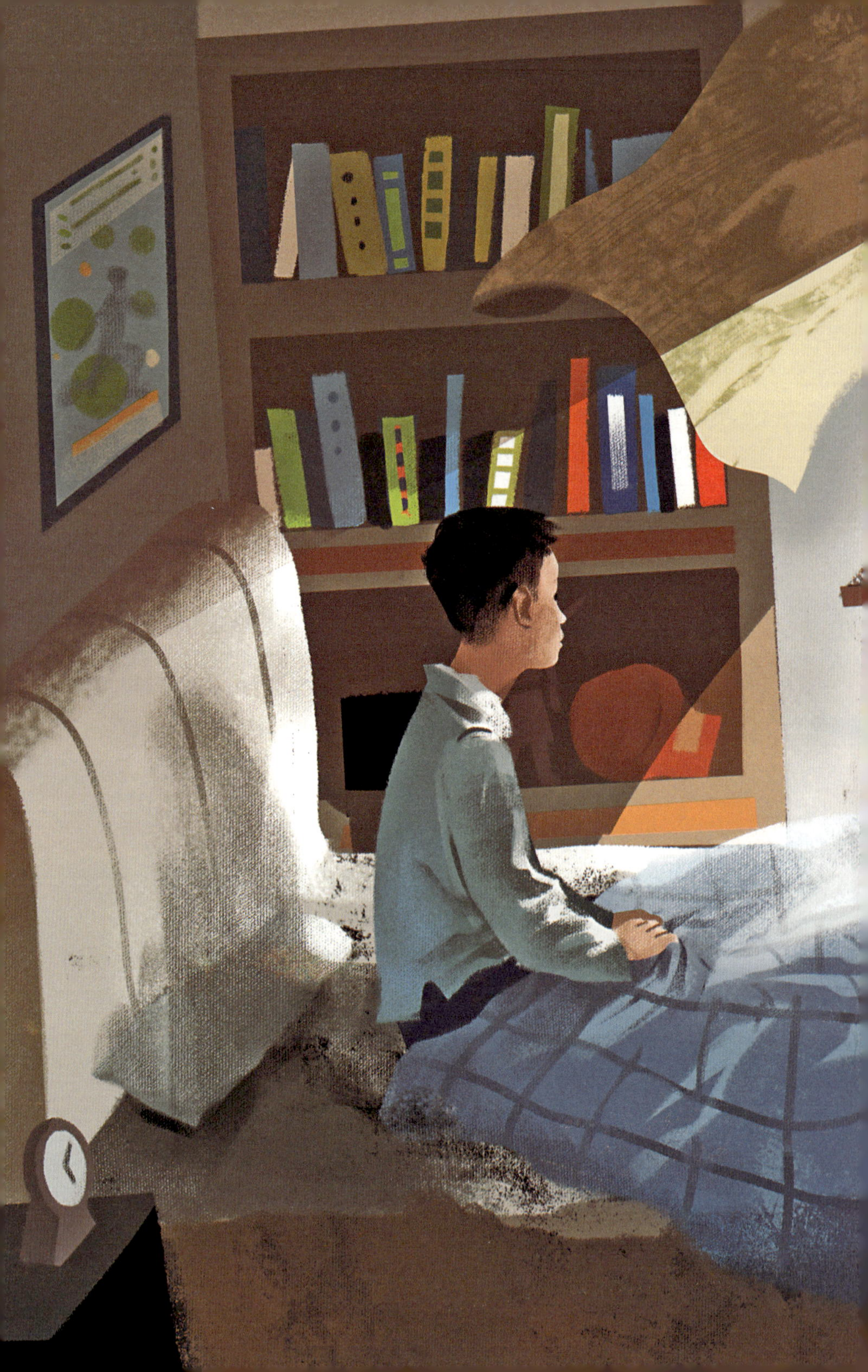

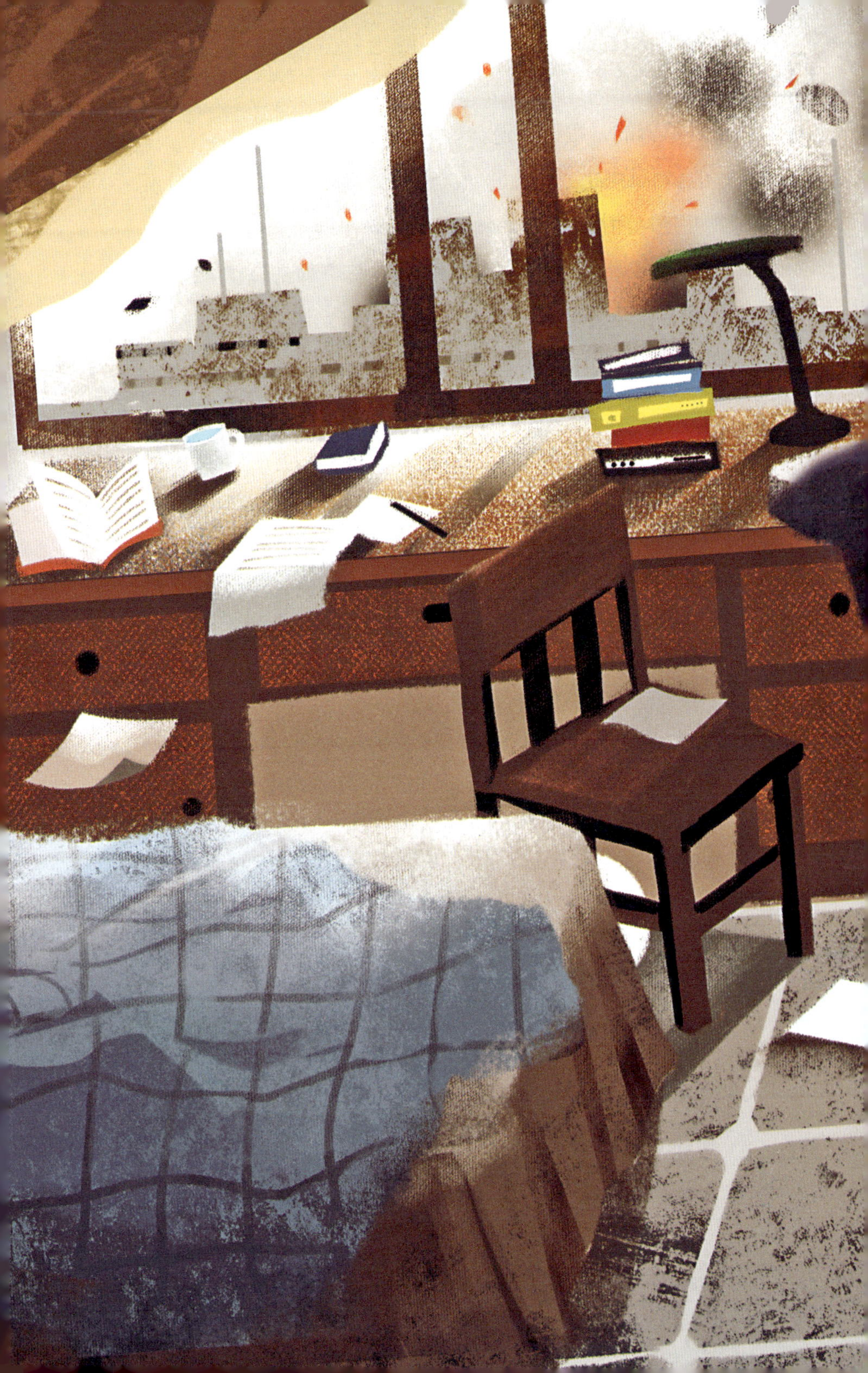

推了一掌似的，踉跄后退，狠狠地仰面倒地。

他依稀明白，这又是一次近距离炮击，却奇怪自己看到了火光，而没有听到爆炸声。他躺在地上，脊背冰冷，耳道疼痛发紧，从身体的深处传出来一种奇怪的嗡嗡震荡，整个人慢慢陷入一种灵魂性的黑暗，黑得深不见底，仿佛坠入地幔之中。

不知道过了多久，也许半小时，也许只有一分钟，他在视线的左上方看到，十二岁的妹妹戴莉只穿一件黄底褐点的暖绒睡衣，头发蓬乱，挓挲着两只手，像一头惊恐的小豹子一样，沿着走道窜过来，一下子跪坐到他身边，摇晃他的身体，嘴巴不停地张合，很急切地要告诉他什么。戴克摇头，指着自己的耳朵，意思是，他现在完全听不见。戴莉开始大哭，以为戴克的耳朵被炸聋了，永远都不可能听见了。她爬起来，冲回自己房间，拿来她的粉红色手机。屏幕点开后，她举起手机，让戴克看今天的新闻页面。

屏幕上两行触目惊心的大字：

十字星联盟军半小时前攻入北崖领地——高堡市！

"什么？"戴克大声地冲妹妹吼叫，"攻入高堡市？什么意思？"

戴莉一边哭泣，一边反反复复地嘟哝着两个字。戴克盯住她的嘴巴，努力猜想她说的是什么。他很惊慌，不是为自己暂时闭塞的耳朵,是为自己无法看懂戴莉的口型。

幸好,耳朵在一阵疼痛之后,慢慢地从黑暗世界里挣开一道缝隙,透出隐隐的光亮。戴克终于听到妹妹遥远而又绝望的声音:"战争,是战争!开打了……"

凌晨五点半。

东边天空现出鱼肚白色,还有浅浅的粉色和紫蓝色霞光。

黎明动物园的园区在高堡市的郊外,临近北崖的一处重要军事设施。几年前园长戴安宁筹款买下这块地皮时,还曾经庆幸这是他做出的最经济实用的决定:周边土地空旷,有可容纳几百辆汽车的巨大停车场;园区内林木森森,耕种上菜蔬草料,足以为全部食草动物提供十天至半个月的口粮,若逢冬季大雪封路,饲料运不进来,这就是动物们得以续命的保障;再有就是,隔壁的军事设施高墙大院,封锁严密,与喧闹的动物园内的"住客们"互不相扰,不至于因为园区上空复杂的气味,和动物住客们无法把控的长嚎短啸,而引来之前市区邻居的嫌恶投诉等种种烦恼。

然而今天,战争突然开始的日子,戴安宁凌晨惊醒,冲出楼门,顶着燃烧的彩色天空和隆隆炮火在园区狂奔,欲哭无泪地看着眼前崩塌的一切时,他不能不怀疑把动物园建在军事设施附近的决定是个昏招。

就在两天前,儿子戴克放学回来时告诉他,晨间操时，校长突然对师生们谈到了咄咄逼人的十字星联盟军，校长说，联盟军队至少有三个集团军，十二万人，一直在北崖领地的边境上陈兵演习，根据国际情报，近期不排除战争发生的可能性。

戴安宁当时连连摇头，安慰儿子说，这不可能，现在的星球上，局部小型战争不可避免，比如反恐，比如禁毒。区域战争？两国交战？那已经是遥远的过去时，没有哪个国家的领袖会付出生灵涂炭的巨大代价，去做结果不可预测的风险尝试。

戴克顽强争辩："校长说了，意外总会发生，我们要有准备。"

戴安宁摸摸儿子的头："去吧，写你的作业吧，准备应战这种事，还轮不到你这个中学生。"

戴安宁此刻沮丧地承认，他绝对是自己打了自己的脸，一直不敢也不愿意正视的事，居然就这样惊天动地地发生了。

不过，更令他感到惊讶的是，他听到了爆炸声，从床上蹦起来冲出家门，着急上火地一路巡视过来，发现短短半小时里，动物园内所有当值的员工都已经及时迅速地自我动员、披挂上阵，冒着枪弹炮火奔赴各处动物馆所，尽职尽责地守在了岗位上。

员工们都是好样的！他心里宽慰地想。身为园长的他，虽然不相信战争会发生，但是在网络上的各种信息和猜测的围攻下，两天前他还是在员工大会上做了一些预警和布置的。

一路过来，零星散布的人工草地和池塘之外，戴安宁最先经过的场馆，是新近落成的设计感极强的羊驼馆。三年前他亲自去遥远的日升国的牧场，接回一对有着奶黄色柔软毛皮的羊驼夫妇，几经繁殖，羊驼群扩大到十五只之多。它们温顺、呆萌、可爱，愿意接受人类的抚摸亲近，算得上是动物园里最受小孩子们喜爱的明星动物。崭新漂亮的羊驼馆便是顺应小孩子们亲近羊驼的愿望，专门设计修建的带有草地、滑梯和彩色木板房的童话式场所。

距离老远，在半明半暗的天光中，戴安宁发现情况不对。就在一两分钟之前，一颗炮弹呼啸着掠过他的头顶，无巧不巧落在了羊驼馆的一角，几乎是在他的眼前爆炸。火光和巨响过后，大片的泥土瀑布一般飞进到十米开外的大路边，红蓝相间的漂亮木栅栏豁开一个两米多宽的口子。十多只萌蠢羊驼支棱着小小的耳朵，一只跟着一只，在烟雾之中惊恐万分地逃出栏圈，沿着园区大路拼命奔跑。此时，子弹还在天空突突迸飞，路边不断有枯枝残叶断裂坠落，路面上的石子砖块被击打得像水花一样胡乱喷溅。两个新近招聘进园的畜牧业学校毕业的女孩子，羊驼馆的年轻饲养员，短发凌乱，手机用绳套挂在脖子上，挓挲着两只手，慌慌张张跟在羊驼后面追逐拦截，嘴里还发出柔情蜜意的"噢噢"声，仿佛惊慌的羊驼们能够听懂她们的抚慰和召唤。

戴安宁毫不犹豫地迈开大步，想要追上两个小姑娘。

他估计她们吓坏了,他得告诉她们,保护自己要紧,羊驼走失不是她们的错,只要小家伙们没出园区,一切都还可以挽回。

一个满脸胡子拉碴的园区清洁工蹲在两棵粗大的树木之间,扫把抓在手里,探出脑袋,用劲挥舞着另一只胳膊,大声呼喊戴安宁:"先生,趴下!快趴下!太危险!"

戴安宁扭头,朝对方摆一摆手。这意思是拒绝还是感谢,他自己都说不清楚。羊驼们在跑,姑娘们在追,他身为园长,若是就这么原地卧倒,不免可笑,也不可原谅。

突然之间,眼前一头最高大的羊驼在奔跑间忽地站住,惊讶四顾,仿佛不能明白发生了什么。片刻之后,就看见有一缕鲜红的颜色从它漂亮的奶黄色毛皮间渗出,慢慢积成小小一片,很快越涌越多,鲜血开始如红线一般滴落在地面,让赶上前的戴安宁和羊驼身边的两个小姑娘同时愣住。

可怜的羊驼浑身颤抖,四蹄抽搐。它低头看地上的红色,再看一眼狂奔向前的羊驼群,似乎想要拔腿追赶伙伴,却止不住醉汉一样左右摇晃,站立不稳,终于噗的一声倒卧在地,痛苦挣扎。

两个小姑娘吓得花容失色,转头朝戴安宁惊慌大喊:"园长,蜜雪儿怎么了?它怎么了啊?"

戴安宁挥了挥手:"它中了流弹。你们两个别站在路上,赶快找地方隐蔽,我去叫医生。"

他指挥女孩子们躲到一堵矮墙背后,叮嘱她们在炮击停止前千万不要露头，自己转身奔往另一条小路，去找兽医赫仁。

清晨六点。

满脸胡须的赫仁医生跟小戴克一样，都是在睡梦中听到了炮击声。他猛然惊醒，第一时间打开手机，只看一眼，就已经明白今天一整天都将不得消停——园里的动物们要受苦了。他一骨碌起身，用最快的速度穿上衣服，脸没洗，牙没刷，背起药箱冲往狮虎馆。他惦记着年轻的母美洲狮黑点，黑点要生宝宝了，是头一胎，准母亲这几天的情绪有点不稳定，赫仁医生担心这番狂轰滥炸会给动物们带来额外的惊吓，从而使脆弱的狮妈妈早产。

几天前，黎明动物园的两个核心人物——医生赫仁和园长戴安宁，关于星球形势问题有过一次认真讨论。赫仁说："我们虽然已经进入智能和信息的时代，但是在某些冥顽不化的所谓'强人'的脑子里，弱肉强食依然是他们信仰的丛林法则。"戴安宁当时笑话赫仁说："老兄你跟我儿子学校的校长一样，都是地道的悲观主义者啊。世界不再是百年前的世界，我们这个星球已经是一个宽泛意义上的'村落'了，身为星球中的一员，难道可以把许许多多的法理、规则、条约置之度外？"

他们没有就这个问题讨论下去，而是转而研究起可以用即将出生的美洲狮跟邻邦动物园交换什么珍稀动物。

现在，走在路上，赫仁医生遗憾地想，如果那天他们两个把战争的可能性讨论透彻，是不是可以为紧急情况多做几个预案？转念他又想，能做的预案是什么呢？什么样的准备才叫"准备"？加固馆所？储粮储草？转移动物？在第一颗飞弹炸响之前，这一切似乎都无从说起。

边走边想的赫仁医生还没走到狮虎馆，半路上被蹿出来的鹿舍管理员老金截住了。眼泡红肿、神情悲伤的老金张开双手拦住赫仁，要医生帮忙确认一头被炸伤的梅花鹿是否还有救治的希望。

"天哪，医生！"老金的眉心蹙成一团疙瘩，"它那么痛苦，我看不下去，真希望它赶快咽气。安乐死也行。"

赫仁跟着老金走进鹿舍，才发现屋顶已经被炮弹炸出一个大洞，弹片恰好嵌进了一头体形硕大的成年雄鹿的体内。此时，雄鹿血肉模糊地躺在地上，它初春才长出来一对漂亮的鹿角，刚刚有了傲视群鹿的模样，却在血泊中浸成暗淡而毫无生气的紫红。正对着赫仁医生的褐色肚皮上，豁开一个拳头大小的洞，洞口还在陆续流出颜色斑驳的黏糊糊的东西——肠子、脂肪、粪便、血液……黎明的天光从屋顶射进来，恰好圈住了痛苦喘息的雄鹿，它身上那些均匀分布的白色梅花斑点，像一只又一只悲哀无助的眼睛，让赫仁胸口发紧，胃部翻腾。

做兽医二十年，赫仁经历过太多的动物死亡现场，但对眼前惨烈的一幕依然不能适应。

"涂涂！"赫仁蹲下，抚摸雄鹿粗糙的皮毛。他感觉涂涂的身体在他手下紧绷得像一面铁皮鼓。它一定非常疼痛，它正受尽折磨。

"涂涂，好孩子，乖孩子，去吧，安静地去吧，别担心，一点都不会痛苦，很快……"他喃喃絮语，安抚着雄鹿，同时打开药物箱，准备给它注射药物。

也许涂涂听懂了赫仁的哀告，就在那一刻，药物还没有取出来，它的四肢努力上抬，用尽全力弹蹬了一下，停住，就此静止不动。在它睁大的眼睛里，残留的光芒慢慢消失，只余暗淡皮肤上的一点点温热。

赫仁医生松了口气，站起来，脱下帽子，默哀一分钟。一旁的老金却是瘫软在地，抱住涂涂沉重的脑袋，像个孩子一样放声痛哭，清冽的鼻涕泉水一般流出来，越过他的人中和嘴唇，滴在涂涂安静的脸颊上。

赫仁默不作声地想，这个倒霉的涂涂，它大概是鹿舍里最受老金宠爱的家伙。

这时候，戴安宁寻找赫仁，一直找到鹿舍，刚好目睹了涂涂的最后时刻。他远远地停下脚步，没有打扰默哀的医生和哭泣的老金，而是独自伫立，沉默不语。他此时已经意识到，雄鹿涂涂的死亡只是一个开头，随着战争的深入，恐怖会持续，悲剧也会没完没了地发生。

要怎么办才好？巨大的死亡阴影之下，人的生命都有可能随时随地灰飞烟灭，动物的福利和安全又如何保障？戴安宁觉得头疼，脑袋像被钢箍死死勒住，他忍不住抱住头颅，发出一声像狼一样的长嚎。

他想，之前他对形势和一切可能性的判断，实在是过于乐观啊，他以良善之心猜度世人，结果遭到这一记重拳击打。

早晨八点钟。

轰炸还在持续，但是爆炸声明显远了许多，动物园里的全体员工终于可以稍微喘上一口气。

筋疲力尽的戴安宁陪着医生给羊驼就地做了手术，取出弹片，清理伤口，消毒，包扎，又借用清洁工的手推车把羊驼送到园区医务室输液治疗。

"问题不大。"赫仁告诉忧心忡忡的园长，"断了一根肋骨，但是没有伤到内脏，不幸中的万幸。动物的自愈能力强，我留它在这里观察几天。"

戴安宁这才放心离开，去找人修复羊驼馆的栅栏，又招呼几个壮小伙子帮忙找回四散在园区内的羊驼。他想，幸亏这些可爱的家伙性子温顺绵软，要是跑出去的是狮子老虎这类猛兽，那就麻烦大了。

太阳升起来，温柔地照耀着劫后余生的黎明动物园。树上每一片残破的树叶，屋顶上每一片烟熏火燎后的砖瓦，草地和道路上的每一处弹坑，因为有了阳光的照拂，居然都变得生机勃勃，令人感动。

远处传来狗叫声，戴安宁抬眼望去，看见儿子戴克头上扣了一只不知道从哪儿找来的钢盔，左顾右盼地走在路上。阳光在钢盔上聚焦成一颗小小的太阳，随着儿子的步伐跳来跳去，像一个不安分的小小精灵。担任巡逻任务的卷毛，身披油光闪亮的黑白两色长毛，很尽职地颠着小碎步，寸步不离地跟随在戴克身边，时不时还停下几秒，对着路上的某个弹坑吠叫，像是在提醒小主人：此处危险！

"嗨，小伙子！"戴安宁喊他。疲惫的园长这时才想起，他清晨惊恐地出门时，将自己的一双儿女留在小楼里，委实没尽到父亲的责任。

戴克看见爸爸，抬脚就飞奔起来。头上的钢盔过大，跑动起来左右摇晃，他不得不抬起双手，按住这个捣蛋的玩意儿。他身边的卷毛跑得更快，四肢撒开，毛发飘飞，瞬间超越了男孩，激动地扑到戴安宁身上，顶他的腰腿，吧嗒吧嗒舔他的脖子和下巴，弄得戴安宁左躲右闪。

"行了，行了，卷毛，我身上没带肉干。"他翻开衣兜给卷毛看。

一个早晨的慌乱和哀伤，在欢天喜地的卷毛面前才算是稍稍平复。

"伤着哪儿没有？妹妹呢？"戴安宁把儿子拨拉着转了个身，前后左右看了又看，没见有什么异常，这才放下一颗心。

"戴莉没事。我们都没事。"戴克懂事地安慰爸爸。大难当头，爸爸首要的责任是保证园里动物的安全，这个他知道。动物不比人类，冷暖悲喜都无法用言语表达，当然需要爸爸更多的照顾。

"怎么没去学校？"今天不是周末，戴安宁不合时宜却又本能地想到了这个问题。

"刚刚接到通知了，全市学校集体停课。"

"哦，当然当然，停课是对的，外面太危险。"

男孩问他："爸爸，会不会以后每天都有轰炸？子弹炮弹每天在头顶上飞？我们永远都不能回学校上课？"

戴安宁低头沉默，随后无奈地摊摊手："我不知道，孩子，战争开始了，正常的生活秩序恐怕不会再有了。"

戴克想了一想，开口说："刚才我路过鹿舍，金叔叔告诉我，涂涂死了，被炮弹炸死的，很惨。"

"我知道，我就在现场。"

戴克眼里涌出泪水："我要写个死亡通知发出去，告诉大家涂涂是怎么死的。"

"很好。"

"我不想再有别的动物死，它们太无辜了。"

戴安宁拍了拍戴克的肩膀。儿子这一年蹿了个儿，头顶已经跟他的眼睛平齐，但是肩膀还很单薄，眼睛里还满是稚气。他想告诉儿子，这样的事情往后无法避免，可是他张了张嘴，实在说不出口。

他问儿子："你妹妹在哪儿？"

男孩学着爸爸的模样，同样摊摊手："从家里出来我们就分手了。她刚刚很害怕。我想她大概在曼妮那儿。"

曼妮是一头非洲母象。整座动物园里，数以千百计的动物中，戴莉跟曼妮的感情最为深厚，害怕的时候，悲伤的时候，最开心的时候，戴莉都会去找曼妮，趴在它的长鼻子上,絮絮叨叨说上半天的话。戴克想不通跟一只大象待在一块儿有什么意思,曼妮的生活节奏那么慢,走路、吃东西、表演绘画和鼻孔吸物,做每一个动作时都像一位蹒跚迟缓、不急不慌的年迈妇人,让人看得心里着急。戴克宁愿跟卷毛做朋友,活蹦乱跳的边牧跟戴克最合拍。

戴安宁叮嘱儿子,局势紧张,炮火随时都有可能再次降临,做哥哥的要保护好妹妹。

"好的,爸爸放心。"

"今天的事情很多,我们两个分头行动。我再去猛兽区做个巡检,你到黑猩猩馆,帮我去看看贺拉教授,他的动物实验工作好像没停,问他需不需要助手。"

戴克明白了父亲的意思,如果贺拉先生需要助手,那么他就是现成人选。他为获得父亲的信任而自豪。他朝着父亲龇牙一笑,弯腰拍拍卷毛的脑袋,做了个手势。机灵的卷毛马上冲着男孩猛摇尾巴,做出准备冲刺的架势。任何时候,这个长毛飘飘、精力过剩的家伙都渴望出发和奔跑。

八点过五分。

戴莉趴坐在母象曼妮长长的鼻子上,胸口和脸颊紧贴着曼妮粗糙的皮肤,两只胳膊尽量伸展,把这根温暖的、有生命的巨大圆柱体抱在怀里。

每次都是这样,她坐上它的鼻子,抱紧它,瞬间就能心安。

曼妮叉开四条腿,稳稳地站立着,轻摇长鼻,有节奏地晃荡,就差没有在嘴巴里哼出摇篮曲。阳光照射下,它身上泥土的气味、青草的气味,还有少许硝烟的气味,伴随着皮肤温度的升高,混杂交融,丝丝入扣地钻进戴莉的鼻子。有那么几分钟时间,戴莉舒服得差点儿就要睡着。

戴莉还不到一岁的时候,她的妈妈,动物园的兽医苏珊,给母象曼妮的第一胎宝宝接生。起初一切顺利,但是曼妮的胎儿娩出后,浑身糊满黏液,瘫成一团,完全没有生命迹象。曼妮心急如焚,使劲地拿鼻子拱它,用脚掌拨弄它,发现小象全无反应时,曼妮仰天哀号,痛不欲生。

苏珊不忍心放弃,跪在小象前面,挽了衣袖,扒开小象的嘴巴,胳膊伸进去,从它的口腔和喉咙深处一把把地掏出黏液,然后用力做心脏按压。甩一把黏液,按几下心脏,循环往复,苏珊累到几欲虚脱。曼妮仿佛明白苏珊正在做的一切,守在旁边,来回转圈,摇晃身体,时不时用鼻尖碰触苏珊,像是表示谢意。

奇迹发生了!小象居然开始有了心跳,眼睛睁开,皮肤回暖。几分钟之后,被曼妮的鼻子轻轻一托,它颤巍巍站起身来。

曼妮又是一声呼叫,叫声轻柔短促,摆明是对苏珊的感恩。苏珊筋疲力尽,瘫坐在地,拍拍曼妮探过来的鼻头,挥手让它离开:"去吧,去照顾你的宝贝,我没事。"

然后,她一手撑地,挣扎着站起来。脚边遍地污血和黏液，而苏珊体力透支，腿脚酸软，起身之后脚底一滑，双腿猛地伸向前，身体往后仰倒，后脑勺重重磕在水泥地面上，瞬间神志不清。

在重症监护室躺了一个多月，苏珊始终没能醒来。医生确定她已经脑死亡之后，戴安宁含泪签下了"放弃救治"的确认书。

大象和人类之间也能心有灵犀吗？那一个月，悲伤的曼妮每天在大象馆踱步、号叫、流泪，不吃不喝，瘦得走路都晃晃悠悠，更懒得给宝宝喂奶。多亏有饲养员精心照料，它的孩子才活了下来。

苏珊去世后，有一天，戴安宁带着刚学会走路的戴莉来看望曼妮。见到戴莉的第一眼，曼妮似乎嗅到了苏珊的气味，它激动不已，半跪在小小的戴莉面前，温柔地伸出长长的鼻子。戴安宁看懂了它的意思，把女儿抱起来，试着让女儿跨坐在它的鼻子上，又抓住女儿的小手，示意她抱紧大象妈妈的鼻梁。

曼妮起身的过程，庄严而缓慢，充满仪式感。它先轻缓地抬起一条腿，稳住身体后，再蹭着地面抬起另一条腿。它小山一样沉重而庞大的身体，一点点地耸起，一点点地稳住，没有让骑在它鼻子上的婴孩感到任何惊恐和不适。它站稳身体后，依然低低地垂着鼻子，轻悠悠地摇荡，控制着不让婴孩离地过高。它似乎一直记着苏珊滑倒昏迷的悲剧性一幕。一岁多的戴莉咯咯笑着，小手拍打着曼妮，突然之间凑了过去，在曼妮的鼻梁上"吧嗒"亲了一口。围观的人们顿时鼓掌,对视,大笑,无比喜悦又无比放松。

到这一刻,戴安宁才觉得自己的心里放下了。他猜测母象曼妮的心里也放下了。

此时,仍在惊恐中的戴莉来到大象馆,骑坐在曼妮的鼻子上,她告诉曼妮:"刚才飞过去那么多炮弹,雄鹿涂涂死了,羊驼蜜雪儿受伤了,我哥哥的耳朵差点儿被震聋。"

曼妮扇一扇它的大耳朵,表示明白。

"你别怕,你没事,谁都可能被炸死,我也是。可是弹片绝对伤害不了你,我肯定。"

戴莉轻拍曼妮的皮肤,而后反身仰倒,双臂倒扣,圈住曼妮的鼻尖,眯缝起眼睛看天空中的云彩。

"瞧,阳光多好,宁静的天空多好,我不相信这个世界会有战争发生。请原谅我的悲伤,这一切太荒唐了,我们学校毁了,高堡市也毁了,往后应该怎么办?"

戴莉猛地坐起身,盯住曼妮的眼睛:"曼妮,曼妮,我好难过。"

曼妮一个劲地扇动耳朵,它的眼睛里盛满了怜爱和悲悯。

还是八点过五分。

猩猩馆内一个很小的隔间里,门关着,窗也关着,光线幽暗,气味浓烈。角落里用栅栏围住的机器"嘀嘀"作响,大屏幕上各种红蓝光点和线条频频闪动,端坐在机器前的动物行为学家贺拉教授，一张胡子拉碴的精瘦窄小的面孔，被这片闪烁不停的光点映照着，显得有点奇幻，还有点诡异。

"贺拉先生，贺拉先生！"

戴克一连喊了几声，贺拉先生才抬起头，疲倦又不满地看了他一眼，手指竖在唇上，做了个噤声的动作。

戴克扒着栅栏往里面看，发现隔间里面还有个更小的空间，目测大约有两平方米，初看里面黑咕隆咚，依稀有什么倚在墙角，还能听到粗重短促的喘息声。等眼睛适应了黑暗，戴克发现约莫在一米高处，凌空浮现两粒光源，荧绿色，幽幽地亮，跟戴克的目光撞上，仿佛砰一声迸出了火。

"是芮芮！"戴克忍不住又叫了一声。

贺拉先生埋头往一个本子上记录着什么，没说话。

"先生，怎么回事？为什么把芮芮这么关着？它会害怕。"戴克心疼黑猩猩芮芮，这是整座动物园里最聪明也最古灵精怪的一只动物，园里从戴安宁到饲养员，几乎所有人都受到过它的捉弄，也都喜欢逗它玩儿。

贺拉先生抬起头："别担心，我今天就是要弄懂这个问题：黑猩猩在幽闭空间里会不会跟人类一样感到恐惧？如果把恐惧程度分为一到十，黑猩猩的状态在哪个程度？也就是说，它的恐惧程度更接近其他动物，还是人类？"

现在戴克终于看清楚了，芮芮的脑袋上戴着一个半圆形的机器头套，从头套两端接出了红红绿绿好几根线，连接在贺拉先生的那台实验仪器上,他正在通过机器监测和记录芮芮的心跳状况、血压高低、情感波动。

芮芮好奇怪,它那么会搞怪耍宝,见谁都是一副大咧咧、浑不吝的模样,唯独面对贺拉先生时乖巧又听话,温顺得活像一只大黑猫。戴克不知道贺拉先生是怎么降伏这个调皮捣蛋的黑家伙的。

戴克常来观看贺拉先生的动物实验。他听先生说,通过这些记录,可以进一步研究动物和机器对话的可能性,以及人工智能是否也对动物适用;在动物身上建立具备独立意识的人工智能,可以达到何种行为程度。

戴克弄不懂这样的研究有什么用,如果把动物训练得比人类还聪明,那么人活着还有什么意义呢?从早晨起身,就端一杯咖啡坐在阳台,然后把一切交给黑猩猩打理?在电脑或者手机上输入一个指令,黑猩猩就能照程序执行?天啊,这简直匪夷所思。

不过,想是这么想,戴克仍旧无比崇拜贺拉先生,他希望自己上大学时能考进生物智能专业,日后有资格来做贺拉先生的助手。

灵敏的机器每隔一段时间就会启动打印,"嗒嗒嗒"吐出一长串纸,上面是各种点状符号和短线条。贺拉先生偶尔瞥上一眼,其余时间都在埋头做自己的功课。这工作他太熟悉了,根本不需要多看。

戴克倒是想看,可是看不懂。

"贺拉先生,实验有结果吗?"过了一会儿,戴克忍不住问,"你认为芮芮会对幽闭有反应吗?"

贺拉先生起身,打开隔间窗户,室外阳光哗啦一下子涌进来,一屋子的清新和光明。戴克不由得长舒一口气。

贺拉先生朝戴克摊摊手:"瞧瞧,你一进来,这屋里有了人气、人声,实验要求的环境状态不存在了。"

戴克有点惶惑:"真对不起。"

贺拉先生接着去打开那个暗黑小空间的栅栏,招呼芮芮:"出来吧孩子,工作结束了,你可以去享受你的早餐。"

体形不算太大的黑猩猩芮芮靠坐在墙上,面孔紧皱,噘起两片厚嘴唇,赖着不肯动,显然是被贺拉先生禁闭久了,在生他的气。戴克明白这个聪明又报复心强的家伙不会善罢甘休,它脑袋里肯定在转悠着什么坏主意。果然,在贺拉先生转身去收拾电脑操作台上的纸张时,猝不及防地,芮芮猛一下弹跳起身,三步两步蹿出它的禁闭间,闪到贺拉先生身后,长臂一伸,抓住了操作台上一个小小的白色药瓶,藏在了屁股后面。

贺拉先生"啊"地叫了一声,忙不迭地扑上去抢夺:"芮芮,芮芮,天哪!这是我的药,这个不能吃,苦,很苦很苦。"

他连说带比画,还夸张地卡住自己脖子,做了一个舌头伸出嘴巴的痛苦相。

芮芮才不听,它紧攥药瓶,东跑西窜,躲闪着贺拉先生,一双黄绿色的眼珠子滴溜溜乱转,鼻翼翕动,嘴咧开,龇着一排黄牙,笑得既得意又开心。

贺拉先生对戴克摊摊手:"看见没?这家伙的智商多高啊,它懂得报复我,还观察到了什么东西是我最离不开的。"

戴克绕到芮芮身后,想趁它不注意的时候抢下药瓶。

芮芮哪会上他的当,一个闪身,居然把戴克变成了它和贺拉先生之间的屏障,然后得意扬扬地笑了。

贺拉先生只能哀求芮芮:"好孩子,听话,把药瓶还给我,明天我给你带巧克力,这么大一块啊,榛果味的,我保证。"

芮芮有思维,但是没有理智,玩到兴起时,劝告之类都是耳边刮过的风。此刻它一脸恶作剧的兴奋,很机智地选择背靠墙壁站定,一边目不转睛地观察贺拉先生的表情,一边故意当他的面把药瓶举高,一点点地高过头顶,然后,两只手在头顶上方摸索着拧开瓶盖,"哗啦"一声,把药片倾倒一地。

贺拉先生顿足哀叹:"芮芮,你这个顽皮家伙,这是我的药啊,你可要害死我啦!"

等等,这还不算完,芮芮歪头看着地上花花绿绿的药片,好奇心又起,居然捡了一颗往嘴巴里放。贺拉先生吓得扑上去要抠它的嘴巴。可是芮芮一点不傻,它仅仅是伸出舌尖舔一下药片,发现不是好吃的东西,就"呸"地吐在了地上。

贺拉先生大松一口气:"瞧,我说了,这个不好吃,巧克力才好吃。"

他上去握住芮芮的手，牵它出门，让饲养员带它回去吃早餐，之后才返回来，蹲在地上一颗颗捡他的药片。

戴克勤快地过去帮他捡。

贺拉先生吩咐他："这药有毒，一粒也不能留下。等会儿你去草地上挖个坑，把药瓶埋进去。要埋得深一点。"

"这是什么药啊？先生你得了什么病？"戴克很好奇。

贺拉先生沉声回答："小孩子别多问。"

捡完了药，站起来，药瓶握在手里，戴克才想起他过来见贺拉先生的原因。他真是有一肚子的话要对他最尊敬的教授倾吐。

"战争开始了，贺拉先生，你在猩猩馆有没有听见炮声？环宇新闻说，今天早晨十字星联盟的集团军开始向我们北崖领地进攻，总统先生已经号召全民应战。我们动物园里落了好多炮弹，死了一只鹿，还伤了羊驼，园里的很多馆舍和道路也毁了。"

贺拉先生点头，扬一扬自己的手机，表示他已经知道了一切。

戴克心里想，贺拉先生可真沉得住气啊，世界乱成这样，他还在专心致志地工作。

"我不明白为什么会这样，贺拉先生，我挺崩溃的。我们好好地上学、工作，周末大人带小朋友逛动物园、到餐馆吃饭，可是突然之间，嘭，战争来了，一切都糟糕透了。为什么人类在今天还需要战争？"

沉默了好一会儿，贺拉先生若有所思地扭头看他一眼。

第一章　炮火在凌晨降临　027

"好理解，资源问题。"他简短地说了这几个字。

戴克皱眉："资源？什么资源？十字星联盟的地域可比我们的辽阔很多，地理课上我们学到过，石油、煤炭、天然气、黄金，他们什么都不缺。"

贺拉先生再看戴克一眼，想了想，干脆离开电脑操作台，起身去喝一口水，舒展一下手脚，再跟戴克说话。

"资源分为很多种。人类进入新纪元之后，生活中的一切都离不开一样东西：芯片。这个是小学生都知道的事实。但是在今后这个十年当中，我们即将进入到量子时代，芯片的性能达到原子级的电晶体之后，材质的功耗和发热问题已经变得无比棘手，硅晶圆早就不是一个完美的材料选择。人们考虑过金属铋，考虑过立方砷化硼，不过这两种物质仅仅是对单晶硅的妥协，并不是根本的解决办法。去年年底，听说科学家们盯上了一种我们星球上尚未开发的极其稀有的矿物质，具体名称我并不清楚，毕竟这不是我的研究范围，而这种矿物质只在……"

戴克惊叫起来："我知道了，矿产就埋在我们北崖！"

贺拉用脚尖点一点地面："具体说，在我们这儿，高堡市，整个星球唯一被探明的稀有矿产地。"

"哦，哦。"戴克用双手抱住自己的脑袋。一切都明白了，十字星联盟要发展他们的高科技产业，但他们不愿意花钱买资源，也有可能是想买也轮不到他们，毕竟星球上争抢的买主会很多，所以他们干脆发动战争，掠夺土地，要把高堡市的矿产据为己有。

十四岁的戴克,终于意识到这是一个很大很大的问题,关系到自己国家的生存和命运。

他两手抱着脑袋,望着机器上红红绿绿闪烁的光点,感觉自己和面前的一切都在坍塌沉没,一直要沉进深渊。

一种刺骨的冰凉寒彻周身。他打了一个大大的冷战。

第二章
饥饿的大威和小威

戴克站在鹿舍的栅栏前，躬下身子，把一张系在尼龙细绳上的塑封卡片挂在了中间一格横木上。系绳的位置这么低，是为了方便小朋友们看到。在黎明动物园，孩子永远是最热心最诚恳的参观者。

卡片上印有雄鹿涂涂的彩色照片：四肢纤细修长，腰腹紧实圆润，白色的梅花斑点均匀布洒在闪亮的深褐色毛皮上，一副漂亮的鹿角傲然挺立，它转过头来望着行人，目光中有机警还有顽皮。卡片下方，有戴克口述、戴莉帮忙制作的文字说明。

雄鹿涂涂，在十字星联盟对高堡市发动战争的首日不幸遇难。涂涂是鹿群中的带头大哥，生性和善，亲近儿童，喜欢吃树叶和芝士味的饼干。涂涂去世，是我们所有人的悲伤。我们永远都怀念它。愿它跟它的父母在另一个世界团聚。

黎明动物园全体员工，记于开战第七天

卷毛蹲在戴克脚边，很严肃地盯着照片上的涂涂，不安而又短促地叫了一声。卷毛是认识涂涂的，这家伙记忆力超强，几乎能认出动物园里大小不等的所有动物，从不出错。

戴克不确定卷毛作为一只边牧，是否能明白这张卡片的意义。

戴莉在旁边小声读了一遍卡片上的字，"呀"了一声，说："瞧，我怎么回事，都忘了把涂涂的名字做成黑体。"

戴克说："没关系，这个不重要。"

"不，很重要，黑体字比较醒目，小朋友老远就能够看见。"

"戴莉，开战了，动物园已经没小朋友，没有游客了。"

戴莉一下子愣住，眼泪夺眶而出，转身冲着戴克失控般大叫："应该是黑体，绝对绝对应该是黑体！"

戴克不作声，张开双臂，搂了一下戴莉薄薄的肩背。妹妹是处女座，十足的完美主义者，几天来一直没办法接受战争开始的现实，卡片字体只是她发泄情绪的由头。可是，卡片已经塑封，没法取下来修改，戴克只好用搂抱和沉默来缓解妹妹的悲伤。

十字星联盟军的炮击没有规律，有时候一天两三次，有时候一整天都听不到爆炸声。爸爸说，这跟他们的进攻强度有关系，也跟后勤部门的弹药供给有关系，还有可能跟战场指挥官的心血来潮有关系。

"谁知道呢?"爸爸说,"发动战争的本来就是心智不正常的人,对生命和规则极其不尊重的人,否则的话,解决问题不会用如此不文明的方式。"

话是这么说,但爸爸依然强令他们兄妹不准走出动物园的大门。园内面积大,炮击点分散,有很多树丛场馆可以躲,出了大门到市区的话,那就难把控了。再说,比起市区,炮击动物园的概率毕竟还是小,如果不是指挥官脑袋发昏,或者武器制导有误差,谁会把昂贵的炮弹故意往动物身上轰呢?

学校停课后,戴克和戴莉就当起了动物园里的志愿者。动物园公益性质强,向来都是收入不多,开支不小。在战前,园里的很多事情要靠志愿者帮忙做,但现在那些热心人陆陆续续消失了。有的人是没办法从市区搭乘公交车穿越炮火赶过来,有的人忙于为战争做更重要的事,比如后勤啦运输啦军用品生产啦。战火一起,千头万绪,哪儿哪儿都急需人手。有一个跟戴克混得很熟的大学生志愿者打电话来,说他已经入伍去了前线,还发来一张照片,照片上他穿着军装,肩扛火箭筒,嘴巴紧抿,神情严肃。拍照的人把相机的镜头放得很低,照片上的大学生背衬蓝天,看起来高大凛然。戴克在手机上回他一个竖着大拇指的"赞"。戴克现在很遗憾爸爸妈妈把他晚生了几年,如果他今年十八岁,他也一样可以扛枪上战场。保家卫国,流血牺牲,这才是好男儿的模样。

因为白天要在动物园里来来回回走路和忙碌,为了防空安全,戴克执意把自己弄到的那顶旧钢盔塞给了戴莉。这个家里长时间没有母亲,很多时候戴克都认为自己对妹妹有家长的责任。戴克自己则从厨房水池下找出一口废铝锅,比画一下大小,垫在石磴上敲敲打打,居然敲成一顶半圆形钢盔的模样,然后他又往两边锅耳上系一根松紧带,得意扬扬地扣在自己头上。

"怎么样?酷吧?"他跑去问戴莉。

戴莉看着他的奇怪装扮,提出异议:"这个可不好,白天铝锅在阳光下会反光,分分钟变成炮弹目标。"

戴克虚心接受,翻车库旧物箱,找出一张黑色捕鸟网,剪下一小块,把头上的铝锅整个儿罩起来。他对着镜子看了看,觉得自己瞬间变成一个威风凛凛的野战兵。

戴莉又说:"还是不行。铝锅这么薄的材料,别说炮弹,手枪子弹都挡不住。"

戴克同样有办法,他生而为人就是为了解决问题的。又是一番翻箱倒柜,其间被灰尘呛咳三次,被蛛网粘住两次,他终于找到了一些海绵和钢丝。他把这俩东西缝成一个半球状的东西,垫进铝锅中,戴在头上,用劲拍两下,说:"瞧瞧,防震,还保暖。"

这回戴莉点了头。完美主义女孩终于认可了哥哥的土造军事用品。

此时,在鹿舍前,系好卡片后,戴莉顺便把手伸进栅栏里,摸了一下半岁小鹿崽崽的脑袋。崽崽是小母鹿,脑袋上的一层细绒毛刚刚长出来,摸起来滑溜又暖和。崽崽也喜欢戴莉，拼命地把嘴巴往栅栏外面拱，去蹭戴莉的口袋，鼻孔吸溜得像抽风机。

戴克说："嗨，你口袋里放了什么？"

戴莉不好意思地伸手进口袋，抠出一小块面包。

"呵呵，难怪，崽崽的嗅觉天下无敌！"戴克一个劲儿地乐。

戴莉只好把面包递给了小鹿。

面包只有一丁点，比核桃大不了多少，崽崽吧嗒一口吞进肚，舌头在嘴边舔一圈，完全不过瘾，黄水晶似的大眼睛眼巴巴地看着戴莉，嘴巴又往她口袋边拱啊拱。

更要命的是，崽崽嘴巴一动，鹿舍里的整个梅花鹿族群闻香而来，高的矮的，大的小的，拥拥簇簇在栅栏前挤成一团，一双双急切的眼睛如同星星点灯，晃动不停。

戴克双手一摊："这下好了，戴莉，你惹的事。"

戴莉很坚决地捂住口袋，连连退后："不行，小家伙们，绝对绝对不行，面包是我早餐省下来的，我得留给曼妮妈妈，它也很饿。"

戴克提醒她："那就赶快走。"

戴莉捂着口袋，落荒而逃。她心里有歉意，觉得对不起忠厚老实的小鹿们。可是开战以后食物立刻短缺，动物们这几天都是半饥半饱，大象妈妈曼妮的块头那么大，没有足够的食物，它肯定熬不过去。

戴克没有告诉妹妹，其实他的口袋里也藏着好东西，是给双胞胎白虎宝宝大威和小威的。

黎明动物园的虎山,建在整个园区的中心位置,与老虎家族的丛林至尊地位相配,也恰如其分地应了那句关于老虎的俗语:占山为王。这两年来,高堡市的市民,除了闭眼吃奶的婴儿和卧床不起的老人,估计都光临过动物园,惊喜又赞叹地近距离观看过虎山上这一对"明星"小兄弟。

不是因为虎兄虎弟可爱。诚然,出生不久的幼虎像只大狸猫,撒娇卖萌一样不缺,肯定是让人喜欢的。但这一对小兄弟为动物园赚足了人气,却是另有原因——两只小虎崽,一出生便让虎山的饲养员们惊掉了下巴,它们身上的毛色不是传统的棕黄斑纹,而是白底黑纹,黑得纯粹,白得耀眼,让人一下想到斑马。

一批又一批的动物学家和生物遗传学家过来参观和考证,有北崖国内的,也有国外的,他们啧啧赞叹小虎崽的美丽和可爱,同时考察了虎山上一对刚做了父母的雄虎和雌虎,再对虎崽的祖父母和外祖父母追根溯源,最终才发现了一个秘密:南境区域内某个国家的动物园,偶然得到一只基因突变的成年白虎后,多年来不断地利用白虎人工繁殖后代。第一批产下的小虎都是正常毛色,然而体内携带着控制白色性状的隐性基因。这些基因异常却又毛色正常的二代老虎跟它们的父辈白虎交配,产下的幼崽有白有黄。后代的后代再相互交配,生下的孩子有些是畸形,有些是正常毛色,少数是珍贵白虎。畸形的出生便被杀死,正常毛色的转卖到各地，珍贵白虎留下来待价而沽。

残忍，且违背自然规律，却让那个小国家的动物园赚足了钱。

黎明动物园购入一对成年老虎时，完全不知道这段背景。毛色正常的公虎母虎明明是从两个不同国家的动物园分别引进的，阴差阳错，它们的父母辈居然同出一门，两虎体内又同样带有隐性基因。更阴差阳错的是，它们居然生出大威和小威这一对白虎宝贝。

转眼之间，虎崽们已经度过两岁生日，两兄弟活泼好动，吃饱了就在水泥地上摸爬滚打，撒欢嘶吼。它们的食量惊人，饲养员告诉戴克，要让一只老虎吃到八成饱，至少需要十公斤肉。黎明动物园的虎山上可不止一只虎，当然负担不起这么大的开支，园里于是设立了投喂区，向游人出售新鲜肉条，供他们托在手中，提心吊胆又小心翼翼地塞进一个铁皮的投喂口，栅栏后的老虎一个虎扑上前，前爪凌空，大嘴张开，啊呜一口吞进去。一百块钱、五根重约半斤的肉条，老虎吃完意犹未尽，舔舔嘴，打个哈欠，懒洋洋躺到水池边，等待下一拨游客。

战争开始，游人绝迹，最先遭难的就是这些大型食肉动物，即便动物园倾尽家底为它们购买食品，新鲜肉类也是可遇不可求的珍贵物资。用赫仁医生的话说，人都吃不饱，士兵打仗也只能将就着吃罐头肉，上哪儿给动物找它们的标准供给？

几天前的夜间，园区后面的菜地里拱进来一只野猪，怕也是饿得狠了吧,奔进菜地就是一顿大嚼,胡萝卜土豆卷心菜……稀里呼噜,风卷残云,眨眼间就糟蹋了篮球场大小的一片地。还有,你吃就吃,好生吃,仔细点吃,行不行?好家伙,它连吃带刨,咬一口就丢下的,踩烂不管的,连根刨出来扔一边的,弄得满地狼藉,把菜地管理员老罗子气得心口生疼。

食品金贵,哪能容野猪见天儿糟蹋?保安室的小安拿一支麻醉枪,安上红外瞄准镜,蹲守了大半夜,黎明前一枪撂倒了这个可恶的蠢东西。抬回来磅个秤,足有一百七八十斤。

野猪被小安他们大卸八块,连同脑袋爪子肚肠,一股脑儿扔进虎山。饥饿的老虎们争抢扑食,吼声震天,顷刻间场光地净,血迹都没留丝毫。亏得戴克多个心眼儿,藏起两条猪后腿,瞅个空子扔给了大威小威。人说"虎口夺食",说的是人和虎之间的争抢,老虎和老虎之间争夺的过程就更加激烈,戴克亲眼见到小威被它的亲妈狠咬一口肩胛,血流出来,白毛染成了红毛。

戴莉天天省下自己的口粮喂曼妮(虽然一块面包远不够曼妮塞牙缝),戴克也想给大威小威开点儿小灶。戴克家的一日三餐早就没有肉了,他们吃的是人造肉——用糖、氨基酸、油脂和矿物质"喂养"动物干细胞,长出的"牛排""猪里脊""羊肋条",吃起来跟新鲜肉类没有太多差别。戴克觉得大威小威也可以试试。早晨,他趁爸爸不注意,拿一张餐巾纸把早餐盘子里的煎肉片包起来,藏进口袋里。现在,油滋滋的肉片一直都在散发香气,衣服上也洇出好大一块油渍。幸好鹿舍里的小鹿们对荤腥气味不敏感,否则一拥而上过来探寻他的口袋,也够让他尴尬的。

没有想到的是,戴克对白虎双胞胎一腔关爱,大威小威却根本不领他的情。油滋滋的肉片从投喂口滑落到虎山,两个家伙轮流踱过来嗅一嗅,打个响鼻,受惊似的甩一下脑袋,落荒而逃,仿佛肉片要追在后面咬它们的腿。

戴克气得跺脚:"没吃的,还挑嘴,饿死你们拉倒!"

赫仁医生背个药箱路过,见到这一幕,笑眯眯地说:"不怪它们哦,老虎的基因里根本就是嗜血腥的,你这个是人造肉,还油煎,哈哈。"

戴克脸一红,情绪相当受挫。

距离前一次投喂野猪差不多有六天了,虎山里的住客们望眼欲穿。动物园派出去购买鲜肉的车,在郊外被十字星联盟军的哨卡拦截,强行征为军用,可怜的司机步行一天一夜才逃回园里。还有一回,园长戴安宁亲自开着他的小轿车冲出门,一路惊险连连,开到从前给他们供货的一家畜牧农场,发现农场大门洞开,人、车、牛、猪统统不见踪影,连鸡栏里都干干净净、空无一物。问路过的邻人,才知道这家农场的男主人死于炮击,女主人带着孩子们逃往了邻国亲戚家,一支十字星联盟的军队开进农场,杀了牲口,又烤又煮,还找到地窖,搬出主人珍藏的葡萄酒,大醉三天。

戴安宁欲哭无泪,看看农场仓库角落里还剩点草料,好歹装满一车拖回来,也算是给斑马和犀牛们弄到一点食物。

肉食短缺,大威小威眼见着瘦了下去,圆滚滚的虎脸开始拉长,黑白斑纹失去从前骄傲的光亮,走路也没精神,垂着眼皮,拖着步子,慢吞吞,懒洋洋。

戴克告诉戴莉:"我必须要给老虎们弄到肉。"

戴莉回答戴克:"我也要给曼妮弄到香蕉。"

他们分头行动。

战争开始后,几次炮击给动物园美丽的草地上留下了大大小小的弹坑。老鼠们的幸福生活受到惊扰,它们成群结队钻出地面,在各个动物场馆间四处乱窜,偷取原本不多的食物,骚扰出生不久的幼崽,大白天居然蹲坐在鸟食盆里贼溜溜地跟员工对视,让人恨到不行。

戴克手巧,他在家里锯木板、截铁丝、安弹簧,做了一批勉强能用的捕鼠夹,沿着禽鸟岛排布一圈。

第一天,他只舍得用切碎的煮土豆做诱饵,老鼠压根儿不稀罕,鼠毛都没碰着一根。

第二天,他豁出去了,把早餐中自己的那份人造肉省下来,剪成指甲大的小碎块,天黑后,打着手电,蹑手蹑脚给那些捕鼠夹布饵。碰上其中一个鼠夹的弹簧有松动,他差点儿被夹断手指。也幸亏他有准备,闪得快,才没造成多大伤害。

人造肉用植物油煎过,毕竟香,老鼠还真是扛不住。

早晨过来一看，果真有一只馋嘴的家伙被卡在弹簧间。只不过鼠夹的威力不够大，老鼠当时还没死，软耷耷、气奄奄地翻着白眼儿。

戴克兴奋异常，倒拎了垂死的老鼠往虎山奔。他记着赫仁医生的话：猛兽都爱吃活食，得趁着老鼠没死扔进投喂口。

结果又令他大跌眼镜：大威小威这回连闻都不想闻，眼皮儿都没有撩一下，仿佛落进虎山里的就是一块土坷垃。

戴莉接到哥哥的电话，急急忙忙赶过来，却看到这一幕，笑得直弯腰："瞧瞧，你的老虎宝贝很挑嘴是不是？它们可是森林之王啊，多骄傲啊！这么骄傲的家伙，才不会对专吃垃圾的老鼠感兴趣。"

戴克默默承认这话有道理，走回禽鸟岛，沮丧地收回了那些捕鼠夹。

回家路上，又逢炮击。炮弹拖着长长的火光飞过头顶，也不知道目标是哪里。戴克如今有了经验，光听炮声就能判断出来该躲不该躲。他站在树底下，仰天望飞弹时，面前噗地落下一个东西。眼睛一瞄，是一只死去的大鸟，半米宽的翅翼，手掌大小的爪子，尖尖的鸟嘴比他的手指头还要长。戴克认出来这是坐山雕，也叫秃鹫，飞翔高度总在上千米，不知道怎么居然撞上了炮击，算它倒霉。

忽地，戴克心里灵光一闪：鸟肉也是肉啊，老虎会不会勉强接受呢?

他抱着这只血糊糊的大鸟反身回虎山。

果真,大鸟投进虎山后,马上引来一番奋不顾身的撕抢打斗,大鸟被几张嘴巴扯得七零八碎,狼藉一地。有趣的是,所有老虎抢得鸟肉,叼到旁边后,都没有即刻吞下,而是用爪尖按住,再用牙尖仔细拔毛,一根接一根,仔细又专注,很有仪式感,拔得满地都是棕灰色鸟毛,被风一吹,凌空而起,滴溜溜地在老虎们头顶转圈。眼见着鸟肉去毛之后变成小小一团,棕红色,还沾了泥巴,翘起半边翅膀或是一只脚爪,总之跟老虎们庞大威武的躯体很不成比例。到这时候,老虎才略略歪一歪头,轻轻叼起那块肉,矜持而优雅地吞进肚子里。

戴克回家问爸爸,才知道猫科动物都是这样的,它们吃鸡、吃兔子都会拔毛。

戴克发现天上掉馅饼的事情还真的有。于是每次炮击过后,他都会出门,在方圆几千米的范围里仔细搜索,寻找弹坑周围落下的鸟儿。大多是被弹片打中的,偶尔也会发现皮毛无损,生生是因为惊吓过度,小心脏爆裂而亡的。他把可怜的死鸟们捡到一个麻包中,扛回园区,公平无私地分给老虎、雪豹和狮子们。

当然,他还是会特别关照大威和小威。

炮击也不是每天都有,捡鸟的好日子,其实就是高堡市的老百姓被轰炸的糟日子。

今天是星期三,按惯例,贺拉先生会从市区大学过来,做上一天实验,晚上在动物园留宿。

一早他去了猩猩馆,挎包里装了几十张各种色彩和形状的几何图片,准备测试黑猩猩芮芮的图形辨别能力——找出三组相似图片。注意,不是相同,是相似。找相同比较容易,因为一眼能够分清。找相似,给出的条件就含糊很多,需要稍微动一动脑子。

猩猩馆前的场地上有一棵高大结实的棕榈树,树上盖有木制的树屋。芮芮没事的时候,喜欢吊在树枝上荡秋千,或者从树屋的门窗之间钻进来又钻出去,寻找饲养员藏在各处的半根胡萝卜、一个小橙子、几颗坚果。东西不多,藏得必须隐秘,芮芮找到之后才会快乐得上蹿下跳、合不拢嘴。

贺拉先生抬头,招呼树上的芮芮:"早上好!今天心情怎么样?"

芮芮机灵,知道贺拉先生要逼它做功课,一闪身,钻进树屋里,露出半个粉红的屁股。

贺拉先生摇摇头:"我已经看见你啦,别指望能逃课,赶快下来。"

他从口袋里掏出一个纸包,打开,是一块三明治,带着黄瓜和西红柿的清香气味。

芮芮伸出脑袋,抓耳挠腮,思想斗争了一阵子,"嗖"一下跳下地,半空中顺便一扬胳膊,抓走了贺拉先生手里的好东西。

开战之后，食物减少的情况下，三明治对芮芮的诱惑力成倍增加。只是这个顽劣的家伙不知道，一块蔬菜三明治就是贺拉先生的全部午餐，它吃了，贺拉先生就要饿肚子。

饲养员帮贺拉先生搬来课桌和课椅，芮芮嘴巴里鼓囊囊地塞满三明治，十分不情愿地坐到椅子上去。这家伙还算懂道理，知道食物不能白吃。

课桌和课椅，之前是给芮芮画画专用的，它喜欢抓着画笔，蘸上各色颜料，在白纸上信笔涂鸦。游园的小朋友们特别喜欢看芮芮画画，每涂完一幅，他们就会尖声惊叫，争相收藏。有时候他们还会点单："芮芮，蘸那个红颜料！""芮芮，太阳下面要有树，有小房子，还要有一只狗！"

有时候芮芮听懂了，会照做。有时候它不耐烦，就蘸一大泡颜料，对着栅栏外面的小朋友猛一甩，总会甩出几个大花脸。小朋友们更兴奋，蹦着跳着要求它再甩一次。可是芮芮不愿意再来第二次，收了画笔，一只脚跷到课桌上，两手抱胸，摆出爱理不理的酷模样。

这样的场景，每每在猩猩馆上演，小朋友和芮芮全都乐此不疲。甚至有些孩子一趟一趟来到动物园，就是为了看芮芮画画，盼望有一天自己也能被芮芮甩一脸颜料，让爸爸妈妈拍了照，回去好向同学炫耀。

动物也有虚荣心，芮芮被孩子们包围时会兴奋，人来疯，蹿上跳下极尽表演才能，可是孤零零坐在课桌前完成贺拉先生的功课，就明显不乐意，屁股在椅子上摇来摇去，抠鼻子，舔手指，抓挠身上的毛发，磨洋工。

这时候的贺拉先生简直比幼儿园老师还要有耐心，哄，骗，轻言细语，甜言蜜语，物质利诱，眼神提示，百般手段依次施展，目的就是一个，让实验跟着他的节奏进行下去。

现在，他弯下腰，依次在课桌上排开那几十张花花绿绿的图片，敦促芮芮认真观察。

"好好看，注意力要集中。仔细看，仔细看哦。瞧瞧瞧瞧，你找出来这张，是这张对不对？太好了，芮芮太棒了！"

他搂住芮芮的脑袋，在它额头上深深一吻。

戴克站在猩猩馆外面，掩身于灌木丛之中，尽量不打扰贺拉先生和芮芮的温情互动。贺拉先生观察芮芮，戴克观察贺拉先生。他认为这是为自己将来从事类似的科学工作做准备。芮芮每做出一次正确选择，戴克就攥紧拳头在心里喝彩一次。同时他暗暗地想，贺拉先生是不是有魔法，能够让有主见的芮芮心甘情愿接受他日复一日的观察和研究？这魔法又是什么呢？心灵感应还是熟能生巧？好神秘呀！

戴克知道贺拉先生身体不好，甚至可以说很糟糕，无论天冷天热，总是容易感冒，一感冒就会咳嗽，有时候咳得山摇地动，双肩颤抖，满眼泪水。咳嗽这种事情大概很伤人，贺拉先生吃大把的药，依然面黄肌瘦，戴克估计他的体重都不及芮芮的一半。而且，贺拉先生天生异相，小小的面孔上长着一个大大的鼻头，一双深陷在眉骨下面的眼睛，人中短促，嘴唇薄得仿佛包不住牙床，如果几天不刮胡须，整张脸就会有猿猴的模样。

是不是因为这一点，芮芮才跟他格外亲近啊？戴克有时候会这么想，想完又笑，摇头，觉得这念头荒唐。

曾经有一次，贺拉先生在猩猩馆的小实验室里操作电脑时，戴克发现他的右手在打战，哆哆嗦嗦的，无法操纵屏幕上的光标。戴克提醒他："贺拉先生！"

贺拉先生当时很慌张，抬头看戴克的眼睛，解释："哦，我有点累，睡眠不够。"

他赶快掏出那个随身携带的小药瓶，颤抖着拧开盖子，举起小瓶往嘴里倒几颗药，再盖好，放回衣袋，然后用左手捉住那只颤抖不停的右手，按住，沉着面孔叮嘱戴克："记住，别告诉你爸爸，谁都不许说。"

戴克点头，可他心里觉得贺拉先生反应过度。只是睡眠不够而已嘛，补睡个好觉就没事了，有什么不能说的呢？

科学家的心思总是曲里拐弯，你永远都猜不透他们嘴里说的是不是心里想的。戴克琢磨，这也许就是一种神秘人格，让他们区别于常人。

星期天，戴克爬到动物园中心区的钟楼露台上，拿一架黑灰色的高倍望远镜，向四面八方看去。望远镜是十周岁生日时爸爸买给他的生日礼物，他之前用得不多，因为家就在动物园，看大象看猴子看鹦鹉，一切都可以近距离观察。不过他有时候出门，喜欢模仿从前的探险家，把望远镜威风凛凛地挂在脖子上，走路都自信，自我感觉良好。

钟楼是城堡式建筑，赭红色砖墙，各种几何形状的有趣的门洞，窄窄的楼梯盘旋上升，尖耸的屋顶上竖着一颗巨大的星，天黑下来会熠熠发光。节日的时候，会在钟楼露台上放礼花，砰砰啪啪，彩光四射，辉煌又魔幻，半个城市的人都能看见。

戴克调好望远镜，先往北边看。北边是动物园的工作区和生活区，有一扇刚好能容卡车进出的门。平常，三四吨重的敞篷卡车都是通过这里，运进动物的粮草食物，运出超量的粪便垃圾。园里的动物们，尤其是那些大块头的食草动物，吃得多，拉得也多，卡车川流不息，员工和志愿者们来来往往，大声地抱怨着，开心地嬉笑着，热闹又繁忙。自从战争开始，来往的人员和卡车锐减。不到万不得已，戴安宁不允许员工出门。因为食物采购困难，也少有卡车进门。员工和动物都是半饥半饱。

戴克举着望远镜，耐心地看了十分钟，直到眼睛和手臂都有点酸，才看到北门的电动栅栏徐徐打开，驶进一辆沾满泥巴的旧卡车，里面是半车厢的塑料装运篮，分别装有橙色的胡萝卜、绿色的卷心菜、半青半红的西红柿，还有芹菜、土豆、水萝卜。剩下来半个车厢，勉强被一块块

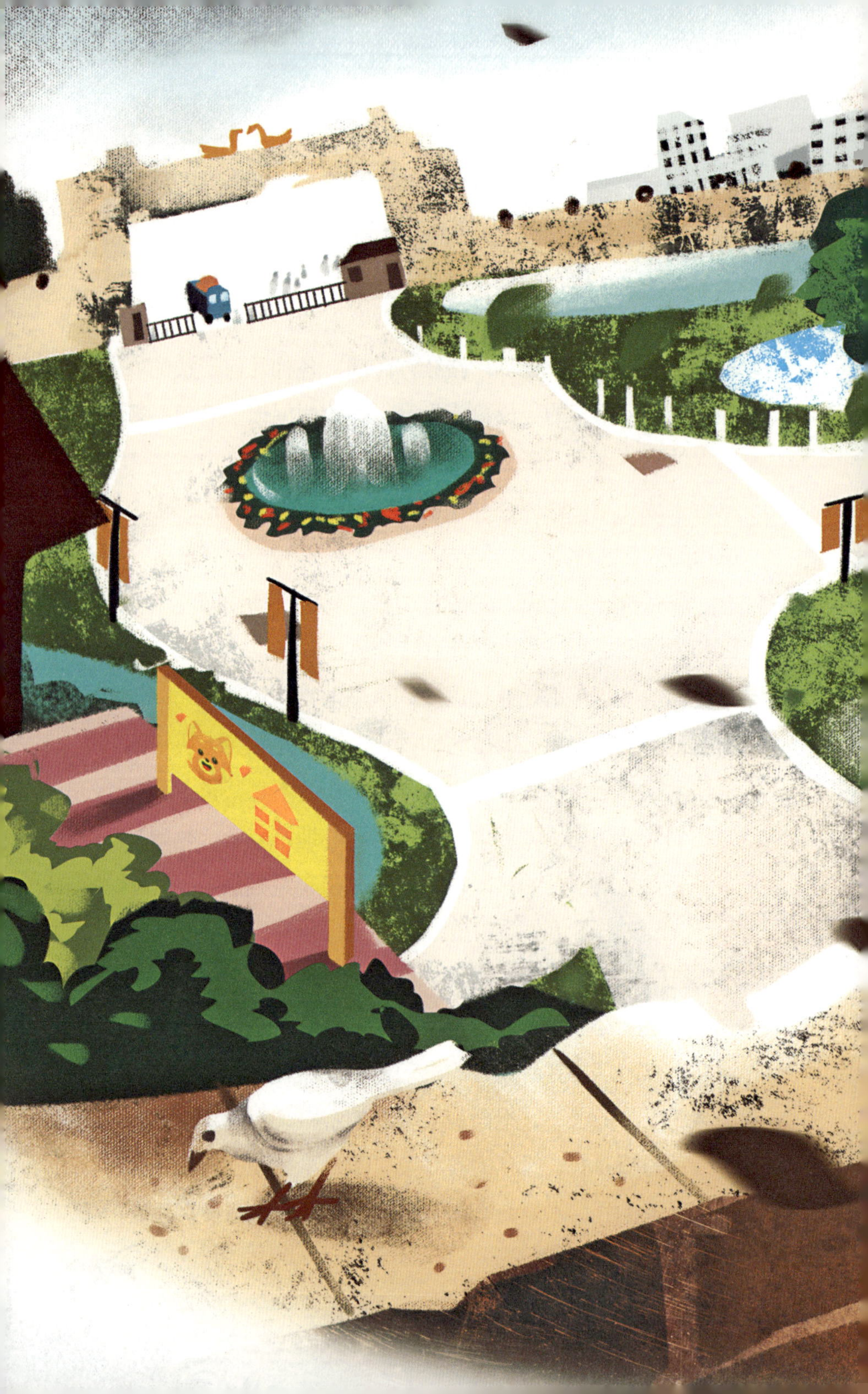

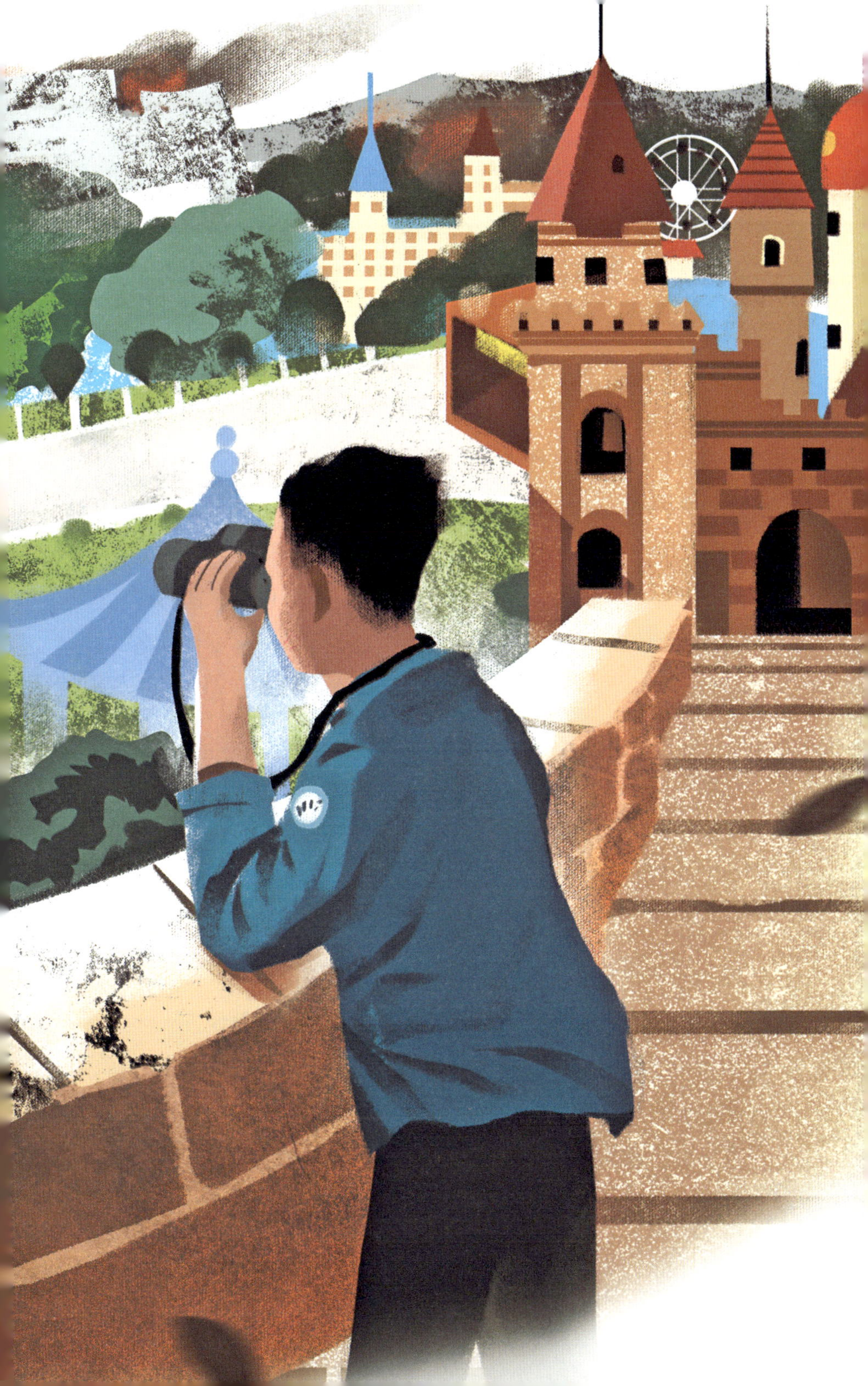

压成立方体的干草填满。

卡车一进门,各个馆舍的饲养员都像饿虎扑食一样冲上去,为自家的毛孩子们抢夺物资。一个行政人员拿着食品分配单,挥着手臂大吼大叫,吹胡子瞪眼。总有人不守规矩,不管不顾地爬上卡车去,又被其他人扯着裤腰带拉下来。戴克看见鹿舍的老金跟斑马馆的一个小伙子打了起来,两人额头顶额头,公鸡一样对峙,幸好马上被同事们劝止。还有一个女孩子搬着一箱土豆费力地离开人群,箱子忽然开裂,土豆滚落一地,她挓挲着手,拼命追逐那些土豆,紧张委屈到哭了起来。

戴克放下望远镜,心里很难过。动物饿肚子,最心疼的就是它们的饲养员,动物不会说话,才需要当家长的撕破了脸皮替它们争抢。

往南看,南门是正门,半圆形镂空造型的高大门楣上是霓虹灯管组成的"黎明动物园"几个字。从前,没有发生战争时,每到天黑,门楣上的灯光就闪闪烁烁,好像在招手对小朋友们喊:来呀来呀,来看我!

灯管下面,是一组高堡市著名铁艺画家的作品:朝天甩鼻的调皮大象,水柱喷出一尺多高的圆滚滚的海豚,北极熊宝宝,白虎双胞胎,做鬼脸的小猴子……就连大人怀中不识字的小婴孩,看到门楣上这些活泼可爱的铁艺画,都会手舞足蹈地哇哇乱叫。

大门的两边,一排六个售票窗口,平常开三个,到节假日全部打开,游客还是会排长队。检票员的责任最重大：查票，维持秩序，应付突发事件。有一次，一对不负责任的年轻夫妇离开队伍去买冷饮，他们三岁的儿子跟着人流进了大门。年轻夫妇手举蛋筒回来，发现孩子不见了，妻子当场哮喘病发，被急救车送去医院，丈夫一个劲儿揪自己头发，陀螺一样原地乱转。最终是检票员替他调出监控，才发现小孩子已经熟门熟路地去了虎山。

和平时代的黎明动物园，承载了高堡市多少家庭的欢乐啊，有时候戴克站在钟楼露台上眺望乌泱泱的游客人群，心里会替他的园长爸爸自豪。

今天的动物园大门是紧闭的，旁边开放了一个人行小通道，有保安在值班。保安是个六十多岁的老头子，却不知道从哪儿弄来一套钢盔和迷彩服，勉强绷在发福的身体上，圆滚滚的肚皮把衣服撑开，一颗扣子怎么也扣不住，他可笑地使用了一枚别针来代替。戴克昨天在园里碰到他时，他意气风发地拍着肚皮："瞧我这肌肉，紧绷绷，硬邦邦，子弹都打不穿，比防弹衣还靠谱。"

他又郑重提醒戴克："小子，下回见我不能喊爷爷，得喊叔叔，我是替我儿子来上班的，我儿子扛枪参战去啦，保家卫国啊。"

戴克笑眯眯地回答："保安大叔，提醒一下哦，鞋带松了，可别绊着你。"

老保安赶快抬脚看："噢，可真是。"

他想弯腰系鞋带，无奈肚子太大，迷彩服太紧，努力了两次，腰背还是折不下来。

戴克忍住笑，上前蹲下，帮老人把鞋带系好。

老保安不服气："小子，士兵本来就不该弯腰，步兵操典上就没有这一课。"

戴克附和地点头，觉得老人家好可爱。

此时，在戴克的镜头下，老保安忽然离岗，腿脚挺利索地急奔几步，抱起路上一个四五岁的小女孩，往前走了大概五十米，送到稍远处她妈妈的身边。那个模样年轻、神情憔悴的妈妈，手里还抱着更小的孩子——襁褓中的小婴儿。她低下头，又急又气地呵斥小女孩，大概是责怪女儿不听话，乱跑。小女孩绞着双手，脚尖碾地，不停回头，看身后动物园门楣上的铁艺画。她一定是认识这地方，小脑袋瓜里有记忆。

戴克这才注意到，路上不止女孩和她的妈妈，她们身边蠕动着一支长蛇般的队伍，老人，妇女，孩子，狗，五颜六色的衣服，五花八门的行李，奇形怪状的包裹。一个口含奶嘴的鬈发小女孩，手里高举一根小木棍，木棍顶端绑着一个彩纸做成的小风车，风一来，风车转成彩色的同心圆。她笑得太开怀，奶嘴掉在地上，被一旁的姐姐捡起来，在衣襟上使劲地擦。一个男孩怀抱一只色彩鲜艳的大公鸡，公鸡在他怀里惬意地扭动脖子，转前又转后，不时地咯咯叫两声。还有一只小身量的狗，晃动着四只小短腿，蹿出去几步，又猛然刹住，回头等待主人，显得极其有耐心。行李箱拖在路上咯噔咯噔响，婴儿们在母亲怀中拼命地蹬腿哭，半大不小的孩子，走几步就哼哼几声，需要他们的家人停下来,耐心地劝慰和等待。队伍的最后面,是几个节俭恋旧的白胡子老头儿,他们舍不得丢下自家的奶牛和羊,干脆牵上一同走。牛羊走得慢,他们口含烟斗走得更慢,一手握缰绳,一手抚牛背羊角,一步一步笃笃定定,仿佛不是出门去逃难,是陪同亲爱的牛羊在散步。

尘土飞扬,长路漫漫,人们看上去饥渴交加,疲惫不堪。

园长戴安宁及时赶过来,敞开了黎明动物园的南大门,放这群饥渴的难民进来休息。

几个老婆婆哭诉说,村子被炸,煤气管道断了,水电都不通,连存放土豆的地窖都被翻了个底朝天。两个被炸伤的孩子无法送医院,只能眼睁睁看着他们咽了气。男人们不是去了前线,就是被十字星联盟的军队抓走当劳工,剩下的村民没法活下去。

戴安宁问他们要往哪儿走,都有什么打算。

有的说要往邻国难民营避难,有的说准备投亲靠友,还有的说,先去火车站,随便哪趟车,上去了再说。炮火连天,何处为家?唉,能活着就不错了。

动物园里的大厨房,连做三大锅土豆炖粉条,就着面包和腌咸菜,一大群人吃得狼吞虎咽。另外烧了开水,给婴儿们冲奶粉。大点的孩子,每人分到一个苹果或者西红柿。再多的,戴安宁就拿不出来了。

戴克和戴莉领着想看动物的孩子们到各个场馆转了一圈,做导游,还兼讲解,总算让那一张张悲苦的小脸上有了笑容。栅栏门后的动物们久不见游人,心情郁闷,被孩子一围观,同样很兴奋,大呼小叫,奔跑,跳跃,荡秋千,过独木桥,原地翻跟斗,各种表演,自觉自愿,精彩纷呈。

吃饱喝足,难民们又上路了。戴安宁带着一双儿女站在大门口,久久地望着他们的背影,石像一样沉默。

第三章

这么多的讣告

时过半个月,战争进入白热化,高堡市三分之一的地区落到了十字星联盟的魔掌中。几乎是每天,黎明动物园的上空都会传来巨大的爆炸声。天空时而火红炙热,仿佛魔鬼的巨舌在舔舐宇宙的每一寸空间;时而硝烟弥漫,黑暗如夜,仿佛整个天穹都即将崩溃和毁灭。

短短时间,动物园已经不再是从前那个欢乐、开放、整洁和讲究的游乐天地了,碎玻璃碎瓦要动用卡车一车一车地清理出去,园中道路不停地被大小炮弹开膛破肚,根本来不及填石子、铺沥青。员工们干脆把炸毁的建筑垃圾倒进去,耙平,倒上几筐沙土,勉强让人走路。从前,深秋来临时,满园都是金黄的落叶,孩子们大呼小叫地在路上奔跑,在树叶上打滚,四面八方都是枯叶碎裂的嚓嚓声,如音乐,如诗歌。今年,这一切消失不见,黄叶总是连同树枝一同被炸落,横七竖八地躺在路上,一堆堆地被拖走,被焚烧或掩埋。戴安宁自嘲说,现在的动物园就像个世纪末的破落庄园,哪里还有一点点可爱的样子啊。

园里的大人都在忙着挖防空地道，修复被炸毁的场馆，竭尽所能地安慰动物们，给它们喂食和做清洁。偶尔，有难民路过时，全体员工就要临时动员，给疲惫的逃难者们提供食物、热水、药物和卫生用品。在互联网上更新和维护动物园网页的工作，交给了十二岁的戴莉，她打字快，文字基础也比哥哥戴克好。

每隔一两天，戴莉就要在网页上发布一篇新的动物讣告，配上它们生前可爱的照片。照片原本都是彩色的，为了表示沉痛的心情，戴莉还要修图，把它们做成黑白，再加框。

十一月十八日

战争爆发第十五天，三颗炮弹在"儿童喂食区"爆炸，山羊母子、一匹矮马，还有一笼带玫瑰灰翅膀的漂亮鸽子死亡。母羊死亡时正在给小羊喂奶，母子的尸体相依相偎，令人心碎。矮马被炸断一条腿，倒地挣扎，非常痛苦，赫仁医生不得不给它实施安乐死。

十一月十九日

今天的炮弹没有直接炸死动物，但是震碎了好几栋场馆的玻璃，很多受惊的动物跑了出来，在园区内四处乱窜，场面一时失控。饲养员试图用食物引诱它们回到栅栏内，可是它们实在是太害怕了，拒绝饲养员靠近,有一只猴子还出手抓伤了人。

我们最后抓回了金猫、豪猪和浣熊。

逃走一只羚羊,因为它奔跑的速度太快。饲养员说,只能等它饿惨了之后体力丧失,才有可能抓住。

还有一只出生五个月的名叫"辛巴"的小狮子,躲到了马鹿的食槽里,蜷缩一团,瑟瑟发抖。辛巴的妈妈发现它不见了,吼叫得喉咙都要出血。是我们的边牧卷毛帮忙找到了它。估计小辛巴的童年会留下阴影。赫仁医生说,以后也许要为它做心理疏导。

十一月二十一日

可怜的袋鼠妈妈米拉死于枪击。它的袋袋里有一只出生才几天的宝宝,宝宝还活着,可是失去了妈妈的育儿袋,不知道它能不能继续活下去。

十一月二十五日

羊驼一家死于火箭炮击,其中有爸爸妈妈和两个漂亮的孩子。羊驼妈妈蜜雪儿在开战第一天就被弹片击断肋骨,经赫仁医生手术抢救活了下来,现在它还是死了。我们大家都为羊驼妈妈难过。愿它安息。

十一月二十八日

鹿舍完全被摧毁了，三只马鹿被当场炸死，一只受伤。十三只大小不等的梅花鹿冲出动物园的破损围墙，跑进北边的森林里。我们呼吁全高堡市的猎人，看到梅花鹿，请不要对它们开枪，让它们活下来！如果有可能，给它们食物，送它们回家。求你们帮助小鹿。

十一月的最后一天，从市区开来一辆大巴车，十多个志愿者看到动物园网站的求救信息，带着他们筹集到的半车粮草，义务过来帮忙给动物喂食。

车子刚到南门，穿一身紧身迷彩服的保安"大叔"快步走出门卫室，站在车窗下，跟司机核对人员信息。司机也是个老头儿，长着一脸乱蓬蓬的大胡子和一个红红的酒糟鼻，脑袋伸出来，打量老保安的穿着，似乎开了一句玩笑，两个人同时仰脸，张嘴，笑得双肩抖动。

就在这时候，猝不及防地，附近山坡上有枪声响起，噼噼啪啪，沉闷又干脆，像焖在铁锅里的爆豆儿。老保安显然很迷惑，转头向枪响的方向张望，想弄明白怎么回事。他只来得及抬手指了一下，就冷不丁地往后仰倒，脑袋重重地磕在水泥地面，鲜血从他的侧腹还有嘴巴里涌出，他屈着一条腿，抽搐几下，没有了声息。

司机大惊失色，有片刻时间，他从车窗低头望向车下仰躺的老保安，一动不动，仿佛灵魂出窍。然后他反应过来，打开车门，催促志愿者们："快下车，快，找隐蔽。"

枪声炒豆一般急促，地面上溅起滚烫的石子、水泥和尘土，显现出大大小小不规则的梅花形状的浅坑。十二个志愿者，三男九女，有老有少，有扎头巾的，有戴眼镜的。他们猫着腰，双手环头，护住脑袋，一个接一个从车上下来。他们并没有十分惊慌，开战将近一个月，高堡市的大人小孩似乎已经习惯了这种突然而至的袭击。老司机一直站在门口，双手把住车门，协助几个年长一些的妇女踩稳踏板。他嘴里一直在重复一句话："赶快走，找隐蔽。"

下车的人猫着腰，飞快地往动物园大门处移动。园长戴安宁已经闻讯赶来，指挥大家去地下避难所。离大门不远处，是园里新挖的地堡，设施有点简陋，很难对付高爆火箭弹，但躲枪子儿还算绰绰有余。

众人安顿好，点一点人头，十二个志愿者都在，唯独缺了老司机。戴安宁赶紧往外走，要出去找人，被一个眼镜男很坚决地拉住了，因为他从瞭望孔里看见大门外有十字星联盟的持枪士兵在走动。

"不行，太危险。"他说，"你出去就会成为靶子。"

戴安宁很无奈，在狭小的避难所里来回踱步，不光是担心老司机，还惦记着园里的员工和动物。

十分钟之后，枪声止息，军人撤离，现场留下一地弹壳、弹坑和呛人的硝烟气味。

人们走出避难所，心急火燎地奔向南门。大巴车的车体在冒烟,车玻璃碎了一地,一侧的轮胎被打爆了,车身倾斜,看起来像是要往外倾倒车肚里的东西。大胡子的老司机斜倚在踏板上,脑袋已经成了一个血葫芦,殷红色的鲜血沿着车门往下滴,先是在水泥地面上汇成一汪触目惊心的黏稠的小湖泊,接着又缓慢地流向车身另一侧,和保安"大叔"身下已经凝固的鲜血汇合在一起。

女人们死死地捂住嘴,把尖叫声闷在嗓子里。眼镜男一屁股跌坐在地,垂着头,半天都没有动弹。

黎明动物园的网页上又增添了一则讣告:

十一月三十日

我们很痛心地告知大家,门卫斯爷爷和志愿者司机普宁先生,在动物园门口的一场枪击中不幸遇难。斯爷爷在动物园工作三十年,退休后返岗,接替了入伍儿子的工作,让年轻人放心上前线。他乐观和善,诙谐幽默,特别有亲和力,总是给游人们最多的帮助和善意,见过他的人都会喜欢他。普宁先生冒着炮火来做志愿者,多次往返市区和动物园,运人员运粮草运物资,他用生命和鲜血在人世间写下了一个最大的"爱"字。正因为有普宁先生这样的志愿者们在努力,我们可爱的动物们才得以在炮火中幸存。谢谢他们两位的无私奉献。向勇气、人性和对动物的爱心致敬。让我们与他们的家人一起哀悼。

完全不需要园长戴安宁的动员,动物园里起码有五十多个员工陆陆续续带着家人搬了进来,在一个刚刚建好、还没来得及开业的水族馆里安营扎寨。用他们自己的话说,免去上下班路上的危险和恐惧,又能全天候地照顾动物和家人,再好不过。

没有床铺,连简易床垫都无法弄到。一部分家属把桌子椅子拼凑成床板,让老人们凑合着睡上去。剩下的年轻人和孩子,搬来园里储备的干草铺成长排铺,人直接睡在干草上,松软又芳香。

有些很老的老人需要照料,稍年轻点的还能帮忙干些活儿,反正只要不是坐轮椅的,都喜欢每天在园里溜达,喂喂小鸟啦,给小羊收拾粪便啦,心情要比困在家里畅快得多。至于被带进园区的小孩子,有尚在哺乳期的宝宝,也有上了幼儿园和小学的,统统站起来排成队的话,像是由低到高的一排琴弦,有趣得紧。群居让孩子们更开心,很多时候他们自己玩,反倒解放了父母的劳动力。而且,小孩子天生跟动物更亲近,他们往兽栏的玻璃隔断外一站,眼睛瞪成小铃铛,手指头含在嘴巴里,半小时都不肯挪一步。

最小的婴儿才五个月,是个有着苹果脸蛋和粉色嘴唇的漂亮小女孩。她的妈妈上班时用一个尼龙背兜把她兜在胸前,她乖乖地趴着,一见人就张开没牙的小嘴巴嘻嘻笑,舞手蹬脚,快乐得要飞。戴莉迷上了这个可爱的小姑娘,经大人们同意,她代替女孩的母亲行使了保姆的责任：背兜系到了她的胸前，她兜着宝宝摇晃，哼唱，逗小姑娘笑，给小姑娘喂奶，甚至还换过几次尿布。戴安宁评价说：挺好，为园里解放了一个劳动力，也算是做贡献了。

勤快的戴莉每天不忘更新动物园的网页，希望能够持续获得人们的关注。没有轰炸和枪击的日子，她会这么写：

早晨六点，园长戴安宁起床，然后在园里巡视，检查前一夜的情况，观察有没有动物生病、情绪反常，或者打架受伤。

九点钟，他第二次巡视，确保当天的工作安排能够落实。然后全体员工投入紧张工作，拉运食物，修缮围栏，开辟动物安全通道，开挖和加固防空洞。

我们在园区一共修建了二十五个防空场所，空袭和炮击发生时，所有员工和他们的家属都能够在第一时间就近避难。园长说，短短的一个月里，我们已经在动物园建造了过去十年才能建成的东西。人的潜能是个未知数吧？

食草动物每天接受四次投喂，分别在上午八点、十一点和下午三点、晚上七点。食料虽然有限，但有总比没有要好。食肉动物没有这么幸运，它们平均五天，甚至一个星期才能饱食一次。没有办法，新鲜肉类太难弄到了。

晚上七点半,天已经黑透,动物喂食完毕,员工将它们赶进室内,做好隐蔽,全园开始宵禁。

八点整,园长还要和全体员工开十分钟电视会议,以此结束一天的工作。

每个人都很辛苦,但是大家心怀希望,可怕的一切终会过去,和平总有一天会来临。

戴克去猩猩馆看望芮芮,刚好又碰到贺拉先生。周末两天也是先生耗在动物园猩猩馆的日子。

才两三天没见面,戴克发现贺拉先生又瘦了,脸色暗沉,额角、脸颊布满暗色斑点,一条破旧的牛仔裤松松垮垮挂在屁股上,透过一件粗针毛衣,几乎能见到他高高突起的肩胛骨的形状。

"贺拉先生。"戴克模仿大人的语气,"开战啦,往后的日子会很苦,你应该多吃点东西,让自己长胖点。"

贺拉先生回头看他一眼,似笑非笑:"两者之间有直接关系吗?"

戴克"嗨"了一声:"我就是……担心你。"

"小家伙,我没事,一切都好。"

"那么,芮芮怎么啦?"

"它有点自闭,已经三天没有出门了。"

贺拉先生站在假山前面一架漆成彩虹色的室外秋千旁边,手里拿着一个通红的苹果,不断地抛起来又接住,希望吸引芮芮的注意,把它从猩猩馆里引到外面洒满阳光的活动场地。芮芮却是异常固执地蹲坐在屋门口,神情颓废,怀里紧抱着饲养员的一件夹克上衣,四肢缩成一团,全身上下只剩眼珠子间或一动,显示它还残存了对美食的一点点兴趣和渴望。

戴克问:"它怎么回事?为什么不开心?"

"嗯,是压力,炮击太频繁了,它现在压力很大。瞧它把衣服抱在怀里的样子,看见了吗?这个动作表达的就是,它非常脆弱,渴望得到抚慰,可是它对走出自己的空间又很恐惧。"

"哦,老天,它简直比我们人类还要敏感。"

"绝对是,动物的感知能力远胜人类。开战之后,芮芮肯定察觉到了外部世界的不同寻常,只是它不能明白到底发生了什么,如此一来,一切反而在它的认知中被放大了,它现在特别焦虑,也非常痛苦。"

"那该怎么办?"戴克跟着焦虑起来,"一直不出门,晒不到太阳,它的多巴胺分泌会更加困难。"

戴克毕竟是在动物园长大的孩子,多多少少懂得一点动物常识。

贺拉先生叹口气:"有快乐的动物,才有快乐的动物园和快乐的城市,可是这一切正在飞快地离我们而去。"

他说完这句话,像是被冷风呛着了,弯下腰,剧烈咳嗽起来。

芮芮坐在门口,看见贺拉先生痛苦的模样,显而易见地又担心又焦急,手指尖在腿上不停抓挠,嘴巴磨来磨去，屁股半抬不抬，好像急切地要上前帮助贺拉先生，却又迟迟疑疑迈不出步子。

对现在的芮芮来说，抉择也是一件艰难的事情呐。

戴莉紧张地站在大象妈妈曼妮身边，看着赫仁医生拿着一支特别粗大的针管，给曼妮注射。戴莉的腿肚子都在哆嗦，她觉得这一定很疼。她抬手，不断地抚摸着曼妮，轻声安慰："没事的，没事的，很快就好，就一小会儿……瞧，结束了，就像被牛虻叮了一下下，对不对？"

赫仁医生收了针，拿一大块酒精药棉擦一擦针眼，开始收拾他的药箱。

戴莉问他："打了这种镇静剂，曼妮会好点儿吗？"

曼妮快四十岁了，比戴莉的年龄要大上很多，神情步态已经有一点历经沧桑的模样。它有一双巨大的耳朵和极其敏感的性格，每次听到炮击的声音，它就会把两扇耳朵收紧，死死贴住脑袋，来回走动，烦躁不安，最严重的时候它还会用脑袋咚咚撞墙，无休无止地撞，一直把自己撞到皮开肉绽才肯停歇。

戴莉每次看它折磨自己，都忍不住想哭。

有好几次，曼妮妈妈的焦虑症发作时，戴莉试着把它未成年的孩子婕妮带到它面前，希望它能够转移注意力，缓解一下症状。但是超级溺爱孩子的大象妈妈这时候的反应总是很奇怪，看到小婕妮，曼妮妈妈会转身走开，还会用鼻子推女儿，吼它，赶它走。戴莉觉得，这是曼妮妈妈

知道自己有病，它不想让女儿看见自己的异样和无助。

赫仁医生收拾好东西，盖上药箱，回答戴莉说："药物肯定有帮助，会让它放松神经，不再感觉紧张。"

"每天都要打一针吗？"戴莉心疼曼妮。

赫仁医生观察了一下大象的神态，确认药物没有引起特别反应，说："不需要每天，只在它紧张过度的时候。"

"可是它每天都会紧张过度。"

"那就需要另外的帮助了。"

"另外？另外是什么？该怎么做？"戴莉追问不止。

赫仁医生想了想:"最好的医治应该是陪伴,安慰它,呼唤它的名字,让它感觉不孤独,知道这世界上不是它独自在面对恐惧。"

戴莉使劲地咬着嘴唇,思索实施这个方案的可能性。她把脸颊贴在曼妮身上,感受它肌肤的温暖,还有它迟缓有力的心跳声。

"曼妮,"她轻声地询问它,"你需要我吗?你希望我过来陪着你吗?"

晚上八点整,戴安宁召集动物园全体员工开了一个长长的会。戴克和戴莉不是在编人员,没有参会资格,可是会议散了之后,他们两个都注意到人们的异常:走出会场时,没有人交头接耳,更没有人大声谈论,每个人的面孔都绷成了铁板,步履沉重,眼皮低垂。有几个年轻女员工的眼眶甚至是红的,仿佛刚刚哭过。

办公楼前的主干道上,灯光晕黄,勉强能照亮脚底下的路。难得没有枪炮声,空气因为寂静而显得压抑。就连蹲坐在戴克脚边的边牧卷毛都察觉到不同寻常,不停地交换挪动前爪,小声哼哼,望向戴克的眼神透着十足的不安。

戴莉捅一捅戴克的手肘:"嗨,我说,你不觉得出什么大事了吗?"

戴克小声答:"肯定有事啊。"

"你该去问问爸爸。"

"我觉得爸爸心里烦,不愿意多说话。"

"那你就去问赫仁医生。"

"你去,我在这儿等你。"

戴莉眼看着赫仁医生快要走远,赶快追上去。卷毛的屁股本能地一抬,也想跟过去,见戴克没动,只好重新坐下。

戴克抱着一根纤细秀气的亚克力材质的路灯杆,身体半掩在后面,皱起眉头观察前面的情况。他看见戴莉一直追到百米开外,才叫住了赫仁医生。身材高大的医生站住,停下脚步,转身对着小戴莉。灯光罩住了他的身躯,给他的脑袋和肩膀打上一圈淡淡的黄色光晕,温暖,而且安详。戴莉先说话,然后赫仁医生回话。赫仁医生说得简短,但是信息量明显极大,因为戴莉显得很吃惊,她一把抓住赫仁医生的衣服,又抛出一连串的问题。赫仁医生只好对戴莉摊手,耸肩,表示他无能为力。

戴莉沮丧地飞奔回戴克身边,带着一点哭腔说:"动物园要转移动物,员工会议上已经决定了。"

"转移?把动物送走?关闭动物园?是这个意思吗?"戴克一把抓住妹妹的肩膀。

"我不知道,应该就是这样。哥,这消息让我太难受了。"

戴克沉默片刻,拍一拍卷毛的脑袋,让它就地留下陪着戴莉,自己快步冲进对面的办公楼里。

整座楼黑灯瞎火,只有园长办公室里还有一只暗绿色丝绒罩壳的台灯亮着,光束只投射到桌面很小的范围。戴安宁背对门口,耸着肩胛,独自趴在电脑前工作,电脑屏幕上显示了一份很复杂的表格。戴克踮着脚走过去,从爸爸肩头上瞥一眼,发现这是一张长长的动物名册,上面的动物名称后用红蓝两色分别标注了"转移"和"留守"的字样。

"是真的吗?"戴克震惊到声音颤抖。

爸爸回头,看了一眼戴克:"你都知道了?"

轻叹一口气之后,他半转过椅子,侧身对着戴克,指一指电脑上的名单,声音里透着深深的疲惫:"孩子,必须这么做。战争短期内不会结束,我们这里无法确保所有动物的福利和安全。"

他耐心地告诉戴克,转移出去的并不是全部,只是一部分比较珍贵又方便转运的动物。转移资金由星球议会下属的一个动物协会帮忙筹集,协会还预先联系好了愿意接受动物寄存的国家。

"总之,它们远离战火后,会得到更好的照顾。"

"是最好的办法吗?"

"我想是的。刚才开会,全体员工都同意了。"

戴克心绪纷乱,张一张嘴,却说不出什么。

"从高堡市出发,到达境外目的地,一共两千多千米的路,要穿过大片沦陷区和交战区。"戴安宁面色沉重,自言自语,"火车干线断开了,得用卡车运送。千里跋涉,无法想象路上的艰难。"

戴克沉默了几分钟,然后走过去,蹲下,把自己的手放到爸爸掌心里。

"还会回来吗,我们的动物?"他问。

"当然。"戴安宁说,"当然会回来,它们是属于我们的,是高堡市的,黎明动物园的。"

第四章

启程

两辆超长的动物转运车辆停在动物园的中央大道上。路上的累累弹坑被员工们拿石子黄沙匆忙填平了,车子开起来好歹不会像跳舞一样癫狂扭摆。车辆被漆成醒目的橙红色,车顶、两侧及后厢挂板,都喷涂了巨大的黎明动物园的圆形彩色徽章图案,下面有一行白色的通用语标识:"动物转运",每个字母都写成一张标准打印纸那么大,眼睛好的人,一百米开外也能看得清清楚楚。

戴安宁解释说,这是为了提高转运车辆的识别力,希望十字星联盟的军队能够因此减少一点对转运队伍的骚扰。

鹿舍的老金一边和几个员工合力将一个铁制斜梯推往车后厢处,一边哼哼着发表意见:"你能够指望那些天杀的强盗良心发现?我跟你们说,太阳打西边出!他们要是肯抬高枪口,我的涂涂也不至于开战头一天就送了命。"

戴克心里想,老金大概这一辈子都不会忘记雄鹿涂涂悲惨的死状。

鼻梁两边长满可爱雀斑的志愿者小伙子波扬,轰隆隆地开来一台小型起重机,准备吊运一个装着公熊"超人"的大铁笼。波扬是高堡大学生物学系的在校大学生,几乎是从高中时代就粘上了动物园,算是这里老资格的志愿者了。他请求加入这次的大规模动物转运,还当着戴安宁的面跟他的母亲通了电话,求得了家长同意。戴克很开心波扬能够跟他在一起。戴克自己为加入这支队伍,同样跟戴安宁软磨硬泡了好几天。两个年轻小伙子都是一脑门子好奇加一腔热情,根本没想过接下来的一段日子会遭遇什么。

此时的公熊"超人"已经被赫仁医生打过一针麻醉剂,晕乎了半天,总算睡着了。它睡熟时嘴巴里还咬着一根竹笋,赫仁医生怕它在无意识时被竹笋堵住口鼻引起窒息,走过去掰它的嘴巴,可它偏偏就死死咬着,弄得大家都忍俊不禁。赫仁只得放弃了从昏睡的熊口中夺食,只嘱咐戴克,在"超人"醒来之前,要时刻留心它。

第二只进铁笼的是狮子,刚满三岁,属于大致成年而又稚气未脱的年龄段。麻醉剂打进去,只差拖进笼子了,波扬好心去帮忙,想拖拽又没找到下手的地方,忙中出错,揪住了狮子头顶上一撮毛。这一下坏了大事,也不知道是感觉到疼痛还是怎么的,狮子突然惊醒,下意识地一张嘴,恰好咬住波扬的衣袖。波扬吓得脸煞白,一声惊叫生生闷在了喉咙里,活像张嘴吞了一个大汤圆,吐不出又咽不下。

一旁观看的戴克见到狮子苏醒,以为波扬难逃狮口,急得跳脚,哇哇直叫。赫仁医生飞步上前,迅速捂住戴克的嘴,呵斥说:"别出声!它现在还没全醒。"

与此同时,守在铁笼前的饲养员抓起备好的活鸡,拎着翅膀在狮子眼前晃。吃鸡毕竟比对付一个活人更容易,讲求实惠的狮子当即就松了口。饲养员灵巧地一闪身,拎着咯咯叫唤的鸡转到铁笼后,可怜的狮子不知是计,加之被麻得晕晕乎乎,一步一步摇摇晃晃走进铁笼中。咔嚓一声响,已经被远程控制的笼门关上,卡紧,贪吃的狮子成了笼中之兽。

赫仁医生心有余悸地检讨说,还是怪他太手下留情,以为狮子年幼好对付,麻醉药的剂量没舍得用够,波扬若真被它咬一口,出师未捷人先伤,他的罪过可就太大了。

同样是这只鸡,接着又把大威小威兄弟哄进了笼子里。两只白虎都没上麻醉,因为赫仁医生实在不忍心麻翻这对双胞胎。幸好两只虎都还小,社会经验严重不够,一哄弄就上了当。

可怜这只鸡,至此已经惊吓过度,一命呜呼,被饲养员随手扔给大威小威,算是给它们填了个牙缝。

另外一只森林黑熊体形不算大,饲养员阿姨拍胸脯担保说,这只熊又温顺又听话,她完全可以劝说它进铁笼,就别打麻醉药了。然后她抓着一把黑熊最爱吃的小胡桃,柔声唤它的名字:"莫莫,莫莫。"

莫莫看到了胡桃,也听到了呼唤,但是很奇怪,它仿佛有敏锐的第六感,保持着极高的警惕性,坐在地上一动也不动。

饲养员展开说服动员，声音温柔又甜蜜："莫莫，胡桃是烤过的，你过来闻闻香不香？嗯？香不香啊？瞧瞧，是你爱吃的吧？过来我的小宝贝儿，来吧来吧，这么多胡桃，都是给你的……"说完，她从口袋里又掏出一把胡桃，两只手抓得满满当当。

莫莫看起来比狮子和白虎有头脑，劝说诱惑都没用。它就像个心怀戒备的小孩子，不吼叫，也不动弹，眼巴巴望着胡桃，偏就赖在地上不起身。

到最后没办法，还是由赫仁医生给它来了一针，麻翻之后抬进笼。

赫仁医生打完这针后一个劲摇头："麻醉剂不多了，不能再用了，得留个后手。"

不过到这时候，猛兽们差不多都已经上车了。

在这之前的一天，动物转运名单在园区内网公布后，贺拉先生佝偻着腰背，很激动地跑去找戴安宁，要求把芮芮从名单上撤下来。

"它不能走，绝对不能走。"贺拉先生挓挲着两只手，在戴安宁面前转来转去。

"它必须走，我们园里只有这一只母猩猩，它要为猩猩家族繁育后代，我不希望它出任何问题。"

贺拉先生碎步上前，在戴安宁的电脑屏幕上一通划拉，调出一份文件。

"瞧瞧,"他一伸手,"瞧瞧啊,高堡大学当初跟你们的协议,芮芮是生物学系和动物园共同的研究对象,共同!对它的去留问题,我有一半发言权。何况实验正在紧要关头,科学研究是讲求持续和严谨的,半途而废意味着我们两个都在犯罪!"

贺拉先生说到激动处,脸涨得通红,一连声地呛咳,大喘气,感觉随时随地会咳出一小块紫红色的肺叶。

戴安宁赶快上前,给他倒一杯水。贺拉先生哆嗦着掏出药瓶,往嘴里倒上几颗,喝口水,一仰脖,吞下。

"我想我们都不该冲动,我们要从动物的福利和安全出发,为它们做最好的考虑。"戴安宁轻言慢语。他心里很能够理解贺拉先生的不舍。日夜相处将近两年,实际上,芮芮已经成了贺拉先生宠爱的孩子。

贺拉先生在一把椅子上坐下来,平复了一会儿,嘟囔道:"芮芮不一样,它太聪明,对环境特别敏感,开战以来压力一直很大,它需要安定。"

"贺拉先生,请允许我说明,不光是芮芮,所有的动物都需要安定。你看看我们这里,斑马已经开始撞墙自残,大象需要不定期地注射镇静剂,小狮子辛巴每次听到炮击声都会躲在角落不吃不喝。它们快要崩溃了!对它们来说,什么才是最好的安置?转移出去,远离战争,生活在和平自由的土地之上,被阳光照拂,被孩子喜爱,有最可口的食物、最洁净的水、最安宁的睡眠,还有……"

贺拉先生摆一摆手,不让戴安宁再说下去。他的脸上有沮丧,也有焦虑,眉心拧成一个硬突突的疙瘩。

然后,他起身出门,到走廊里打了一个长长的电话。

再回来时,沮丧消失了,取而代之的是一种坚定和决绝,还有一种闪动在他眼睛里的、说不清楚的热烈和希望。这样的眼神让戴安宁心里暗暗称奇,他不知道电话里传达了什么样的信息,让固执的贺拉先生有了这种转变。

"好了。"贺拉先生眉眼坚定地拍一拍戴安宁的肩膀,嘴角扬起一个开心的笑,"一起出发,就这么决定了。"

"一起?谁跟谁一起?"戴安宁大为惊讶。

"我和芮芮。我跟着它走。"

戴安宁猛吸一口气。转运车队多一个人,他倒不在意,他是担心贺拉先生的身体,转运路上有太多的不确定性,有想象不到的艰难困苦,一个病弱的小老头儿能不能跟得下来真是个问题。

可是戴安宁转念一想,这时候要劝说贺拉先生放弃也是不可能的,他对自己的科学研究太过痴迷。戴安宁还想,这事要放在自己身上,同样也不会放弃,他们是一模一样努力做事的人。

装车时,戴安宁亲眼看见贺拉先生的学生开车从市区赶过来,卸下沉沉两大箱电子仪器和配件,又帮贺拉先生把这些送上随车队出发的大巴,这让戴安宁更加证实了自己的想法。他把戴克叫到一旁,千叮万嘱,要儿子路上照顾好贺拉先生,不能出任何差错。

"记住，这是你唯一的任务，最重要的任务。"他双手托起戴克的脸，用劲揉了揉。

两辆大型动物转运车辆，按照精确计算过的空间，放进了大大小小五六十个铁笼，计有草原狮一头，白虎两只，高地黑熊两只，豹两只，黑猩猩、野牛、斑马、湿地马鹿、珍稀黑麂各一只，此外还有相当数量的山魈、梅花鹿、狒狒、郊狼、卷尾猴、狮尾猴、金丝猴、金猫、树懒、羊驼、熊狸和兔狲。大的笼子放底层，小笼子见缝插针，互相之间用木板遮挡，以免它们威胁同伴或者受到惊吓。

动物车辆的后面，紧随一辆载人大巴，车厢下面的行李空间和整个车后部堆满各种动物食料、清洁用品、必备药品，还有一台专门用于和动物园本部联络的移动星链接收器。

大巴的前面几个座位挤坐着五名随行饲养员和几个动物志愿者。矮矮胖胖的高堡市野生动物收容所所长安琪，职业本是牙医，四十岁上下，会三国语言，灵活又热情，负责一路上的联络工作。小伙子波扬，当志愿者多年，熟悉各种动物脾性，一路上身兼多职：饲养员、翻译、食品采购员、搬运工。女孩伊娃，刚满二十，牙齿上还戴着亮闪闪的牙套，是高堡大学兽医学院三年级的学生，也是赫仁医生的助手，被赫仁医生指派参队之前，她临时学习了对枪伤、烧灼伤以及骨折等的处理。

上车之前,她龇着一嘴钢牙警告戴克:"你看到枪子儿可得躲着点,要是不小心被打断一条胳膊腿啥的,我可不能保证不把你的骨头接反哦。"

戴克耸耸肩:"那怕什么?断开重接,一句话的事儿。"

伊娃恨恨地戳一下他的鼻子:"小家伙,大话精!"

戴莉过来跟哥哥告别时,带来了那顶旧钢盔。她一定要戴克带上它。爸爸没有准许她跟随车队出发,这个戴莉能理解,毕竟她才十二岁,还是女孩子。再说了,大象妈妈曼妮因为体形太巨大,不能随车走,戴莉留守动物园就变得心甘情愿。还有河马、长颈鹿、白犀牛、一头长发飘拂得像雪山王爷一样威严的黑牦牛……它们都因为运输不便或者年老体衰而留了下来,这些留下的动物同样需要人照顾。还有爸爸,还有赫仁医生,他们都会跟戴莉在一起,她完全用不着为留在战火之中而悲伤。

车队出发前的最后一刻,趁着卡车的驾驶室的车门没有关闭,边牧卷毛不知道从哪里蹿了出来,纵身一跃,跳到副驾驶座的戴克身边,拼命舔他的手,摇尾巴,喉咙里发出呜呜声。

戴克明白它的意思,很为难:"不行,卷毛,这不是去散步,我们要去的地方很危险。"

卷毛把脑袋扎进戴克两腿间,四只爪子嘎啦嘎啦地抓地板,就是不肯走。

戴克捧住它的嘴巴,用劲亲了一下:"真的不行,好

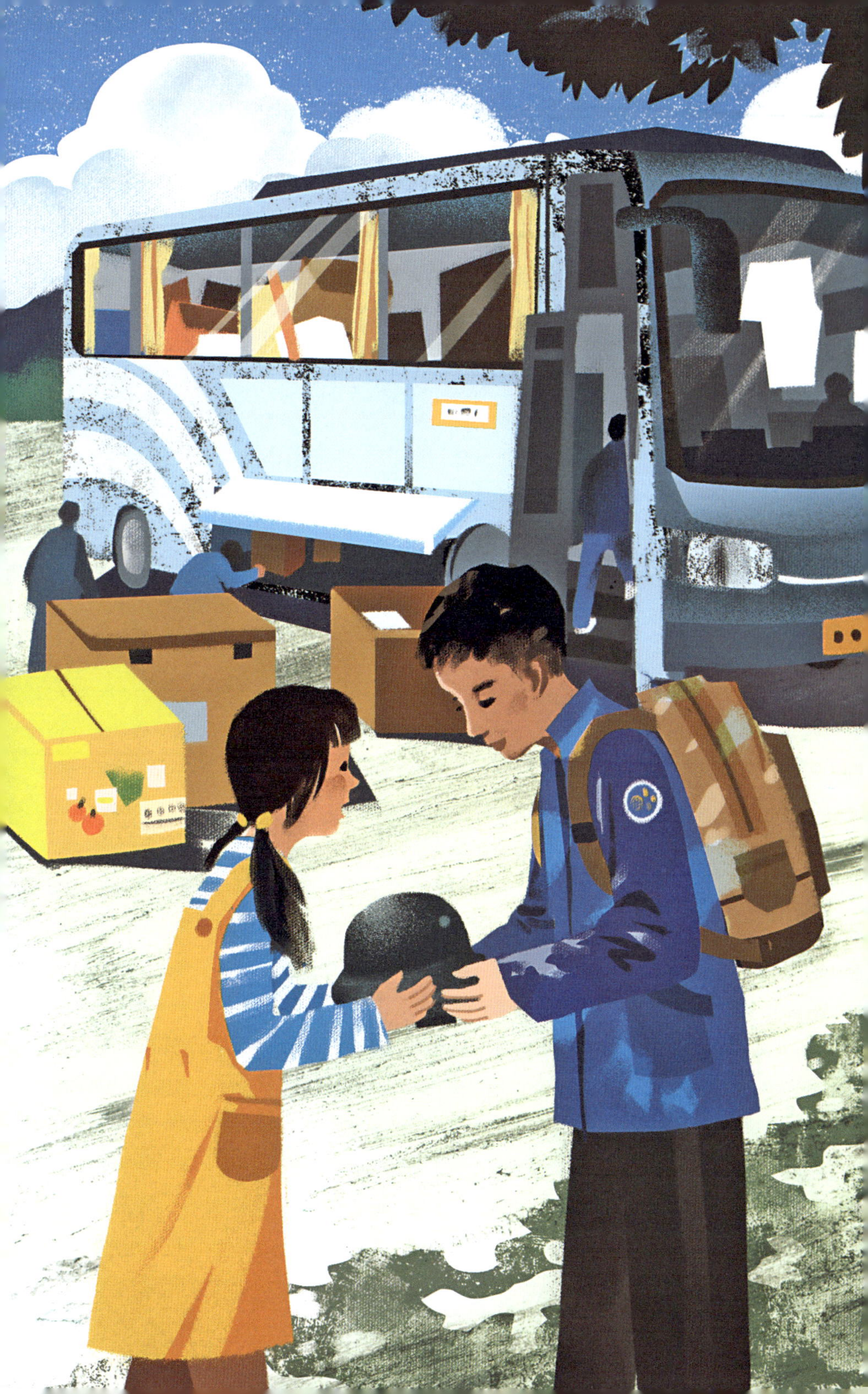

卷毛，乖乖在家，等我回来。"

　　他吃力地抱起身高力大的卷毛，带它下车，把它交给爸爸，回身再往车上走。蹬上踏板的一瞬间，他回头，看到卷毛那双伤心又失望的眼睛，难过得差点儿落泪。

第五章

深陷泥潭

关着黑猩猩芮芮的铁笼子装载在第一辆卡车上,因此贺拉先生强烈要求坐进这辆卡车的驾驶室,理由是芮芮目前有轻度焦虑,同在一辆车,方便照顾和交流。

按照贺拉先生的心思,恨不能让芮芮也一同坐进驾驶室。芮芮聪明又懂事,它完全用不着被关进该死的铁笼中。不过司机劳德不同意:"你坐进来可以,它不行。"

"它行。"贺拉先生为了芮芮不惜软言相求。

"我说不行就不行。"劳德斩钉截铁,"人是人,猴是猴,两码事。"

贺拉先生哭笑不得:"纠正一下,芮芮不是猴,是一只黑猩猩。"

"都一样。"劳德不耐烦地一挥手,脚踩油门,轰轰地发动车辆。

他的这辆车,驾驶室有前后两排座位,宽大又舒适,前排坐着他和贺拉先生,后排只坐了戴克一个,按说让芮芮挤进来也没问题,可劳德是车老大,在驾驶室搭乘哪些人的问题上,由他说了算。贺拉先生在戴安宁面前是权威,对劳德来说就是小老头儿一个,他可以随随便便对贺拉先生拍肩握手以示亲热,也可以说笑嘲讽全无顾忌。

比如,劳德看着贺拉先生久坐之后如坐针毡的难受样,就会说:"老天,你那屁股瘦得像锥子,可别把我的真皮座椅钻出一个洞洞来。"

贺拉先生动不动就咳嗽,一咳就咳到山摇地动,喘不上气儿。劳德手把方向盘,嘴巴里嚼着碎烟叶,眼睛盯紧前方的路,一点都不耽误揶揄他:"老兄,你瞧你,你就不该坐上我这辆车。你该去医院,躺到干净病床上,望望景,看看书,跟人聊几句闲篇儿,那多舒服。"

贺拉先生充耳不闻,喘定下来之后,总是掏出口袋里的药瓶,往嘴里送几颗药,然后偏过脸看路边的风景。戴克觉得,贺拉先生脸皮薄,知识分子腔,要真是斗起嘴来,肯定不是壮汉劳德的对手。

劳德说归说,看贺拉先生咳得难受时,还是会伸手从驾驶台上拿起他的保温杯递过去。劳德有一个很大的银色保温杯,里面装满了浓烈的苦咖啡,一开盖,香气袭人。毕竟是老司机,开惯了长途车,除了他,谁都没想到要带上这玩意儿。

贺拉先生抖着两只手,接过杯子,拧开盖。他从来不肯直接对住杯口喝。他会小心地往杯盖里倒上一点点,高高举起,仰脸,张大嘴巴,凌空倒入喉管,咽下后,抿嘴品味一秒钟,再倒第二口。

劳德以为贺拉先生有洁癖，不肯碰别人嘴巴碰过的东西，摇摇头，撇一下嘴，言语里一万个瞧不上："我说你，搞什么搞？嫌弃我？我又没得传染病。你们这些知识分子……老天，啧啧。"

贺拉先生不解释，依旧按自己的意愿做。不过，他连续倒入喉管几小口咖啡之后，精神总会好很多，脸颊上也会泛出一点点淡粉色的活气。

劳德这时候又会笑眯眯地挖苦他："瞧瞧，怎么样？咖啡一喝来劲儿了。我就说你是回家躺着喝咖啡的命吧？你真是，有福不会享，跑来跟着我们吃苦。"

余下时间，劳德也会跟戴克唠嗑："小家伙读几年级？"

"应该是九年级。"

"应该？为什么是应该？难道你现在不读书了？逃学？"

戴克解释："才不是逃学，是学校停课了，没有学可以上了。"

劳德扭头看他一眼："我猜你乐意学校停课，男孩子都不喜欢上学，我小时候就是，藏到河沟里，爬到树杈上，还钻过一次排水管。我爸为逃学这事没少揍我屁股，拿藤条揍！那是真下得了手。"

戴克被火燎了一般叫起来："才不！我喜欢上学，数学语文历史地理我都喜欢，我们停课是因为战争，迫不得已！"

劳德哈哈大笑，可爱的双下巴上的肥肉一个劲打战：

"你看你看，你这小家伙，一说就急，没劲。逗你玩呢。"

戴克愤愤不平，感觉自己的智商受辱。不过他反过来一想，车上有这么一个饶舌爱逗乐的司机也不错，起码旅途不寂寞。

劳德不是志愿者，他是受雇来开车的，他说他需要挣钱，因为家里有四个孩子要养活。"四个。"他朝戴克伸出一只手，把大拇指压在掌心里，"都是男孩，十岁，九岁，五岁，三岁。两个小学，两个幼儿园。我得说，他们都是好孩子，听话的孩子。我答应他们，这趟拿到钱，给他们买一大盒积木，能拼出航空母舰的那种。半年前我就去商店里看过了，可不便宜。"

他块头大，脑袋也大，胡须浓密，牙齿焦黄，皱纹深深，提到他的四个孩子，脸上就浮出幸福爸爸特有的笑容。

戴克想告诉他，打仗了，恐怕没有商店出售玩具了。可是他想了想，没有说。

离开动物园的小环境，上了高速公路，戴克才真切感受到战争对高堡市的摧残。

一个月的时间里，战争这台巨大的绞杀机轰隆隆地在无垠的田野上横行，所过之处，无一不是灾难大片里世界末日般的恐怖场景。深秋季节本应五彩斑斓的树林，无端被炮弹削去头颅，站成一片片举臂哀号的槁木。河流环绕的富裕村庄如今残败不堪，那些原本憨朴可爱的农家小屋，不是摇摇欲坠，就是半边坍塌，雪白或彩色的墙壁一律被硝烟熏成了焦黑，如同点燃过一场地狱之火。一些过于粗大的梁木，短时间不能烧透，被遗弃在废墟边，任由它们慢悠悠地燃着青烟，烟柱像蓝天下的一根根虚拟蜡烛，被某种不知名的力量控制，不停息地飘忽、扭曲和战栗。蓝白两色的铁皮防雨篷，被爆炸产生的冲击力撕扯，蜷缩成看不出颜色的破烂抹布，一头挂下来，另一头绞缠在伸出窗口的木棍上，摇摇晃晃，等着坠落。少部分未倒塌的房屋，朝公路一面的窗户玻璃统统消失，仿佛在时间的维度里神奇地融化，成为宇宙中的另一种不明物质。黑洞洞张开大嘴的窗户和门，只剩墙壁上或方或长的一个框架，让人感觉一旦误入，即刻会被黑暗吞噬，坠入空洞，永不复生。

　　人迹也是有的，恋旧的老婆婆们不甘心家园就此被毁，手里拿一根铁制的扒钩，在遍地瓦砾间颤巍巍地攀上爬下，埋头刨挖，希望能捡拾出一点可做珍藏的纪念物。精瘦的老头子们不与老婆婆为伍，自顾自坐在大门外的一堆水泥砖块上，望天发愣，眼神悲苦而茫然。黑狗黄狗缩着脑袋，夹紧了尾巴，一边呜咽，一边绕着陌生的废墟来来回回地走，不明白好端端的房子去了哪儿，可亲的主人又去了哪儿，为什么突然就将它们遗弃。脏兮兮的猫咪脚掌柔嫩，走不了瓦砾堆，索性爬上破屋顶，朝着满地丧家的狗狗们无助地摇尾巴，一声接着一声号哭，听得人心碎。

　　再远处是城市，连绵耸立的钢筋水泥的大楼，几发火

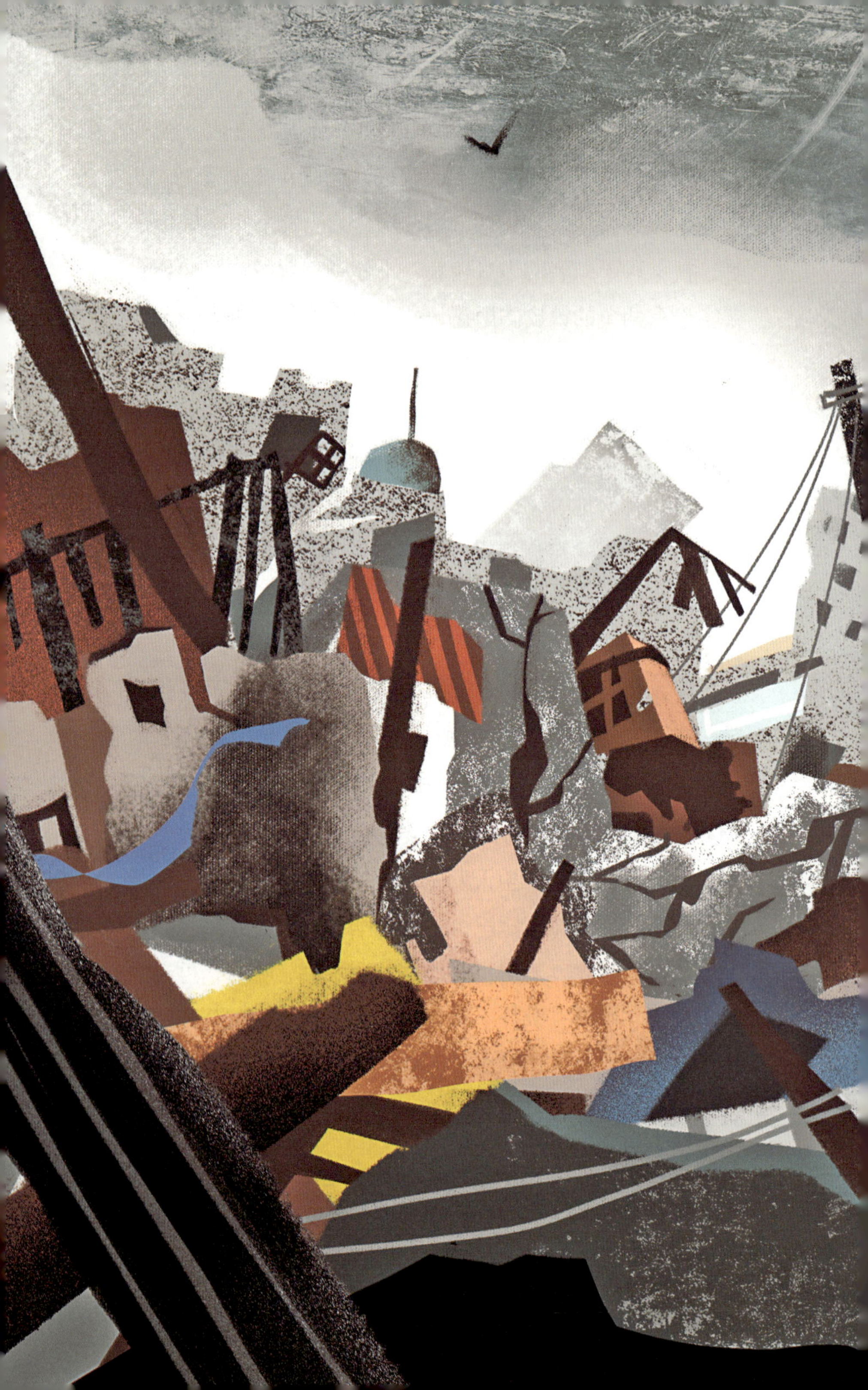

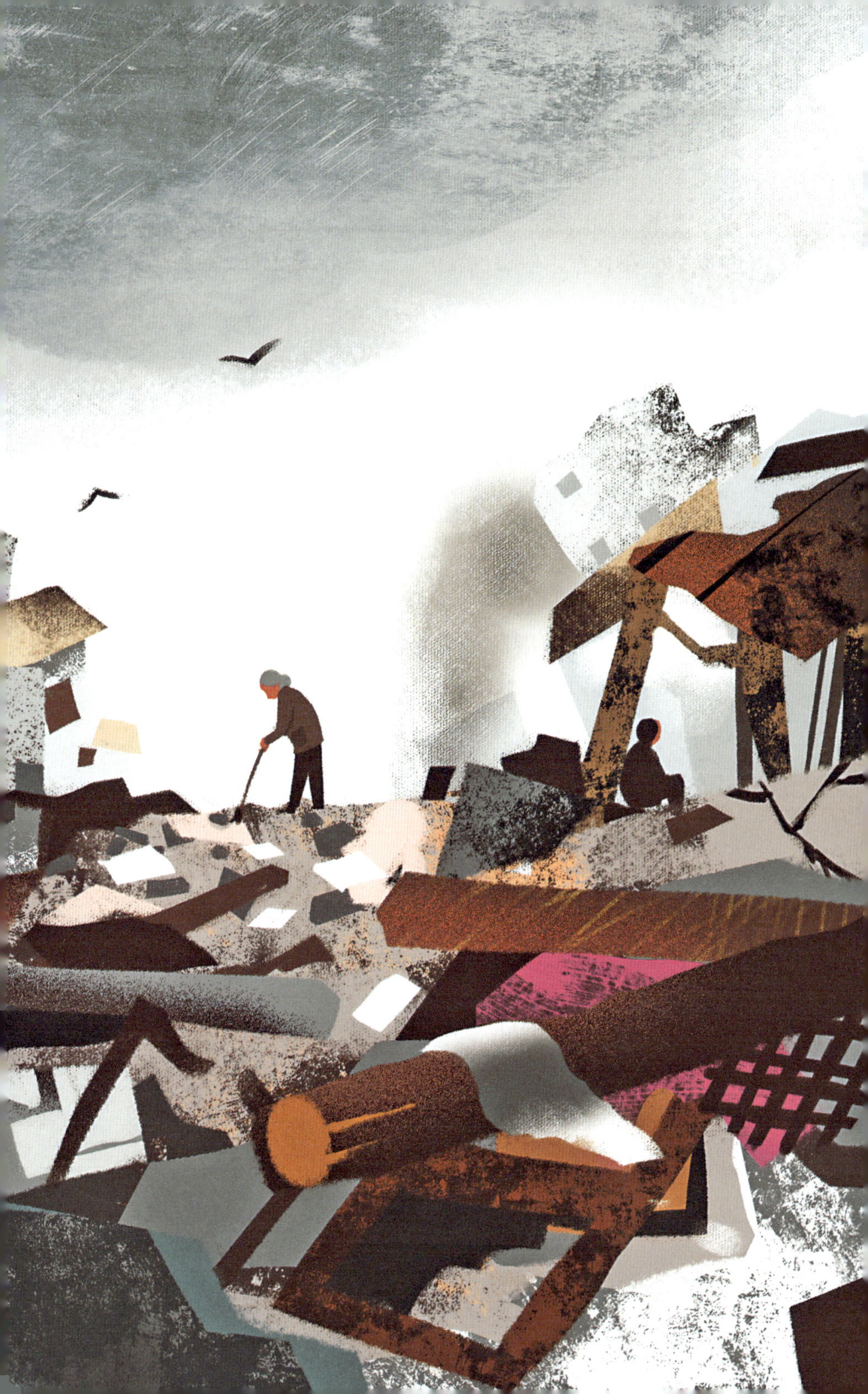

箭炮弹还不足以摧毁它们坚固的结构，可是楼体外立面已经严重受损，隔着几百米的距离，能看到朝向公路的一个又一个黑漆漆的弹洞，如同楼体被撕裂的巨大伤口。戴克眼睛好，坐在车上一晃而过时，偶尔能透过这些裸露的黑洞看到大楼里面的旧日陈设：一个个的小隔间，吊在一根根电线上的日光灯管，办公桌椅，桌上的电脑，雪片一样飞落在四处的文件，还有宛如镂空雕塑般悬在空中摇摇欲坠的楼梯。戴克皱着眉头，想象昔日端坐在隔间里工作的男男女女是什么模样，又猜测他们是已经遭遇了不测，还是满怀愤怒扛枪上了战场。总之，他觉得，如果他是一个作家，他可以写一本很不错的书，就讲讲大楼里的小故事。

战火下的公路要比平常难走一万倍，大大小小的弹坑、碎石、水泥块散落四处，隔不多远就有被炸毁却没有来得及拖走的车辆：坦克、装甲运兵车、炊事车、画有醒目的红十字标识的医疗车，间杂着各款各型的民用汽车。有些从一侧看起来完好无损，另一侧已经面目全非。有的被炸后紧接着起火，全车烧得漆黑，方向盘和座椅什么的熔化成焦炭，不敢想象车中乘客若不能及时逃离，会是什么惨状。还有一些大体完好的车，车漆尚且新亮，轮胎依然坚固，感觉坐上去踩一脚油门还能发动，却不知道为什么被主人抛弃。

劳德开车是一把好手，他虽然口中骂骂咧咧，不断诅咒发动战争的那些该死的禽兽，双眼却是一眨不眨紧盯前方，方向盘牢牢把握在手里，油门、刹车轮番踩动，超长的转运车辆在他的操控之下扭动蛇行,时不时咚的一声落进弹坑,而后吭哧吭哧跃地而起,时不时又因为拐弯角度过大,车辆歪来扭去近乎倾翻。

"坐好,小子,手里抓着点东西!"他不断地扭头提醒身后的戴克。

对贺拉先生,他则是偷偷瞄上一眼,确认对方还能坚持之后,找补一句:"老骨头颠散架,可怪不得我,这不是技术问题。"

贺拉先生不在乎颠簸,他关心车厢里的那些兽笼,更确切地说,他担心黑猩猩芮芮是否安适。驾驶室里已经如此,车厢的情况肯定比大海行船遇上巨浪还要糟糕。他不断地从车窗伸出头,努力往后看,试图观察后部车厢里的状况,被劳德几番呵斥警告,才勉强坐稳。贺拉先生絮絮叨叨解释说:"动物也会晕车,比人类晕车还要严重。"戴克问他:"严重到什么程度?会不会死?"贺拉先生就没法回答了,因为他的这个说法只是理论上的可能性,是一种基于科学理论的猜测。

"我最好能下去看一眼。"他乞求同车的劳德和戴克,"就看一眼。"

车轮恰恰在这时跃过一个弹坑,整个车体往左右两边猛烈摇晃了好几下。戴克的身体咣啷一声甩到左,跟着又咚地甩到右。劳德脚尖踩在油门上,喝令他们:"坐好,扎上安全带,别乱动!"

第五章 深陷泥潭 097

如果有人从天空往下看，环城的高速公路像一条灰白色丝带，很温柔又稍稍有点距离地环绕着高堡市区，好似一个分寸感极好的绅士。平常的日子，从黎明动物园开车去市中心，高速进，高速出，至多不超过半小时。可因为战争，路况极差，半小时的路，晃晃荡荡走了大半天。

开出市区，前方一段的情况好了很多，不少头戴安全帽的本地士兵正在帮忙清理路面，往过深的弹坑里临时填上一些石块和泥土，把炸毁的车辆用清障车和大吊机移出路面。路边的树林里，隐隐约约能看到涂了白漆标志的军车掩藏其中，车上的迷彩防护网密密匝匝，弄不清楚底下蹲伏着机枪还是大炮。不过戴克能够肯定，一旦敌军来袭，这一辆辆军车便会在即刻间呼啸而出，还对方一顿扎扎实实的枪林弹雨。

戴克跟劳德搭话："你猜这几辆打烂的坦克是哪一方的？"

"当然是十字星联盟军的啦，喊，不会看标志吗？你以为我白痴？"

"不是，我是想说，他们会把这些破坦克弄到哪儿？"他指了指忙碌的国防军人。

劳德耸耸肩："我不知道。要是我，搞条时空隧道装进去，一按发射器，统统送回该死的十字星联盟国，就落到他们的大街上。"

"坦克雨？"

"坦克雨。让那些可恶的家伙看看，这就是侵略别国的下场。"

戴克哈哈大笑,想象十字星联盟国的天空中落下无数辆废坦克的情景,对劳德的主意佩服到不行。

"最好还有个时光修理机,废坦克进去,新坦克出来,换个标志和编号,给我们的军队用。"戴克顺着劳德的思路走,手舞足蹈,越发兴奋。

"那人呢?"劳德朝路边斜坡下几具十字星联盟军的士兵尸体努努嘴,"人送进时光复活机,换颗心脏,换个大脑,呼啦一下子出来,掉转枪口就打他们自己人。"

"军官一下子就蒙啦,这可怎么辨别敌人和自己人呢?要不要照个X光?"

两人说得开心,不知不觉,高堡市区被远远地抛在了后面。

半躺在座椅上的贺拉先生心情大好:"照这个速度,也许我们用不了一周时间就能过境。"

劳德得意扬扬:"也不看看开车的是什么人。我年轻时候,两千千米算什么啊?一脚油门,一口气开到头,中间水都不带喝一口。"

戴克马上在心里计算时间和速度,感觉劳德是吹牛。他欠起身子,正准备提出质疑,突然听到"嘎"的一声怪响,车子猛烈地往前一冲,再往后一顿,停了下来。

"出什么事了?"戴克皱皱眉头,揉了揉被撞疼的膝盖。

劳德没有答话,手扶在方向盘上,探身向前,目瞪口呆地望着前方的路。

前方约莫五十米，是高堡市的环城河，河上原本有一座漂亮的红白相间的双耳形斜拉桥，算是本市的标志性建筑，现在桥梁中间被某种对地导弹豁开了一道大口子，裸露的钢筋钢梁被高温烘烤，像面条一样垂挂下来，披散在桥身和水面之间。深秋的河水在桥下哗啦啦地急速流淌，卷出一个个小小的漩涡，几只鸥鸟从河面翩翩飞过，河边一片片烧焦的芦苇枯而不倒，参差站立，一切显得静谧而诡异。

两辆动物转运车加一辆大巴车，依次停靠在路边。车队所有的成员：安琪、波扬、伊娃、贺拉先生、三位司机，还有五个饲养员……大家围成一圈站在路基斜坡上，紧急商量如何应对。

半日颠簸，动物们各种不适，在车上烦躁不安，拍打铁笼的、号哭吼叫的、弓起身子在笼中勉力转圈的、拉屎撒尿的，乱成一团。

戴克腿快，片刻工夫奔去河边一趟，又半截身子湿淋淋地奔回来，冻得上下牙打哆嗦："河水太深了，我才进去几步，水就到了这儿。"他用手比画一下大腿的位置。

伊娃一把抓住他，往大巴车上赶："你这小家伙贼大胆！就不怕河水吃了你？赶快上去换衣服，快去快去。"

伊娃不过比戴克大几岁，却总喜欢喊他"小家伙"，戴克对此很不爽。

戴克上车后,劳德往地上吐了一口嚼得烂糟糟的烟叶,发表意见:"都听到了?强行开车过河行不通。"

波扬试探着提出他的建议:"要不我们原路返回?我刚刚看了下地图,绕过高堡市,穿越铁道线,上南边的另一条公路,也能到达目的地。"

贺拉先生猛地叫起来:"不!不能绕道走。"

波扬不解:"为什么?"

贺拉先生张了张嘴,想说什么,却被咳嗽打断,摇摇手,最终没有说。

司机李罗同意贺拉先生的观点:"绕路会多出五百多千米。还有就是,铁路沿线都被十字星联盟的军队控制了,那帮该死的强盗未必会放行。"

兽医专业的大学生伊娃从另一个实际的角度着眼:"我也认为不能绕行。动物长途转运,死亡率本来就高,多花一天时间,危险要多增加一分。"

安琪是车队的总负责,做事果决的她跳上路边一块高地,往四面张望一番,又打开手机一顿查询,而后指了指路右边的大片树林:"这样,我们从这里下去,穿过林间小路,往北五千米,还有另一座大桥可以上。"

劳德耸耸肩:"我记得这条路,小时候我老爸带我们打猎,背个干粮袋,在树林里一转悠就是一天。可是开车进去?还是大卡车?"他望望远处小径分岔、藤蔓缠绕的林地,又回头看一眼他的车,意味深长地吹了一声口哨。

安琪还没说话,伊娃抢先表达了她的不满:"劳德大叔，路是人走出来的，也是车开出来的，您要知道现在是战争时期，战争不照你的规矩来，我们能怎么办？"

劳德扬了扬眉毛，摊开手，不再反驳。

戴克换了干净衣服下车，听到大家的争论，建议道："我们应该给我爸打个电话，看看他有什么好主意。"

安琪说："对头。"

于是大家静默，由安琪用卫星手机给戴安宁拨打电话。

手机那头的电话铃声响了很久，无人接听。寂静的森林里，一声接一声的"丁零零"急促而嘹亮，弄得大家心惊肉跳，面面相觑。

"什么情况啊？"伊娃盯住戴克，"你爸爸不喜欢把手机带在身边？"

戴克不回答，他心里其实在敲着小鼓，怕爸爸和妹妹出事，怕动物园出事。如果此时能有一双翅膀，他会马上飞回高堡市看个究竟了。

电话不通，行车路径只能自己决定。集体沉默一分钟之后，大家陆陆续续表态，赞同林间穿越的方案。事实就是如此，天上无人机飞着，地上火炮轰着，这样糟糕的情形下，正常人都不愿意在外面多耽搁几天，早到目的地早完事。

于是大家散开，各自上车。车辆轰轰地发动起来，司机九十度打转方向盘，缓缓驶下缓坡，碾过草地和稀疏的灌木丛，摇摇晃晃开进林地。

头顶阳光被树林遮蔽的一瞬间，白虎兄弟在车厢里连吼几声,不知道是要向未知世界宣示它们的到来,还是对人类糟糕的决策提出抗议。

林中小路是真正的人行道路,宽不足两米,路两边枝枝蔓蔓,杂树丛生,缺乏修整,时而茂密到能够藏起一个普通身材的成年人,时而又稀疏空旷,平整得像一片林中舞台,似乎不久前才有人在这里开过一场小型音乐会。劳德的转运车在前方开路,坚固的前挡板和巨大的轮胎碾过杂草和灌木丛,时不时听到树枝刮在驾驶室顶上的刺耳的喀嚓声和树枝折断的噼啪声。每次这样的声音响起,戴克都会不自觉地把脑袋一缩,或者双手捂住脸,两眼紧闭,仿佛不这么做的话,下一秒钟树枝便会刮破他的头皮。

劳德坐在驾驶座上,因为颠簸,他庞大笨重的身体上下起落,如同跳舞,脸颊和下巴上的肥肉跟着颤动,一圈一圈,涟漪一样扩散。他不停地抱怨和咒骂,骂该死的十字星联盟,把好端端的高堡市炸成这样。他无比心疼他的卡车,在浓密的树林子里遭受这种暴刮,八成新的车子要刮成大花脸了,卖都卖不出去,他根本不敢下车看上一眼。他问戴克:"你说你们动物园会不会赔我的漆?老天啊,整车重做个漆的话,那要好多钱啊!你说我怎么就脑袋发昏揽了你们这差事?"

戴克选择沉默,绝不搭任何一个话头,因为他不知道爸爸会不会出钱替劳德做车漆。说实话,一路上听着窗外刺耳的喀嚓声,他也很心疼。

林中有林中的小气候，秋末冬初，本是万物凋零的时节，但林子里高低参差的山毛榉、冷杉、云杉、赤杨、橡树、莱姆树、苔藓、蘑菇、蕨类植物仍在生长和呼吸，它们吞吐出来的氤氲雾气无法快速地散开，只能够沿着地面萦绕和盘桓、低徊和扩散。时间刚过中午，太阳还在正头顶，可是林子里的光线阴暗又模糊，雾霭是淡青色的，也是浅紫色的，在阳光透过茂密树冠星星点点洒下来的瞬间，光点就成了青金石一样的色彩，绚丽到五彩斑斓，有如梦幻。无数的鸟儿在林间啁啾，更多的小虫子却是在无声爬行，卡车发动机吭吭的轰鸣声一来，鸟儿和昆虫都迅速惊起，能飞的飞到高处，不能飞的隐蔽到腐叶之下，静悄悄地观察事态变化。戴克心里好笑地想，鸟儿和虫子好像都比人类更加聪明。

劳德边开车边讲故事："有一年，嗯，我八岁吧，跟着我爸在林子里打野兔，运气好，一上午打了俩。我爸在前面扛猎枪，我在后边跟着，捡了根树枝，一头拴一只死兔子，晃晃悠悠，别提多开心。接下来就出大事了，小路一拐弯，当头迎着一只大黑熊，我的个天，这么高，这么大——"他双手离开方向盘，比画了一下，"四五百斤肯定是有的吧。黑熊瞪着我爸，我爸也瞪着它。我爸手里有枪，黑熊肯定看到了，人怕它，它也怕人呢。我爸一边拿枪瞄着黑熊，一边催我快跑，爬上树。他老人家也是糊涂了，黑熊爬树不比人利落？"

"然后呢？"戴克听得一头汗。

"然后嘛,哈哈,那熊瞪了我爸足有半支烟工夫,头一转,自顾自走了。"

"我知道了,它肚子不饿。"

"哪里,是黑熊在冬眠期,迷糊着,没劲儿攻击人。"

戴克为劳德庆幸。转念一想,又觉得劳德根本就是编故事哄人,这么小的一片树林,离市区还这么近,哪可能有什么大黑熊?

可他又一想,发现也是有可能的:劳德今年四十多岁,八岁时候的遭遇,应该是三十多年前,三十多年前的话,林子或许更大更密,林子附近也或许荒无人烟。唉,这世界,总得允许奇迹发生才有趣。

想着想着,在肯定和否定之间,戴克的目光骤然凝结起来:不远处的大树下,一只看起来像是獐子之类的小兽,莫名地被挂在一根斜刺出来的枯树桩上。小兽看起来死去多日,耷拉的脑袋早已僵硬,脏兮兮的尾巴无力地垂挂在地,血迹凝固,将它肚皮下面的皮毛染成一片暗黑。

"我的天,"戴克叫起来,"快看,一只小獐子自杀了!"

贺拉先生顺着他的手指看了一眼,回答:"它不是自杀,獐子的基因里还没有自杀程序。"

"不是吗?可是它怎么会把自己挂在树桩上?"

"我想,它是被炮击声惊到了,逃窜的时候不留神撞上树桩。獐子胆小,跑起来速度又快。"

"唉,可真是,顾头不顾腚。"戴克为这只倒霉的獐子可惜。

贺拉先生说:"正常,动物毕竟是动物,慌乱会干扰它对环境的判断。"

劳德半是讥讽半是揶揄道:"说来说去,小东西没有老虎猴子的命好,你瞧,仗打成这样,还要想方设法送它们出国避难,花钱,费事!啧,做动物也得做个稀罕的。"

他摇摇头,有点像是感慨命运不公。

他又没话找话地问戴克:"你怎么样?你在动物园住着,有没有这些家伙吃得好住得好?要我说,人有些时候,还真不如动物活得自在。人一辈子瞻前顾后,想得太多,脑仁儿塞得太满,可脑袋就碗口大小,塞太满了会怎么样?嘭!"

说到这里,他双手离开方向盘,配合嘴巴里的声音,做了一个类似爆炸的手势。

也就是这时,车头忽地颠颤一下,随即往下一栽,驾驶室里的三个人——劳德、戴克和贺拉先生,身体跟着往前猛扑,幸亏有安全带拉住,才没有撞上前窗玻璃。

"啊哦!"贺拉先生轻呼一声,吓到脸色发白,他双手死死撑住驾驶前台,尖瘦的屁股才不至于滑离座位。

劳德鄙夷道:"瞧你那样儿。"

他拨动驾驶杆,脚尖猛踩油门。发动机吭吭地轰鸣,发出沉重又气喘吁吁的声音,活像一头垂死猛兽正在绝望地挣扎。

"怎么啦?"戴克茫然。

贺拉先生回答他："恐怕坏事了，车轮陷进坑里了。"

"可我没看见坑啊。"

"你看不见，落叶遮蔽了一切。"

劳德一声呵斥："别出声！"

他紧握方向盘，脚尖几番抬起，又几番恶狠狠地踩下。卡车除了呜咽和喘息之外，纹丝不动，陷进坑里的一个车轮仿佛被地心引力牢牢吸住一样。

戴克打开车窗往后看了一眼，后面的转运车辆和大巴都停了下来，车窗里也有脑袋伸出来探望，有人在大声叫嚷和询问，还有人大力挥手，示意他们赶快前进。戴克想，大家都还不明白他们这辆车发生了什么事情。

终于，满头大汗的劳德咒骂了一句什么，无可奈何地关闭了发动机。

霎时间，身边的一切都安静下来，只余耳朵里嗡嗡的回响。

三位司机围着深陷泥坑的卡车转前转后，想办法，出主意，动手往车轮前填埋树枝和石块，李罗甚至脱下他的帆布厚上衣，要往车轮下面塞。

劳德拦住他："这个没用，车太沉，歪着个头栽在坑里，重量都压在这一边，踩多大油门也使不上劲。"

李罗说："只有一个办法，卸车，抬起这边的轮胎……"

"嘿，卸车？车上坐的不是人，是老虎狮子猴，不听你指挥。"

戴克插嘴："不是猴，是黑猩猩。"

劳德嘴一咧："黑猩猩会听你话？"

李罗说："别废话了，把它们抬下去。"

"啊？"

"连笼子一块儿，抬下去。只有这个办法。"

劳德站着，打量着车上层层叠叠的铁笼子，估摸这些庞大猛兽的分量。

"啧啧，一只有好几百斤吧？有。"

李罗反驳："也不都是，像这些小猴子小兔子，一只手能拎俩。"

戴克想，李罗说的应该是卷尾猴、树懒、熊狸和兔狲。

安琪从大巴车上下来，一直拧着眉毛听司机们的对话。这时候，她走上前，斩钉截铁地下命令："就这么办，卸车，所有人都动手。"

说完，她唰地拉开自己棉上衣的拉链，双肩一甩，反手拎起滑落下去的衣服，挂到一旁的灌木上，高高挽起她的蜜黄色毛衣的衣袖。

全队十多个人，一个接一个，都站到了卡车边。

铁笼子装车时用的是吊机，现在需要人力往车下搬，不是一般的麻烦。好在出发之前有预案，随车带上了装卸用的斜梯，靠上去之后，劳德和李罗还有两个狮虎馆的饲养员蹬梯上车，四个人连推带拉，负责把装有猛兽的大铁笼从斜梯上滑下去,剩下的人一拥而上,七手八脚地接住铁笼,齐心合力抬至一旁。

中型动物和小动物就不在话下了,笼子本身小,用料也没那么结实,一人拎,或者两人抬,卸车速度飞快。

可怜动物们完全不明白发生了什么事,被困在铁笼里,个个瞪圆双眼,惊惶不安,大吼小叫,弄得林间小路上热闹非凡。为了安抚它们,饲养员们象征性地给它们喂了点食物和水。当然不能喂多,路途漫长,粪便清洁是个大问题。还有,车上带的食物有限,不知道中途能不能及时补充,那就得细水长流。

卸下铁笼子,倾斜的卡车在戴克看来顿时升高了一点点,他捅一捅波扬的胳膊:"看见没?有戏,一脚油门准能搞定。李罗这办法还是行。"

劳德听见了,瞪他一眼,似乎不服气。戴克赶紧龇牙朝他笑。劳德鼻子里哼一声,转身打开驾驶室的门,侧身坐进去。

之前抛入坑中的树枝和石块,这时候起了作用:众人围在车后,肩抵车厢挡板,劳德点火踩油门,大家齐齐地一声吼,蹬腿弓腰使劲推,左侧车轮嗵地攀上了树枝和石块铺垫出来的坡,进而吭吭地爬上坑沿。推车的人继续用劲,劳德继续踩油门,车头一耸一耸,有惊无险过了这道关。

劳德熄火下车,鼻孔朝天,很牛气的模样,意思是:小菜一碟,难不倒我。

戴克和波扬对视一眼，两个人都悄悄耸了耸肩。不过戴克心里还是非常高兴的。

装车要比卸货来得更费劲，好在车辆脱困鼓舞了大家，人多力量大，所有人肩扛手推，连扯带拉，一鼓作气，大大小小的铁笼子重新在车厢里安置妥当。

经过这一劫，安琪动了脑筋，安排大巴车在林间小路上打前站，两辆转运卡车殿后。大巴上坐的毕竟是人，即使遇上什么事，人比动物要好办得多。

钻出树林，拐上公路，过桥，一气开了二三十千米，天色渐黑。

若在和平时期，开转运动物车辆的司机们最爱夜间行驶，因为路上没什么人，少干扰，动物们也埋起脑袋呼呼大睡，司机和转运员们一高兴，时速拉到一百多千米，再远的路程也不在话下，爽气得很。

现在就不行了，战事正紧，天上导弹，地上雷区，子弹在头顶嗤嗤地飞，路上的弹坑像是一张张龇着牙要吃人的嘴。车小心翼翼地开，战战兢兢地绕，都不一定能安全，何况刚刚经历一次陷车事件，大家伙儿心有余悸，视线不清的情况下，几位司机不敢贸然乱闯。

于是找了个路边小镇，开进一处废弃无人的大院，三辆车依次熄火，大家原地休息，静待天明。

小院刚被轰炸过，坍塌的瓦砾堆上还有残垣断壁在燃烧，黄昏中青烟袅袅。几棵栎树被弹片削了头，形状极古怪。一个洋娃娃飞到了树杈上，小裙子被钩住，头脸朝下垂挂着。一只劫后余生的老母鸡焦急地踱着步，四处寻找它夜归的旧巢，找不着，咯咯叫。穿过小院，走进半倒不倒的一扇房门，几只拖鞋、一个被开了膛的洗衣机、一台电扇、几十本烧焦的课本和练习册、四五个镜框，凌乱不堪地散落在原先的门厅和过道间，一地的碎玻璃碴在夕阳余晖中闪着古怪奇异的光。

安琪说，这个地点好，远离集镇，适合隐蔽，十字星联盟军的导弹看起来刚刚光顾过，短时间里不太可能再来第二波，那不符合战争原则。

戴克心里想，安琪的原则是她自己的原则，用到侵略者身上未必合适。但是他没有说出来。小孩子不应该乱插嘴。

劳德和李罗经常开长途，野外生活经验最丰富，随车带着的生活用品也最齐全。他们两个搭伙，在院里找些废砖碎瓦，眨眼间就搭起了野营灶，随手又捡些炸碎的木料，点上火，煮了一锅热腾腾、香喷喷的土豆白菜汤。面包是现成的，各人身上都带着。伊娃从大巴车上拿下来一摞一次性餐盘，每人盛一盘汤，墙角一蹲，就着面包稀里呼噜开吃。劳德的吃相最猛，粗面包一口咬下三分之一，黑胡须尖尖上沾满黏糊糊的汤水，眼睛盯住汤里的土豆，手抓着面包当汤勺，一个劲地把食物往嘴巴里赶，看那陶醉的模样，似乎他正在享受全世界最美味的大餐。

李罗似笑非笑地打击他："我说老兄，把你那吃相收敛点儿好不好？姑娘在旁边看着呢。"

劳德停住咀嚼，瞥一眼蹲在对面不远处的伊娃，带有歉意地抿了嘴巴，只让舌头在口腔里小幅度搅动。可是不过片刻，他又忘乎所以，重新放开手脚，喝汤吃菜更加旁若无人。

伊娃终于忍不住，手端着餐盘捂嘴大笑。安琪和波扬也跟着笑。劳德依旧耷拉眼睛，紧盯鼻尖下的餐盘，对身边的欢笑置若罔闻。于是大伙儿笑得更加开心。原本沉闷的场地上，有了一些轻松活泼的气氛。

笑声之中，戴克总觉得心里发慌，好像身边少了点什么。他抬头四顾，人们都在吃饭、交谈、起身盛汤拿面包，不见异常。他安慰自己，可能是这一路上太过紧张的缘故，他焦虑了。可是这种感觉盘踞在他心里，怎么都驱赶不出去。好奇怪，他想，莫非是真有事情发生？

蓦地，他一激灵，猛然想到贺拉先生不在场！全体人员都聚集在这里，唯独少了贺拉先生一个，他居然没来吃晚饭！

戴克慌忙起身，手端着餐盘四处寻找。出发之前爸爸叮嘱过他，要好好照顾贺拉先生。可是老先生在哪里？停车的时候驾驶室里明明还有三个人，下车之后……下车之后他忙着四下打量，又捡柴拾砖帮着做饭，就没有顾及老先生的动向。

夜色已经降临，残破的小院渐渐被黑暗笼罩。戴克着急忙慌地在废墟中穿行，走到一个个房间门口张望，还动手扒拉开一些大件杂物，仿佛贺拉先生是小孩子，有可能跟他玩一个搞笑的捉迷藏游戏。他不敢出声，也不敢立刻报告安琪，私下里他觉得贺拉先生走丢了是他的责任，他心里忐忑到不知所措。

就在他丧魂落魄、心跳如鼓的当儿，视野里有什么东西一闪，凝神细看，是他们那辆车的前窗玻璃里有一点点光亮。再一看，戴克心里惊呼：天哪，贺拉先生钻进了车里，坐在驾驶座上，他脸上的玻璃镜片偶然间的反光，暴露了他的位置。

戴克松了口气，飞奔过去拉开车门，上车，却惊讶地发现，就在他们吃饭打趣的当儿，黑猩猩芮芮被贺拉先生从车厢后面的笼子里放出来了，此时正乖乖坐在贺拉先生身边，小孩子一样抱住他的一只胳膊不肯放手。

"我的天，"戴克惊讶道，"怎么会……"

贺拉先生竖起一根手指按在嘴唇上："别出声，别让人知道。我只想让芮芮陪我坐一坐。"

"吓死我了。"戴克手按胸口，"到处都找不到你，还以为你被废墟里的神秘力量抓走了。"

贺拉先生没有说话。于是戴克也就跟着沉默。

过了一会儿，戴克的不安情绪再次强烈起来，直觉告诉他贺拉先生一定出了什么事。他伸出手，抓住贺拉先生的一只手。贺拉先生回握他，可是那只手明显在颤抖，克制不住地抖。

"你必须告诉我。"戴克说。

贺拉先生扭头看他："小戴克，我完了，我的药丢了，连瓶子都找不到了，没了药，我可就……我我……"他故作轻松地耸了耸肩，可是他此时说话的语气，他的身体动作透露出来的信息，都显得那么的悲哀和无助。

"贺拉先生，没关系，药没了再买呀，明天我们会路过一个城市，那儿肯定有药店。"戴克安慰他。

贺拉先生一声苦笑："这是进口的特效药，从开始打仗起，我们这边就没有货源了。"

戴克像个大人似的冷静地想了想，说："别着急，药瓶也许就在车里,你先下车吃饭去,我帮你找。"

戴克知道贺拉先生每天都必须吃药,今天上车之后还吃过,是他给贺拉先生递的水,所以他认为药瓶不可能丢在外面。

贺拉先生摇摇头:"车上都找过了,我连地垫都翻过了,没有。"

"不可能,肯定在车上!"戴克大叫。

"听着,戴克,你是好孩子,"贺拉先生盯牢他的眼睛,"没有这种药,我是无论如何撑不住的,如果我不行了,万一的话……答应我一件事,你要把芮芮照顾好,千万要把它带到安全的地方。"

芮芮似乎听懂了贺拉先生的话,嘬起嘴巴,很着急地呜咽,又抱起贺拉先生的手,送到自己脸颊边,一个劲地摩挲和亲吻。贺拉先生也跟着激动,大喘几口气,开始咳嗽,咳出一种仿佛在喉管深处的古怪嘶叫声,头埋下去,腰弓起来,上气接不到下气。

戴克一个劲摇头:"不可能!贺拉先生,你的药不会丢,不可能丢!一定在车上,在你的……"

说到这儿,他突然一个停顿,仿佛想起什么。他急匆匆对贺拉先生叮嘱一句"等着啊",就拉开车门,跳了下去。

不多会儿,戴克带着劳德返回卡车前。

"贺拉先生,请把芮芮送回笼子,我们上大巴车。"

第五章 深陷泥潭 115

"上大巴？去哪儿？"贺拉先生问戴克。他喘息未定，说话费力。

劳德朝着院外抬一抬下巴："返回去，找你的药。"

"啊？"贺拉先生大惊。

戴克说："我仔细想过，只有一种可能，你的药掉在树林子里了，在我们全体下来推车的时候。"

劳德催促他："走吧，先生，黑夜开车不比白天，得费点儿事。"

"哦，哦……"贺拉先生很感动，结结巴巴都不知道说什么好。

戴克伸手，扶着他下了车，又帮他把芮芮关进了车厢的铁笼子里。芮芮明显不乐意，死抓着贺拉先生的衣领不放，戴克赶快去找人要来一块面包，才哄开了这个黏人又嘴馋的家伙。

车队选择在黑夜休息，是因为战争破坏了路况，鲁莽行车会有危险。现在劳德心甘情愿带着贺拉先生和戴克折回头去，自然是劳德的善意，这个大块头的四个孩子的父亲，关键时刻从来不会掉链子。

也幸好他们开的是大巴，不是庞大的动物转运车，大巴看起来笨头笨脑，比起大卡车却又轻捷灵活了很多。还有，当司机的人通常有个天赋特质：走过一趟的路，心里总能留下点儿记忆，下回再走，上坡下坡、拐弯过桥，都了然于胸，大脑就是一台导航仪。劳德干这活儿二十年，记路认路自然更是不在话下。一路上，为躲开无数弹坑和障碍物，劳德完全顾不上隐蔽之类的事，开大车灯，两道光雪亮地照着前路。三个人都屏息静气，一声不响，三双眼睛同时看路，只怕一不小心再次遭遇下午的麻烦。

一个小时以后，大巴再次过桥，回到那片黑幽幽的古老树林。停了车，劳德要求贺拉先生在车上坐着别动，他和戴克进去寻找就行，因为贺拉先生眼睛不好，万一绊个跟头或者崴个脚什么的，麻烦更大。

固执己见的贺拉先生，到这时候完全成了一个听话的小孩，劳德怎么说，他就乖乖地怎么做。

大巴车上有现成的强光电筒，劳德和戴克一人拿一支，直奔林间小路上那个害卡车差点倾翻的坑。夜幕沉沉，万物酣睡，骤然刺破黑夜的光亮惊醒了林中众多生灵的梦，刹那间群鸟惊飞，百虫狂鸣，一片喧嚣和闹腾。鸟儿们在黑夜里大都是傻瓜，看见有光，懵懵懂懂没头没脑地冲过来，翅膀呼啦啦扇过戴克的脸，风声急如呼哨。戴克慌慌忙忙抬臂遮挡，脸颊上还是被划了几道，火辣辣地疼。他转头看劳德，劳德同样很狼狈，抱住脑袋左躲右闪，大声尖嗓地骂骂咧咧，就差没把手里的电筒扔出去当手雷了。

好在，他们的方向和目的很明确，要找的地方就在发生陷车的那一小片地点，其余地方不必浪费时间。还有就是，鸟儿们在短暂的惊慌之后也便适应，各自回窝，叽叽喳喳议论一番，确信没有危险，埋头重新入睡，林子里很快恢复了安静。

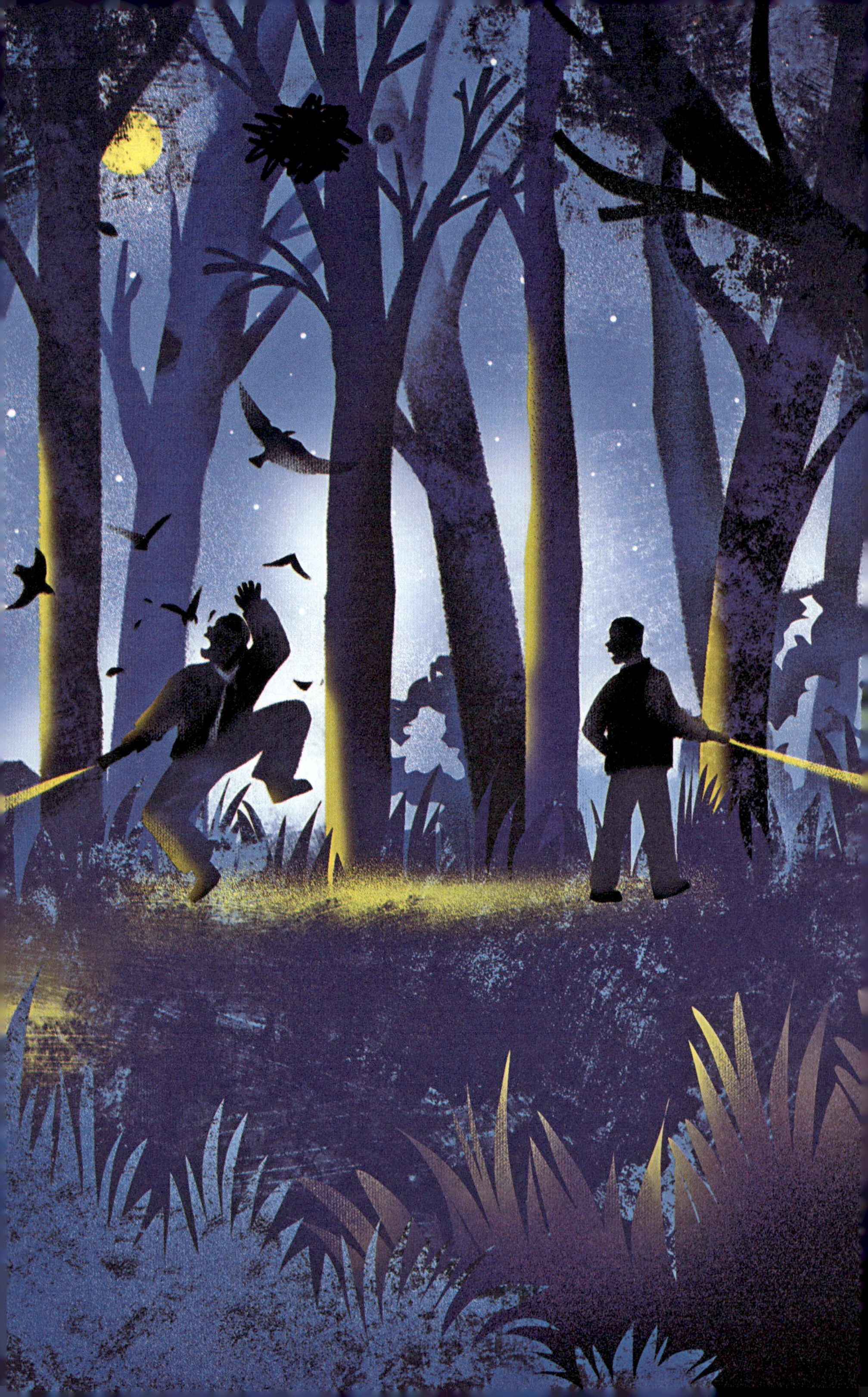

万幸万幸，在那个下午被他们填上了树枝碎石的泥坑旁边，一行人奋力推车留下的杂乱脚印间，一个小小的白色药瓶躺在手电光束里灼灼亮眼。戴克眼尖先看见，"啊"的一声叫，扑上去捡起药瓶，在衣服上擦去浮灰，让劳德看了一眼，又哗啦啦摇几下，凑上去"叭"地亲了一大口，才小心翼翼揣进口袋。

劳德很不屑地"喊"了一声："搞半天，就这么个玩意儿。"

"可是，这是贺拉先生保命的药哦。"

劳德乐呵呵地笑，推戴克一把，说："找到了，算你小子运气好。赶紧给他。"

回到宿营地，已经是晚上十点钟。贺拉先生非常疲倦，脸都洗不动了，往伊娃铺好的地铺上倒头就睡。戴克又一次打开手机跟爸爸联系，仍然未接通。

快要睡着时，手机上收到妹妹戴莉给他发来的一条长信息：

今天大象妈妈曼妮发了脾气，用鼻子把爸爸的手机抢走，摔出老远，手机屏幕摔碎了，因此爸爸无法跟你联系。他说明天要进城换手机屏，还不知道城里有没有店铺开着门。我责怪了曼妮，它不该对爸爸这么粗鲁，毕竟这场战争跟爸爸无关，它的焦虑和恐惧也跟爸爸无关。

还有，要告诉你一件很不幸的事，十字星联盟军的参谋部今天下午进驻我们黎明动物园，军用卡车运来很多军人，还有更多的物资和武器，办公区和生活区都被他们占领了。他们拉了电缆，架了雷达天线，布置了好多岗哨。我们的员工统统被赶进了地下室。爸爸说，看样子他们要在动物园里长久地住下去。我不知道往下要怎么办，跟可恶的侵略者混在一起该怎么生活，我很害怕。不过我们暂时一切都好。

哥哥你怎么样？今天一天顺利吗？今晚你们住在哪里？（别回答我，别泄露车队消息，我只是忍不住要问一声）

第六章

两个小女孩

高堡市深受孩子们喜爱的黎明动物园终于沦陷，被十字星联盟军的一个参谋部强行改造为营地。没人问过园长戴安宁的意见，连一纸照会都没给。军车坦克带着枪炮弹药，轰隆隆地开了进来，一小时之内迅速占领了动物园里的角角落落。除了赫仁医生的医务室暂时无法动迁之外（估计他们自己也需要看病开药），整个动物园区的办公场所，包括戴安宁的园长办公室，统统被迫搬迁到生活区的饲料仓库里。

园里的员工和家属，人人惊恐不安。动物们倒是安之若素，在它们的眼睛里，人类没有什么太大不同。只不过，当笨重军靴咔咔地从它们的栅栏门口经过时，它们会稍稍后退，奇怪鼻子里嗅到的气味怎么跟从前不同，少了小人儿身上的棉花糖和冰激凌的甜香，多了钢铁和枪械的冰冷阴森。

军队开进动物园的当日，一个尉官模样的年轻人把戴安宁押到南大门，命令他爬上半圆形门廊，亲手取下几天之前才插上去的北崖国旗。

"恐怕我不能。"戴安宁回答。

"你必须执行命令。"

"先生,我不是贵国军人,你无权对我下令。"

"我要求你这么做。"

"如果你想,你可以对我开枪,但我不会取下这面旗子。"

尉官跟戴安宁足足对峙了五分钟,他很坚决地盯视戴安宁的眼睛,试图让倔强的园长恐惧和屈服。他的面容算得上英俊,鼻梁高挺,薄唇紧抿,眼神里有藐视也有挑衅。这样的年轻人如果站上舞台,也许是一个不错的演员。

不过他没有得逞,因为对方比他年长,定力和决心远胜于他。

一个人如果连死都不怕,这世界上就没有什么事情可以威胁到他。

尉官只能挥手让戴安宁离去,另派一个士兵爬上去拔旗。这件事情意味着,十字星联盟的军人们暂时还不能动这位动物园园长,毕竟园内有这么多的动物需要管理,到目前为止,他们还没有想出对付众多动物的主意。

赫仁医生事后告诉戴安宁:"你不知道我当时多害怕,在那样的时刻,对方有任何一个人丧失理智……"

戴安宁不以为然地摆摆手:"你以为他们头脑简单?这可是一群精于算计的人。"

吃过早饭，戴莉照例把早餐省下的一块面包揣进衣袋，去找大象妈妈曼妮。

戴莉十二岁，正处在女孩子的发育期，可是她细筋细骨，面黄肌瘦，看上去比实际年龄起码要小两岁。她的爸爸戴安宁对此一直很歉疚，认为是妻子过早去世，而他作为父亲对戴莉缺少照料的原因。他总是督促戴莉用餐，肉食、黄油在战争期间吃不上，那就多吃土豆、面包，土地里长出来的食物一定会养人。戴莉身量不大，心眼儿却多，每天早餐，她总能在爸爸的眼皮下面顺出一块面包，藏进衣袋，找机会喂给曼妮。

不过，她怀疑爸爸是知道她这个小小秘密的，爸爸知道了却不忍心戳穿她。

戴莉手捂衣袋飞快地跑。早餐时间，路上少见军人，她可以稍稍放飞一下自己。

霞光灿烂，空气清冽，戴莉跑得鼻尖冒汗，脸颊飞起两团红晕。她仰面朝天，噘嘴呼出一团团白汽，看这些轻盈的气体云朵一般散开，变得稀薄，最后融进透明的蓝天。她想起从前哥哥戴克在的时候，他们两个总是会比赛谁能把白汽喷得更高，能喷出奇特的形状。两天没见，世事更迭，动物园不再是之前的样子。她很想有哥哥在身边，可以听她絮叨和抱怨。

距离大象馆还有一小段路，戴莉忽然迟迟疑疑地停了下来，因为前方栅栏边站着一个身材高挑的陌生女孩，栗色头发微微卷曲，遮挡住朝向戴莉的半边脸颊，只露出秀气高挺的鼻梁和一小块微微凸起的额头。女孩穿着红绒短风衣,黑色牛仔裤,半高筒黑色马丁靴,靴子的皮质很好,闪闪发亮。她双手紧紧扒着栅栏,一动不动看向院子里缓慢走动的大象,过一会儿,居然从栅栏间伸进一只手臂,轻轻挥动,嘴里发出温柔的召唤:"嗨,你,小家伙,你过来……"

女孩用的是通用语,是这个星球通行的语言。戴莉明白了,对方不是自己人。

女孩继续召唤:"小家伙,快过来,别躲,别害羞啊,瞧你妈妈多大方……"

真搞笑,她居然以为大象听得懂。

随即戴莉又发现,女孩温柔关注的对象不是大象妈妈曼妮,是曼妮刚满两岁的宝宝,小象婕妮。

不知道为什么,戴莉心里暗暗松了一口气。

她快步走过去,站到红衣女孩的旁边。"你好,"她同样使用了通用语,"对不起,你得喊它的名字,不然它不会理睬。"

"咦,你能听懂我说的话?"女孩头都没转,只从眼角斜睨着戴莉,有那么点居高临下的意思,鬈发依然遮住半个面颊。

戴莉点点头:"我们学校从一年级开始就有星球通用语课,我已经学了六年。"

"哈,不错,很好,我终于有了个能对话的朋友。"女孩现在明显开心起来,迅疾转身,想要拉拉戴莉的手,表示友好。随着身体的旋转,她脸颊边的头发飞扬起来,在肩膀上颤了两颤。

戴莉猛然愣住,下意识张开嘴巴,后退半步。就在这一瞬间,她清清楚楚地看到,面前这个跟她差不多年龄的女孩,一张白皙标准的鹅蛋脸上,半边脸宛如天使,另外半边脸却布满伤痕,那伤痕疙疙瘩瘩、纠结盘缠,颜色暗红,当中凸起的部分是紫黑色,紧紧纠结的伤疤牵起了她的一侧嘴角,嘴歪斜着,像是始终在冷笑,或者在嘲讽,给人的感觉很阴沉。总之,这样一张古怪至极的脸,猝不及防中一眼看过去,会让人毛骨悚然。

女孩发现戴莉在发愣,赶快扯了扯自己的头发,盖住那丑陋的半张脸。她的动作中有一点慌张,还有一点点被人盯视的恼火。

戴莉的脸唰地红起来,她懊恼于自己非常不礼貌的表现,无论如何,面对别人的生理缺陷,她应该尽量保持神态自若。

女孩恼羞之下,恢复了她的傲慢语气:"那么,这头小象,它有名字吗?"

戴莉赶快回答:"噢噢……有的,它叫婕妮。还有,它妈妈叫曼妮。瞧,婕妮和曼妮,尾音一模一样,一听就知道是母女。婕妮两周岁,还在吃奶,时间有点长是不是?不过它妈妈太宠它,非要喂它奶不可,我们也没办法。除非把它们两个分开。分开的话,曼妮会发疯,因为……"

戴莉一下子断开话头。她说得有点多了，之前她不是个话多的孩子。因为歉疚和懊悔？她不好意思地低下头，用脚尖碾着地上的土。

"分开它们两个的话，为什么妈妈会发疯？"女孩倒是听得入了神。

"嗯，是这样，曼妮对声音很敏感，真的太敏感了。战争开始之后，一听见炮击声就会情绪不稳，狂躁，发脾气，昨天还摔了我爸爸的手机。我爸爸说，这样的时候，任何一点改变对曼妮都是致命的，如果它想给婕妮喂奶，就让它喂。"

女孩蹙起眉头，想了一会儿，那只歪斜的嘴角几乎吊成了八字的一撇："战争？炮击声？一头大象？"

戴莉感觉对方是在冷笑。她心里忽然慌慌的，心跳加快，手心无缘无故地渗出汗来。

女孩没有再跟她说话，一转身，自顾自地走了。

下午，戴莉拿着水桶和刷子，去帮忙打扫象舍。学校停课后，时间多得用不完，爸爸准许她在动物园里协助大人做义工，责任范围嘛，限于象馆就好。

在象馆的栅栏外，她第二次见到了那个红衣女孩。

女孩这回没有空手来，她手里捧着一挂香蕉，实实在在的一挂，有七八根，沉得坠手。香蕉熟了，又没有熟得过头，黄灿灿，珠圆玉润，每一根都像一枚弯弯的月亮，漂亮得如同蜡制摆件。她掰下一根，朝着院子里的小象用劲挥舞,喊它的名字:"婕妮宝宝,过来,看看这是什么?好甜好甜的香蕉呢。"

婕妮躲在妈妈身后,眼睛盯着诱人的香蕉,有节奏地摇晃身体,想上前,又犹豫。

女孩有点急:"傻不傻啊你?有东西吃都不要?别人能让你吃到这么好的香蕉吗?"

戴莉走过去,跟女孩打招呼:"嗨!"

女孩稍稍扭头,只给戴莉看半张面孔,语气里有不高兴,大概是生气被戴莉看到了她的窘态。"我有名字。"她冷冷地说。

"哦……"

"我叫夏伊。"

"嗯,我的名字叫戴莉。我爸爸是这儿的园长。"

"园长?幼儿园还是动物园?"夏伊的语气里,有一种莫名其妙的尖酸。

戴莉没有在意。夏伊跟她一样,在园里这么多的动物中,独独喜欢大象,这让戴莉立刻把对方视为好友和志趣相投的人。

"别生气,婕妮只是还没有熟悉你,以后慢慢就会好的。"

戴莉说着,放下水桶和刷子,对憨态可掬的小象招一招手:"婕妮宝贝儿,过来吃香蕉吧。"

婕妮甩一甩长鼻子,张开嘴巴,好像是在开心地笑。然后,它扑扇着两只大耳朵,乐颠颠地奔过来,先用鼻子亲热地碰碰戴莉的手,而后才转头,轻轻卷去夏伊手里的香蕉,送进嘴巴。

"瞧,"戴莉说,"它很开心,它在对你晃脑袋。"

夏伊却没有说话。香蕉被幼象吃了,她反而不怎么高兴。

大象妈妈曼妮警惕地关注着宝宝跟两个女孩的交流,慢慢地踱过来。看到夏伊手中那一大把香蕉,它不由自主地摇晃起了身体。

戴莉说:"请给它一根吧,曼妮也好久没吃过香蕉了。"

夏伊像是没有听见戴莉的话,又或者她听见了,装作没听见,反正她的目光只停在小象身上,动作带点夸张地又掰下了一根,高高地举起来,诱惑小象用长鼻子去裹卷。

戴莉只好命令小象:"婕妮,给你的妈妈吃一根。"

好有趣,婕妮仿佛还真是听懂了,卷走夏伊手里的香蕉后,亲昵地用身体在妈妈身上蹭一蹭,把那根香蕉放到了妈妈的鼻子下面,又发出一声奶声奶气的呼唤。

曼妮到底是妈妈,它可不想分走女儿的美食,它扇一扇大耳朵,鼻子伸出来,先用劲嗅一嗅,触一触,接着又把地上的香蕉拨回给孩子。

"真棒哎,"戴莉兴冲冲地说,"瞧它们两个,还懂谦让!多好!我爸爸说过,大象是智商很高的动物。"

话音刚落,很突然地,只听见"噗"的一声响,夏伊把那挂香蕉整个儿扔在地上,嫌弃似的拍一拍手,扭头就离开了象馆。

戴莉看到夏伊的一张脸阴沉得像是要滴水,她想新朋友大概是生气了,可是她不明白对方为什么会生气。

她把地上的香蕉捡起来,一根一根掰开,隔着栅栏喂给大象妈妈和孩子。

一小时之后,戴莉在禽鸟岛找到了父亲。

动物园这一片小小的自然隆起的高地,是一片被河水和高空丝网包围的鸟类栖息地。初冬刚至,万物进入凋零状态,岛屿沿河一圈却仍然残留着绿意。野菖蒲外面的一圈叶片枯萎泛黄,只有里圈一簇嫩芯新绿娇羞,顽强挺立。芦苇却相反,芦穗已经抽出,银白柔亮,仔细看根部,浅黄中隐着深翠,没有老去之意。几棵细瘦的池杉,枝干深褐,树皮像沧桑老人,顶端和权枝上的针叶反而火红苍劲,展示着生命最后的辉煌。黄绿间杂,红褐交织,色彩复杂又和谐,感觉恣意活着的不是植物,是抽象意义上的决心和希望。

戴安宁和一个员工在水边忙碌:小心搬来几面餐桌大小的玻璃镜,打桩,安放,调试,固定,确保镜面的角度合适;又沿小桥拉了一根电线,接上一台旧款录音机,打开试音,喇叭里居然传出火烈鸟们热烈又古怪的求偶叫声。

戴莉是在动物园长大的孩子,自然对父亲年年要做的这套仪式见怪不怪。火烈鸟是群居鸟类,春天到来时,必须置身在很大的集体群落里才肯求偶和繁殖。然而动物园圈养火烈鸟，通常只有三五只，或是七八只而已，再多绝无可能。鸟儿数量稀少，到了季节无法繁殖，这不是个小问题。戴安宁和他的员工绞尽脑汁，才想出这么一个笨拙又可笑的办法：每到冬天，就在禽鸟岛上安装玻璃镜，利用镜子的成像、折射、扩大视野种种功能，让火烈鸟误以为自己置身在一个较大的群落之中；又循环播放火烈鸟的求偶叫声，不断刺激它们，促使鸟儿们在春天到来时有兴趣交配繁殖。

别说，这个土办法用了几年，效果不错，每年岛上或多或少都能成功孵出三两只幼鸟，最起码维持这个小小群落没有问题。

因为鸟儿求偶的"环境工程"正在施工中，通往禽鸟岛的网丝门没有上锁，戴莉进门后随手掩好，沿着一架童话般小巧的绿色单孔木桥上了岛，看父亲忙碌。

"有事？你哥哥来信息了？"戴安宁的手机送去修理了，往来信息暂时要靠戴莉传达。

"噢，不，"戴莉说，"他们一切正常。"

"我觉得也是。"戴安宁用劲摇晃一根木桩，测试它是否足够坚固。有能干的安琪率领着转运车队，他似乎完全放心。

"来得正好，递给我那把锤子。"他指挥戴莉。

戴莉从工具箱里找出一把沉甸甸的铁锤，提着把手，送去给父亲。戴安宁一下一下用劲砸那根木桩，把它往地下钉得再深一点。

"妥了。"他再次摇晃几下木桩。

戴莉把用过的锤子送回工具箱,重新回到父亲身边。她还是有事想问。

"那个……园里来了一个陌生女孩,穿红衣服,名字叫夏伊,你见过吗?她……她……"她不知道该怎么描述。

戴安宁手里忙碌,头也没抬:"哦,那是十字星联盟军队驻军营地的家属,参谋长佛明上校的女儿。我想她……"

话说到一半,禽鸟岛桥对面的网丝门外传来一个女孩的声音:"戴莉,我可以进来吗?"

戴莉看了一眼父亲,奇怪夏伊竟然会找到这个相对偏僻的禽鸟岛来。她注意到夏伊脸色发红,鼻翼张开,气喘吁吁,头发被汗水粘在额上,心里想,这个女孩肯定在园子里跑了不少地方。

夏伊踮脚进门,同样踮脚走过小桥,模样有点小心翼翼,跟一小时前的任性天差地别。而且,她不是空手过来的,她的腋下夹着一根长条面包,不是那种结实坚硬的法棍,看起来比法棍更粗,也更加松软,隔着两三米的距离,都能闻到新鲜面包特有的酵母香味。

夏伊开口就说:"戴莉,我向你道歉,我刚才不该摔了香蕉,我想我是……我是……"她涨红了脸,垂下眼皮,小声说出几个字:"我是嫉妒了。"

戴莉张了张嘴，有点发愣，一时间不知道说什么才好。

"是的，我嫉妒了，婕妮跟你亲近，听你的话，我心里不爽。"

她说得相当诚恳，并且是抬眼盯住戴莉说的。因此，戴莉清清楚楚地看见了她那半张破了相的脸，因为羞愧充血，她的脸更加红艳肿胀。

"没关系。"仓促之中，戴莉只好回应了这么一句。其实她没想清楚是不是真的"没关系"。

夏伊马上高兴起来："那你不生气了？真不生气了？我们再去看看婕妮行不行？瞧我给它带了什么？伙房刚出炉的面包！你闻闻香不香？香吧？这回你来喂它，我在旁边看着就行。你愿意多喂点给婕妮的妈妈也行。我刚刚上网查过了，除了水果，大象也喜欢吃谷物，面包、玉米它们都喜欢。"

戴莉被对方一连串热情的话语弄得不知所措，她真是没有见过情绪转换如此之快的女孩。她迟疑不定，抬眼征询父亲的意见。戴安宁冲她微微点点头。于是戴莉转身，把夏伊带出了禽鸟岛。

这天晚上，在戴莉的房间里，父亲戴安宁找她，郑重其事地谈了一次话。

"宝贝儿，告诉我，你是不是不怎么喜欢你的新朋友？"

"你看出来了，爸爸？"

"你的心情都写在脸上。"

"她不是我的朋友。"

"也对,她不是。"

"好吧,我承认,她的确让我不舒服,她对大象妈妈曼妮的态度也让我不舒服。她只喜欢婕妮,对它的妈妈直接无视。"

"我很抱歉。"

"跟你没关系,爸爸。"

"听着,戴莉,我希望你克服障碍,跟那个女孩好好交往下去。"

"为什么?你不是说过,人不可以强迫自己的内心吗?"

"这不是强迫,是妥协,在生活面前,我们有时候需要妥协。十字星联盟在动物园驻军,他们控制了园区里的一切,水、电、食物,以及进出大门的自由。园区里有员工和家属上百人,有非常多的老弱病残的动物,所有的生命都需要得到善待,所以我恳求你,处理好跟夏伊的关系,为我们赢得一点生存空间。"

"真奇怪,夏伊跟我们的生存有什么关系?"

"听我说,夏伊的父亲,佛明上校,他肯定特别在乎这个女儿,否则他不会把一个小女孩带进交战区。某些时候,夏伊也许能够帮我们说上话。"

"是吗?"

"我坚信。下午我听到她跟你道歉了。"

"我还是不能明白……"

"不，你明白了，你只是不能接受。"

"……"

父亲的话，戴莉听进去了一半，在心里强烈地排斥另一半。父亲是动物园的园长，他有这么多的员工和动物要照顾，戴莉理解他对自己的恳求。夏伊是个自负又傲气的女孩，但是她爱小象婕妮是真的，而且做了错事能够主动道歉，这让戴莉对她的感情变得复杂。

天哪，一日之内，戴莉竟然踏进了人性的纠结之中。她才十二岁，还完全没有准备好。她很惶惑，也有点悲伤。

第七章

好奇小战士

天亮了，东边天空淡淡的灰白色在一瞬间被染成灰黄，继而是灰红，接着是橙红，红中带紫，带蓝，带一缕一缕的灰黑，交错缠绕，渲染渗透，如同印象派画家在画布上恣意涂抹的狂野杰作。戴克醒来，走出帐篷，目瞪口呆地看着遥远天际这绚烂的美景，心里升腾起巨大的感动。他庆幸自己参加了这支远征车队，一路上能够领略城市孩子日常少见的奇观异景。

安琪不准车队在白天用火，怕招来十字星联盟军的炮击。她允诺大家说，今晚如果按照既定行程平安到达北崖领地的第二大城市基瓦，如果基瓦的商店还开着门，她会请大家去餐馆好好吃一顿。她说他们的动物收容所是全国性公益组织，在基瓦市有分部，那边的同仁已经将一切接应工作安排妥当。

漱洗完毕，就着矿泉水简单吃了些面包，队员们开始收拾上路。

戴克的第一件事是找芮芮。这家伙仗着贺拉先生的宠爱，昨晚居然没进铁笼，伴在先生身边睡了一宿，而后一大清早就神头鬼脑地钻出帐篷，不知道去了哪里。

倒塌了半边的房子里，屋外的废墟，院前院后，戴克边找边喊，转了一圈，不见那个黑不溜秋的毛茸茸的身影。他有点急了，转身去找贺拉先生，准备告芮芮一状，提醒先生下回务必限制这个"自由分子"的行动。

走过院里的一辆被炸成焦壳的农用拖拉机，后背衣服似乎被扯了一下。戴克吓了一跳，猛回头，可恶的芮芮咧着嘴，正乐滋滋地看着他，一只手里抓了几颗泥糊糊的花生，嘴角还残留着白色的花生汁液和一点点黑泥巴。

"嗨，你个馋嘴佬，哪儿来的？"戴克盯着它的手，皱起眉头。他不记得他们出发之前在食料包里装了新鲜花生。

芮芮没有完全明白戴克的意思，张大嘴巴，给他看口腔里嚼成碎屑的花生仁，还摊开手掌，很大方地递上花生，要跟戴克分享。

"我是说，你从哪儿弄到的花生？你翻了老乡家里的东西？"戴克一边责问，一边辅以激烈的手势。

芮芮懵懵懂懂，像是明白了戴克的意思，伸手指了指院墙外的农田。

这家伙可真是鬼精啊！农庄主人大概在逃离之前没有来得及收完地里的果实，居然就被它发现了，还扒拉出来美餐一顿。

"听着，"戴克板起面孔，很严肃地教训它，"这是别人的东西，老乡地里的东西，我们不可以占为己有，明白了吗？你要是拿了，就跟强盗没两样，跟占领我们动物园的军队没两样。"

芮芮翻个白眼，把手里的花生全部塞进嘴巴，鼓着个大腮帮子，若无其事地走向车队。

戴克叹了口气，拿淘气又无知的芮芮无可奈何。

出发之前，安琪要带着饲养员们给所有的素食动物喂上一顿饲料，食肉动物则不必。食肉动物吃的是高蛋白高脂肪食物，饱食一顿可以顶上一星期。素食动物是"直肠子"，日常吃的那些菜啦草啦树叶啦，下肚就变成排泄物，所以它们总是不停息地吃，一整天没有食物到嘴的话，估计就要饿趴下。

喂食的过程混乱一团。笼子自然是不敢打开的，可是不同的动物们都在同一个车厢里，斑马、梅花鹿、狒狒和羊驼们都有食物吃，狮子、老虎和豹子憋在铁笼里干瞪眼，这可把它们急坏了，大声咆哮抗议的，弓着身体团团直转的，拿大巴掌使劲拍打铁条的，一时之间闹得不可开交。手忙脚乱中，缺少经验的伊娃一个不留神，手里的木棍碰开了兔狲小咪的笼门，这家伙眼尖腿快，哧溜一下冲出去，蹿到车厢口，一道灰影一闪，不见了踪影。

兔狲的学名里有个"兔"字，其实它是猫科动物，喜食野兔和鼠类。小咪的一身毛发长而且厚，雪地灰，毛茸茸一大团，很招小孩子喜欢。

见小咪逃走了，伊娃急得要哭。戴克和波扬急忙过来，一边安慰她，一边帮忙寻找。三个年轻人兵分三路，院里院外，屋顶地窖，壁炉水池，残垣断壁，全部翻了一遍，就是不见兔狲的踪影。

戴克转身去大巴车上，拿来一根火腿肠，撕开，举在手里，耐心呼唤："小咪，小咪。"

小咪够狡猾，这家伙向来鼻子尖，肉味是肯定闻到了，偏偏忍得住，不出声，不露头，跟戴克他们三个比耐心。

伊娃爬上废墟，拿脚踢，动手翻，拨开碎砖瓦，移开断木料，终于在一个洞洞里看见了兔狲两只滴溜溜发绿光的圆眼睛。

"在这儿！"伊娃叫道，"小东西，可真会找地方。"

的确，洞口不大，目测却深，是由一大堆倒塌的建筑物废料堆积起来，自然形成的小空间。兔狲不出来，只有两个方法能够逮着它：伸手进去抓，或者移开洞口上方的大堆废料。移废料，工作量太大，车队急着出发，不能为了一只兔狲耽误行程；伸手掏，几个人轮番上阵试了试，你越伸手，那家伙越是往里缩，波扬说他的手指尖尖都碰到毛茸茸的东西了，就是缺了那么一小截，死活用不上劲。

安琪过来看了看，下达命令："不管它了，时间不等人，我们必须立刻出发。"

戴克立刻着了急："不行啊，兔狲很珍贵，人工不容易养活，动物园里都养过几轮了，好不容易才活下来这一只。"

伊娃也带着哭腔哀求:"再想想办法,带上它吧,不然它会死。"

安琪很为难:"车队的任务是赶路,这么多动物的命都在我们手里呢,怎么能为了一只兔狲耽误集体大事?"

贺拉先生已经上了劳德的车,这时候又下来,探头往洞口看了看,建议说:"也许芮芮能帮上忙,芮芮的胳膊比我们长太多。"

此话一出,没等安琪表态,戴克第一个蹿上卡车,打开芮芮的笼子,牵着它的手下来,指给它看那个洞口:"瞧见没?小咪在里面,过去,抓住那个不听话的小家伙!"

芮芮望望那个洞口,再望望戴克,屁股挪两下,两手抱胸,一副"与我无关"的架势。

戴克附在它耳朵边说:"芮芮听话,做得好,有苹果吃。"他比画了一下苹果的模样,还朝着虚空中"咔嚓"咬一口,把旁边的波扬都逗乐了。

这意思芮芮秒懂,只见它即刻换了表情,眨巴一下眼睛,似笑非笑地龇一下牙,长腿一迈跳上废墟,趴到洞口边,长臂伸进去,三下两下捞到兔狲的一条腿,硬生生把兔狲拖拽出来,动作鲁莽又粗暴,看得戴克直瞪眼。已经逃向自由的兔狲极端不服气,声嘶力竭地叫,肥嘟嘟的身子在空中直扑腾。伊娃生怕芮芮不知轻重把兔狲那条腿拽断,赶快上前接过,抱着送回车上。

安琪在一旁也看得发呆,对贺拉先生感叹说:"芮芮是真聪明，它怎么就能够明白我们需要它做什么？"

贺拉先生笑眯眯的，回头往车上走，什么都没说。戴克见到芮芮被夸，倒是乐得满脸开花，仿佛是自己立了功。他信守诺言，在双肩包里掏啊掏的，还真掏摸出一个自己没舍得吃的皱巴巴的小苹果，扔给了芮芮。

"好样的，做得好。"他大声表扬。

芮芮抓着那个苹果左看右看，明显对果子的大小有些失望。它把苹果扔进大嘴巴，一边喀嚓喀嚓嚼出满口的苹果汁，一边伸出手掌，朝戴克讨要第二个。

"没了。"戴克拍拍手，还把背包打开给它看。

芮芮不动声色，嚼着嚼着，从嘴巴里吐出一小粒黑乎乎的苹果籽，拈在手中，冷不防地塞进戴克口袋，逗得一旁的伊娃差点儿笑岔气。

劳德半踩着刹车，慢慢地让卡车停下。后面的另一辆卡车和大巴跟着停下来。

安琪快步从后面奔到前方，拍着戴克这边的车窗，问他："怎么回事？为什么不走？"

"不让走，说是要检查。"戴克告诉她。

车队的前面应该是一个火车转运站，肉眼可见几道纵横交错的铁轨，路基略略高出平地，路线有交叉也有平行。初冬惨淡的阳光下，被岁月磨到发亮的铁轨闪出冰冷的光，向着南北两个方向无尽伸展。有一段轨道看起来刚被炸过，碎石飞溅在各处，轨道下方有一个房间大小的坑，铁轨和枕木顺着坑沿面条一样地耷拉下去，活像被一只巨人的大手胡乱抓起来捏了一把，又漫不经心地原地放下。从远处开来一辆工程车，停稳之后，下来了七八个穿工装的中年男人，踮脚，一跳一跳地，蹚着满地碎石，往那段被炸毁的铁轨走，看样子是路段维修工。

车队被截停后，从路边临时搭成的集装箱式检查站里，晃晃悠悠走出三个十字星联盟军的执勤士兵。为首的是个邋里邋遢的大胡子，半张脸庞隐藏在浓密的胡须里，脚上一双破皮靴仿佛千斤重，走路两边晃，踢踏踢踏完全抬不起脚。第二个身材瘦削，像八辈子没吃过饱饭，臃肿棉服都撑不起他的纸板身形。一杆步枪斜背在他身上，肩膀被扯成一高一低，让人担心他一个不小心就会跟跄倒下。他自己倒是满不在乎的样子，一边歪歪倒倒地走路，一边嘴巴里嚼着东西，也不知道是烟草还是口香糖。第三个最奇怪，打眼一看，最多十七八岁，小身板，小脑袋，最小号的军装穿在身上都要挽着袖口和裤腿。他长着一头柔软的婴儿般的头发，圆眼睛，圆鼻头，嘴唇肉嘟嘟的，笑起来的时候，露出一口细密而瓷白的牙齿，还有一小截粉红色的牙床。

三个人分别走向三辆车。年轻士兵攀到了劳德这辆车的车门上，大胡子去敲李罗驾驶室的门，瘦子朝大巴司机跷起拇指往后扬，意思是让司机快下车。

"从哪儿来？去哪儿？"年轻士兵挂在车门上，从打开的车窗处探进一张脸，背书似的问出第一句话。他的声音尖细而稚嫩，听起来像童音。这让戴克松了一口气，原本绷紧的肩膀噗地垂了下去。

　　士兵用的是星球通用语。八成他还是个在校大学生，也许是中学生？戴克这么想着，探身向前，代替劳德做了回答。

　　接下来出示一应文件。年轻士兵猴儿一样攀在车门上，半个身子探进窗口，仔细地翻看那些用通用语写成的文件。

　　"动物转运？"他的语气里透着吃惊，更多是好奇。

　　然后，他咚的一声跳下车，消失不见。

　　文件夹还在他手上呢。戴克赶快从副驾驶座位边的车门冲下去，急急忙忙绕到驾驶室这边，看见年轻士兵正在大声念出喷在高高车厢上的"黎明动物园"。

　　"动物园？"他喜笑颜开，问戴克，"你们真是黎明动物园的？"

　　戴克点头，又一次紧张起来，猜不透对方这话什么意思。

　　"哈，我知道你们这个动物园！有一对白虎兄弟是不是？我从网上看见过它们的照片，小家伙们太可爱了。"

　　戴克瞬间得意："大威和小威就在这辆车上。"

　　"谁？"

　　"大威小威啊，白虎兄弟。"

　　"啊哦，老天！"年轻士兵发出一声惊呼，眼睛里燃起两团火苗。他紧攥着手里的文件夹，脸孔涨得微红，无比谦恭地询问戴克:"我可以……我能够……看一眼那两个小家伙吗?"

戴克片刻也没有犹豫,踩着脚踏板,率先爬上车厢。年轻士兵赶紧跟着往上爬。

"瞧,最里面那两个笼子。"

闻见陌生人的气味,动物们骚动不安。大威在铁笼里腾地耸起身,缩肩,收胯,目光炯炯地盯住士兵,猛然一声大吼,吼声从胸腔冲出,穿云裂石。年轻士兵猝不及防,下意识的一个后退,脚踩到车厢边缘,身体踉跄往后。戴克赶快伸手拉他一把,他的另一只手挓挲出去碰到车板,紧紧攀住,才没有跌下车去。

年轻士兵却不恼火,站稳之后反而笑得开心:"哈,瞧它那双眼睛,多威风,多漂亮!虎啸声也好听啊,精神,还透着一股子奶味儿。"他点评一番后,转头问戴克:"吃什么?"

戴克一时发蒙:"什么?"

"我问,它们两个吃什么?你喂它们什么吃的?"

"哦,不一定,活鸡,生牛肉,什么都可以。"

士兵耸耸肩,感到遗憾:"活鸡,牛肉,检查站里都没有,我们只有面包和罐头食品。"

戴克很骄傲:"它们才不会吃罐头。"

"哦,我知道,我知道,它们是老虎,不是猫。"

他七拉八扯,又跟戴克聊了几句,问了一些老虎饲养的问题,只不过始终不敢朝虎笼靠近。那一声虎啸估计把他吓得不轻。几分钟之后,后面的大胡子检查完毕,朝他高喊:"喂,小个子,有完没完?"他才最后看了白虎兄弟一眼,恋恋不舍地下车,把文件夹还给戴克,挥手示意放行。

劳德迅速地发动车子,卡车吭吭地怒吼,却怎么也挪动不了。可真是越急越乱。劳德生怕检查站的几个士兵搭错神经出尔反尔,随便找个理由把他们扣住,拼命地在油门和操纵杆之间一顿操作,以至于乱发根里热气蒸腾,额头上沁出一层厚厚的油汗。

年轻士兵赶过来,对劳德做个后退的手势,然后弯腰,从前车轮下面拖出一个硬质橡胶的三角形卡桩,推到路边,再回头,龇牙一笑,大拇指和食指圈起来,表示可以通过。

戴克大吃一惊,他们几个人坐在车上,居然都不知道什么时候被士兵们设置了这个该死的车障。

卡车"呼"的一声冲上前去。劳德头都不敢回,拼命踩油门,两分钟之后,检查站不见踪影,他才放松身体,出了一口长气。

后视镜里,李罗和大巴车紧紧跟随,两分钟的时间里都在风驰电掣。

劳德骂一句:"可恶的十字星联盟军!"

贺拉先生慢条斯理地答:"没有再生枝节,是万幸。"

戴克插嘴:"刚刚那个小个儿上车,我可真是紧张。"

"你怕他个鬼!"劳德啐了一口。

"我担心他扣押大威和小威,他肯定喜欢它们。"

"喜欢还能当宠物养?再说了,看他那小身板儿,大威小威一口能吞下两个他。"

刚说到这里,劳德忽地住口,重新坐直身子,紧张起来。"快看后面。"他压低声音提示戴克,"老天,是那熊士兵,他想干什么?"

后视镜里,年轻士兵骑在一辆军用摩托上颠簸飞奔,时不时还举起一条手臂用劲挥舞,看样子是在追赶车队。

"糟糕,怕什么来什么。"劳德嘟囔。

戴克抬起半边屁股:"劳德,加油门,冲,甩掉他。"

贺拉先生冷静制止:"这不行,如果真有事,前面的检查站肯定通知到了,我们照样走不成。"

戴克恍然:"哎呀,这倒是。"

劳德叹口气,沮丧地踩下刹车,靠路边慢慢停稳。驾驶室里有一股燥热的燃油味。劳德大概觉得他今天被逼着几番点火又几番刹车是一件很屈辱的事,脸铁青,怒火从每一个毛孔里嗞嗞地往外冒。戴克担心他要是跟那个年轻士兵面对面,会不会上去给对方一拳。

军用摩托呼地停在卡车边,熄火,歪向一侧。年轻士兵蹦下车,居然没去踢开脚撑把摩托停稳,随便一推,任由车子倒在路边野草丛中,自己忙不迭地从卡车后部绕往前方副驾驶一边,拍打高高的车门。

"小孩!小孩!"他喊。

戴克心里想,还不知道谁是小孩呢。他勉强开门,责问年轻士兵:"都检查过了,为什么又要停车?"

士兵戴着一顶野战钢盔,过大的帽檐把他的小脸压得只剩鼻尖下的半截,看上去很像滑稽的锡兵玩具。

"看好了,"他拍拍衣服的前后口袋和斜背在身上的一个军用挎包,"先生们,我没带武器,完全没有恶意。"

"那就没必要追赶过来,多此一举。"贺拉先生摊摊手。

士兵龇开一口白牙,从口袋里掏出一张纸,展开,举到头顶,笑得很是灿烂:"瞧,我搞到一张通行证,可以送你们到下一个检查站,确保一切顺利。"

贺拉先生和戴克对望一眼,感觉有点不可思议。

"你现在正在执勤。"贺拉先生说。

"没错,我领了一个任务,要送一个信号灯的零件到前方检查站。"他把军用挎包挪到胸前,按住,显露出里面零件包装的轮廓。

"他说什么?"劳德听不懂星球通用语。

听了戴克的转述,劳德说:"该死,我相信他,也许他真会对我们有点用。让这小子上来。"

年轻士兵开开心心地爬上车。贺拉先生显然不愿意跟他多啰唆,笨拙地爬到后排座位上,把前座让给他。

"你的摩托怎么办?"戴克问。

"什么?"

"摩托。"戴克指指路边草丛。

士兵满不在乎:"没事,我等下再搭个便车回来取。"

没人敢偷军车,除非他不想活了,车上有定位系统。"

这句话傲慢无比,让戴克心里瞬间不舒服极了。

"我喜欢动物,从小就喜欢。三年级的时候,我爸问我长大想干什么,我说去首都的动物园当饲养员。我爸一个大巴掌把我的嘴巴都打出了血。"小个儿士兵笑嘻嘻讲他自己的事。他是个话多的年轻人。

"读中学的时候,我在我们当地动物园做过一段时间义工。我们那个动物园很小,简直太小了,只有一些鸟、猴子、马鹿、山羊,一对小黑熊,一只老得不成样子的北方狼。那只狼既脏又丑,身上的毛掉了不少,看上去疤疤癞癞,腿上有伤口,夏天会有无数苍蝇叮、蛆虫爬,很讨厌,可是狼完全没办法,有时候会自己咬自己的腿,会大声嚎,嚎得像是哭一样,叫人心里难受。"

贺拉先生忍不住插嘴:"这个很容易治,消毒,外敷,最多喂几片消炎药。动物的自愈能力都很强。"

"可是狼老了,没有人会在意它。我们那个动物园,那些差劲的管理人员,除了喝酒还能做什么!"

戴克想起自己的父亲,想起黎明动物园尽心尽责的饲养员老金、小薇……还有仁慈温和的赫仁医生。几天没见,戴克很想念他们。

"猜猜我后来对狼做了什么?"小个儿士兵突然扭头问戴克。

"什么?"戴克冷不防地被问了这么一句,一时竟没

第七章 好奇小战士 151

有回过神。

士兵沉默了一分钟，慢慢地说："我杀死了那只狼。"

戴克张大嘴巴，转头看一看身边的贺拉先生。贺拉先生脸板着，没有丝毫表情，可是他的肩膀明显动了一下。他肯定是听清楚这句话了。

"真的，我杀死了那只狼。不是用枪，我没有枪。我也没有别的什么工具。我那时候才十五岁，根本不敢跟一只老狼面对面。我在它的食物里下了药。从学校的化学实验室里偷的。我是为了那只老狼好，不想让它活得那么痛苦。再说它确实很老很老，本来也快死了。"

戴克转开头，不想看士兵的眼睛。从士兵嘴里轻描淡写说出来的一番话，让戴克惊心动魄。他看上去不过十七八岁，单薄又矮小。他喜欢笑，很灿烂很单纯的笑，人畜无害的可爱模样。他这么喜欢动物，面对白虎兄弟两眼放光，为了跟它们多待一段时间，想方设法跟车护送……可是，他居然会利用自己的义工身份，下手杀死一只年老病弱的狼。

戴克不由自主地往后缩一缩身体，让后背紧贴在椅背上，仿佛拉开距离就可以远离士兵的伤害。

一个人，要有多么坚强的神经，才能够把人性的两面如此奇妙地融合在一起啊。

"瞧，无人机，三架。"士兵忽然抬头，指着车窗外面，无比骄傲，"我们的。没有标志是不是？可我一眼就能够认出来。你们看它的机头，像不像海豚的脑袋？海豚游在水里,无人机飞在天空里,一模一样的美。"

他打开车窗,探出半个身体,很兴奋地朝无人机挥舞胳膊,打手势,又拍击后面的车厢板,提示机器的操作者看清车上的动物图标。

"哥们儿,"他仰头,很大声地对无人机喊话,"明白了吗?车上是动物,动物!是白虎兄弟!走开吧,走,去别处!"

无人机组在车队上空低低盘旋了一圈,也不知道操作者是看清了"黎明动物园"的圆形徽章,还是"动物转运"的通用语标识,抑或是车上的联盟军士兵,反正机头一抬,一架跟着一架扶摇而上,飞向不远处一个绿树掩映的小镇。瞬间,三声爆炸,树林上空浓烟升起,火光冲天。无人机击中的似乎是一个粮食仓库,房顶炸开的同时,粉尘飞溅,引出更多的浓烟和更大的火。有两个正在燃烧的火球从烟尘中弹射出来,朝着田野飞快地移动,从舞动的胳膊能够看出,那是两个高大壮实的男人。很快男人倒下,在短暂的挣扎翻滚之后,火球熄灭,烧焦的身体跟田野上的褐色土地融为一体。

年轻士兵的脸上不无惊恐,嘴巴大张,喘着粗气,胸脯剧烈起伏,喉咙里有奇怪的响声。他颤抖着关上车窗,把自己挤到车座和车门间的空隙里,缩成很小一团,眼皮低垂,一路再没有开口说话。

劳德狂踩油门,带着车队加速飞奔,只想在第一时间离开这片恐怖地带。

第七章 好奇小战士

第八章

无人机送来神秘礼物

前面的这个检查站比刚才那个大了很多,不再是临时搭建的集装箱建筑,而是一栋规规整整的两层小楼。蓝色的钢门钢窗,白色的墙体,二楼阳台的栏杆外垂挂着几盆开红花的植物,整体简洁而舒适。屋顶平台上高高耸起一排钢筋扎成的字:基瓦市公路养护站。看起来,十字星联盟的军队占据了养护站,却一时还没有找到工具拆卸这些坚固的标牌。

"到基瓦市了。"贺拉先生身体前倾,屁股恨不得离开座位,两手扒着前方椅背,往车窗外面地平线上那片高楼张望,脸上有掩饰不住的兴奋,眼睛在镜片后面闪闪发亮,精瘦灰黄的面颊上现出两团极少见的红晕。

戴克很奇怪贺拉先生的表现。基瓦市只是长途转运中的一站,到达基瓦市,行程才不过三分之一,谁也不清楚接下来的旅途是顺利还是艰难。再说,基瓦市虽说是一个大城市,车队也不过是绕城而过,顶多有点时间补充给养,稍事休息,不可能像好奇的旅游者那样走街串巷,四处探访。贺拉先生对途经基瓦市如此在意和期盼，真让戴克百思不解。

车还没完全停稳，年轻士兵已经迫不及待地打开车门冲了下去，就好像这边的人急等他挎包里的零件使用似的。与此同时，从检查站里，往劳德这边，走过来一个皮靴锃亮的下级军官，中等个头，二十五六岁，脸上的粉刺一颗一颗爆豆一样绽开，粉色，紫色，褐色，有一些结了硬痂，另一些长出脓包，原本算得上清秀周正的容颜，因为这些密集的粉刺而变得纠结和狰狞，也让他的神情里有了一种异乎寻常的焦躁，甚至说得上绝望。

"打开车门，下车。"他命令劳德。

冰冷冷的语气，让戴克和贺拉先生不由自主地心生忐忑，他们两个对视一眼，瞬间身体都变得僵直。

劳德跳下车，特意拉一拉皱巴巴的衣服，表示他对对方的尊重。

"哪儿来？去哪儿？"依旧是惯例的一句问话。

劳德没有惊慌，相当熟稔地递上他早已准备在手里的文件夹。

对方哗哗翻阅之后，面无表情地扔还给劳德。

"回头，前方不准通过。"他拍拍车门，大拇指往后一扬，语气不容商量。

劳德转身，看着车里的贺拉先生和戴克，嘴巴微张，仿佛要和他们确认这个命令的意思。

"军官先生，车上拉的是动物，我们有星球动物组织的转运文件……"贺拉先生探身向前,试图解释。

"上车,开回去。"对方理都没理贺拉先生,只傲慢地对劳德挥一挥手,"没听懂?"

劳德有点急眼,脖子涨红,暴出青筋:"为什么?这是为什么?"

"不为什么,我让你们回头就必须回头,这是命令。"说完,他肩膀一耸,转身要走。

"不,这是野蛮。"贺拉先生嘟囔了一句。

军官听见了,蓦然回头:"你说什么?"

戴克赶快跳下车,拦在贺拉先生和军官之间:"先生,先生,我们有后方检查站开出来的通行证,在……"他四下转头,寻找那个话多的小个儿士兵。

军官上下打量戴克,突然一伸手,抓住戴克的肩膀,眉头紧锁,目光冰冷,感觉很不耐烦。劳德赶紧上前,反过来抓住军官的手,同样恶狠狠地怒视对方。一时间三个人呈三角状对峙,有了剑拔弩张的意思,情势仿佛一触即发。

消失几分钟的年轻士兵恰在这时候赶到,飞奔过来,把自己的小身板儿楔子一样插到了他们之间。

"哥,哥,"他嘻嘻哈哈,满面笑容,"瞧,他们没说错,真的有通行证,车上是转运动物,有一对白虎,双胞胎白虎,全星球都知道的。哥你要不要看上一眼?可好玩了……"

他一边说,一边把军官慢慢地拉到路旁,手舞足蹈说了好一阵子。军官皱眉,摇头。士兵双手合十,嬉皮笑脸,像是哀求,又像在撒娇。然后,军官终于有了妥协的意思,很不甘心地扭头打量一下车队,用劲瞪一眼戴克,转身,头也不回地大步走开。

年轻士兵几乎是蹦跳着走向戴克,拍拍他的肩膀,眉头挑高,不无炫耀:"瞧,小家伙,我就说嘛,必须我跟车过来。"他指指军官的背影,"他是我大哥,中尉军官,了不起吧?我们镇上所有当兵的人当中,数我大哥军衔最高!我哥宠我,我小时候在他背上长大,我必须跟车过来,只要来了,他肯定放行,他听我的,我想要的他都会给我办。白虎兄弟多可爱啊,全世界一共才那么几对,得让它们好好活着……"

他啰里啰唆,没完没了,让戴克心里怒火乱窜,恨不能一掌把他推出老远,让他滚回他那个混账哥哥的背上。

说完了这些,士兵拿出他的手机,面露窘色,忸怩不安地对戴克提出最后一个要求:"你能不能……帮我跟白虎小兄弟拍一张合影?这会是我最珍贵的纪念。"

戴克非常不愿意。北崖领地的老虎怎么可以和十字星联盟的士兵拍合影?

"不行,"戴克说,"你也看见了,老虎笼子在车厢最里面,你没法靠近它们。"

"那么,我跟这辆动物卡车合影就行。"

"这……"

"求你了。"

劳德有点心软："算啦，看在他一路护送的分上，答应他吧。"

戴克只好接过手机，拍下一张人和卡车的合影。照片有点变形，卡车巨大，人像渺小，看上去滑稽而且荒诞，不过车厢上的"黎明动物园"标识倒是清晰无比，士兵开开心心地接受了。

在基瓦市的城郊，他们又一次遭遇劫难。这回是碰上了十字星联盟某个师团的巡逻队，那几个当兵的估计是喝多了酒，开着装甲摩托车在公路上横冲直撞，醉态毕露。尽管已经确认过眼前是动物转运的车队，一个满脸通红的大个儿依然端起枪，对着大巴车的前后一顿狂扫，听到车上伊娃的尖声惊叫后，他们哈哈大笑，乐不可支，朝天又放出几梭子弹，然后才群魔乱舞一般尽兴而去。

检查车辆，大巴的一个前轮被打通，瘪了，车肚下方的行李厢也穿了几个孔，有一大桶矿泉水全部流出来，小瀑布一样冲出行李厢的门，满地汪洋。劳德和李罗都下了车，帮大巴司机换上了唯一的一个备用轮胎。伊娃心有余悸地说："好险好险啊，要是再碰上这样的事，从哪儿再去弄车胎呢？"波扬就安慰她："别想这么多了，人没事比什么都好。"

安琪本来许诺今天在基瓦城内给大家安排一顿大餐，经过这一番折腾，好像谁都没有了欢聚的心情。再说了，这么大的车辆开进城区，狮吼虎啸的，招人注目，感觉极

第八章 无人机送来神秘礼物　161

其不安全。商量过后,他们还是决定在城外找个废弃仓库或者学校什么的住下来,胡乱打个尖,对付一宿。

安顿妥当,安琪电话联络了她们动物收容所基瓦分部的同事,告知自己的位置。半小时不到,前方红灯闪烁,开来一辆刷有红十字标志的白色救护车。戴克正在惊讶发生了什么事,车停稳,下来一位戴眼镜的儒雅中年男士,跟安琪拥抱握手,彼此眼睛里都涌出泪花。这个男士就是安琪的同事。他说,他们事先做了预案,准备了一些食品和动物饲料,怕备好的物资在出城路上被拦截,特地借了医院里的救护车做掩护。

中年男人笑容温暖,谈吐安详,给人一种值得依靠的稳重感,跟安琪的行事风格很相像。戴克心里想,献身动物救助这样的事业,就得有不平凡的胸怀和能力吧。

怕耽误医院急用,救护车卸完货便匆匆开走了。

既然饲料到了,自然是先给动物们喂食。饲料筐里有几只刚宰杀未及褪毛的鸡,有几大块牛肉和牛下水,更多的当然是蔬菜:甘蓝、萝卜、白菜、豆子、南瓜。新鲜干草也有一大筐,那是给羊驼、斑马们准备的。戴克问安琪:"喂猛兽的鸡为什么不用活的?"安琪回答说:"应该是怕活鸡在救护车上乱叫唤,这样带来比较稳当。"

忙完这一切,车队全体成员席地而坐,共进晚餐:几盒披萨,一大桶炸鸡块。安琪的同事还贴心地带来几瓶葡萄酒,除了戴克,大家用一次性纸杯倒上。喝得开心时,安琪带头唱起了基瓦当地的民歌。怕歌声传出去引发意外,伊娃和波扬他们不敢大声跟唱,只压在嗓子里哼哼,歌声因而变得压抑而凄凉,戴克差点儿要被他们唱哭。

吃饱喝足,收拾完垃圾,大家各自找地方安置自己时,贺拉先生悄悄拉了戴克一把:"嘘,别说话,跟我走。"

"先生?"

"闭嘴。"

"好吧。"

可在戴克收敛起自己的好奇心之后,贺拉先生却惊天动地地咳起来,引得伊娃赶紧过来探望。贺拉先生弯腰弓背,喘到说不出话,只用手哆哆嗦嗦指戴克,意思是别担心,有人会照顾他。

"那好,戴克,你记得提醒贺拉先生吃药。"伊娃嘱咐了这句话才走开。

伊娃一走,贺拉先生吃了药,喘息稍定,马上拉起戴克的手:"你得跟我去一个地方。天一黑,我看东西就模糊,你现在就是我的眼睛。"

"放心,先生,我是你的夜视镜。"戴克用劲握了一下贺拉先生的手。

他们悄悄离开住宿地,转向公路,行不多久,拐向一条乡间小道。贺拉先生一路都在用手机看导航。戴克心中诧异,又不便多问,一声不响架着贺拉先生走。夜晚的星光无比璀璨,田野静谧又喧闹。虽然季节算是入了冬,天气却并不十分冷,路边草丛里窸窸窣窣,有小动物在活动。小虫们整体沉寂,但是会冷不丁叫一声,仿佛生命尽头的嘶哑绝唱。野兔嗖地从他们脚边蹿过,带动枯草残梗一路嚓嚓摇响。也有鸟儿不宿高枝,偏睡在温暖草窝里,贺拉先生和戴克走过去,惊扰了它的梦,为表示不满,它忽然发出一声鸣叫,声音尖锐高亢,响彻云霄,华丽而辉煌。远处的远处,接近天际线的地方,时不时有火光飞蛇一般掠过夜空,抖颤和摇曳,然后就传过来隐隐的、很沉闷的爆炸声。小股的野火会持续好久,那是某个中弹点不幸燃烧了,因为隔得太远,在戴克看来,仿佛闪耀在天边的一团篝火。

  贺拉先生果真是视力不济,一路紧抓着戴克的手,走得高一脚低一脚。而且,他个子小,走路步距也小,脚步拖沓,鞋底总是在路上嚓嚓蹭地,每走几步,就要停下来喘一阵。戴克心疼地想,出门才几天,贺拉先生的身体明显又差了很多,不知道他能不能坚持到最后。戴克后悔出发之前没有请父亲极力劝阻贺拉先生,如今已经人在旅途,只能祈愿贺拉先生平安无事。

  跌跌绊绊,曲里拐弯,走了差不多有一个小时,田野深处渐渐地出现一座笔直耸立的建筑。衬着红黑交织的天空,那东西细瘦、单薄,遗世独立,不像能住人的别墅或者堡垒,倒是跟电脑图片中的某座旧时水塔相似。贺拉先生停住脚,问戴克看到建筑没有,戴克说看到了。贺拉先生很有把握地说:"这是瞭望塔,从前此地农人秋收之后燃烧秸秆,会爬到上面监控火情。"

戴克心里很奇怪,贺拉先生不像是对这一带很熟悉,他如何得知住地附近有这座瞭望塔?还有,夜深人静,他行走不便,为什么要巴巴地来这里?

不过戴克只把疑问埋在心里,没有即刻用他的问题烦扰贺拉先生。

瞭望塔实际上就是座小型塔楼,用砖砌成,高度最多就是普通两层楼的样子。进得门洞,里面石梯极窄,仅容一人攀爬。摸索着盘旋五六十级石梯之后,有一个豁然开朗的小小的瞭望平台。贺拉先生一路被戴克拉拽,呼哧带喘地爬上平台,然后筋疲力尽,一屁股靠墙坐下,完全没有了说话的力气。

"好奇怪,像是远古战场上的烽火台。"戴克四下走动,东西南北都看了一遍。月明如水,辽阔的黑黝黝的田野展现在他的面前,无边无际,丰饶安详,又带着某种不明原因的神秘。再远处的基瓦市,因为战时灯火管制,楼房、道路、桥梁都隐在黑暗之中,灯光星星点点,而且故意调低了亮度,像田野深处分散飞舞的萤火虫。

"过来,"贺拉先生缓过劲,招呼他,"坐在我旁边,等待一个惊喜。"

戴克一头雾水,想不出来在这样的荒原之上会有什么惊喜。他走到贺拉先生身边,陪他坐下,拉过先生一只冰凉的手,暖在自己的双手之间。

"先生,我感觉今晚我们是在梦幻工厂,一切都不

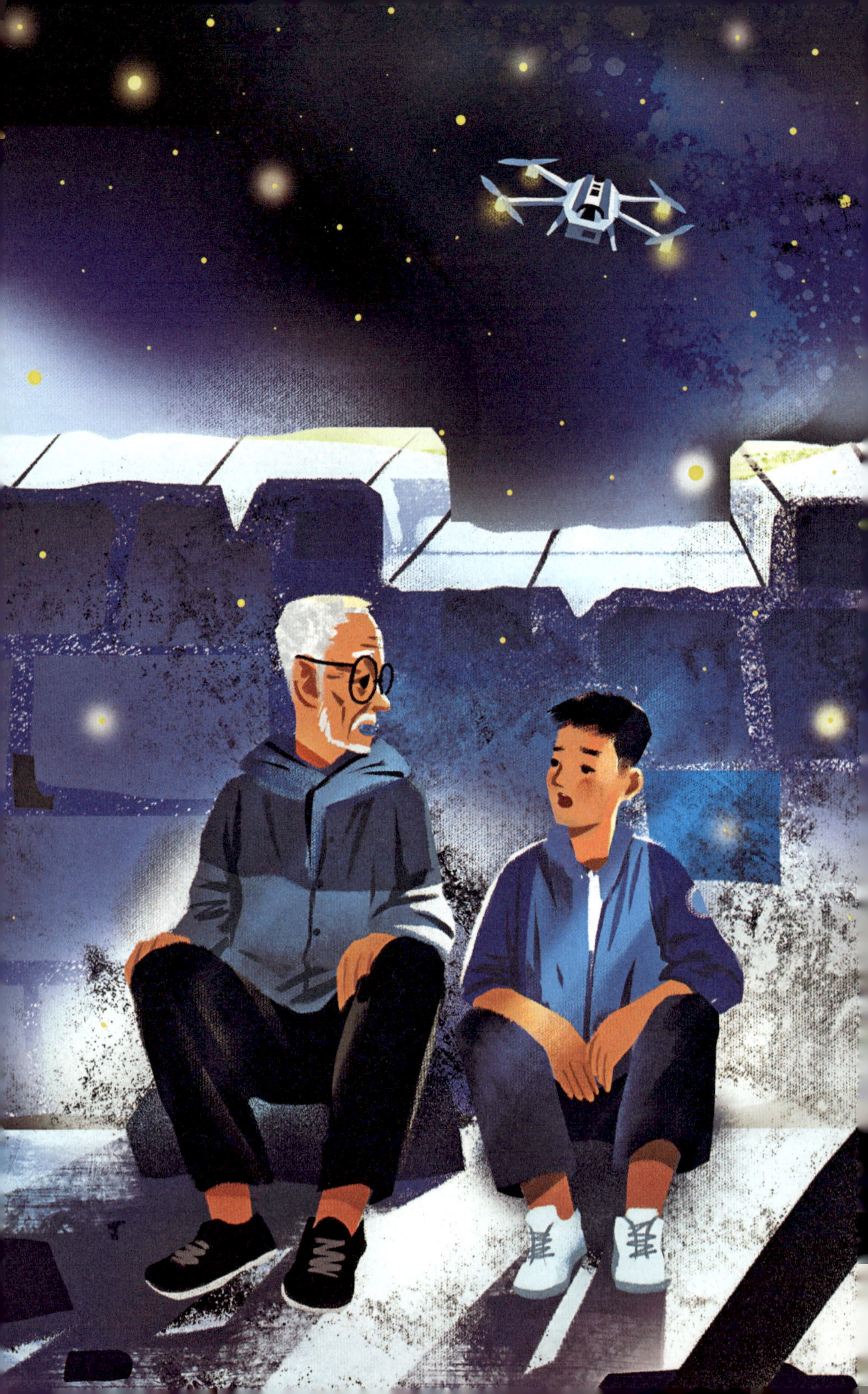

真实。"

"嗯，如果你相信量子科学，那么梦幻和现实本来就是互相缠绕的。"

"如果没有战争，我可能一辈子也不会走到这个地方。"

"如果没有战争，我们也不需要走到这个地方。"

"哦，是的是的。可是，这到底是不幸，还是幸运呢？"戴克这句话，像是询问贺拉先生，又像是自言自语。

就在这时，猝不及防之中，从戴克头顶上方的不远处传来嗡嗡声响。他愕然抬头，看见天空中突现四盏暗暗的黄灯，如同夜幕下小兽诡异的眼睛，一眨一眨，盘旋一圈之后，慢慢向塔顶平台靠近，降落。

"贺拉先生！"他一声惊叫。

朦胧星光中，他看见贺拉先生关闭了自己的手机屏幕，转头对他微笑，笑容天真明亮，带着心满意足的快乐。

"贺拉先生，我完全不能明白，这真的是……这太让人……"

戴克目瞪口呆地看着贺拉先生伸手接住这个尺寸极小的无人机，打开它肚皮下面的一个开关，从里面抠出一个火柴盒大小的东西，然后把无人机重新放回天空，目送它在塔顶上空拐一个弯，往基瓦市的方向飞去。

"我的天，这绝对是在梦幻工厂，你在我面前变了一场魔术！"戴克嘟囔。

第八章　无人机送来神秘礼物　167

透明小盒子里卡着一枚金属芯片,几乎比蝇头还小,成年人的手指简直拈不出来。贺拉先生喜不自禁地就着星光打量它,凑近看,举远了看,眯缝起一只眼睛看,怎么都看不够。

"小家伙,看好了,这还就是魔术。"他告诉戴克,"这是宇宙极速公司的脑机接口电极片,人类科技最伟大的发明之一。给大脑植入这个小东西,就可以读取大脑里的神经元信号。"

戴克有点蒙。

"好吧,通俗一点讲,如果把大脑比作一间屋子,大脑里的信息就像是屋里的人在说话,有了脑机接口之后,我们想知道屋里的人在说些什么,直接推门进来就可以听。我们需要告诉屋里的人做什么、怎么做,直接跟他讲就行。"

"怎么讲呢?"

"用电脑,或者手机,输入指令。"

戴克依然迷糊。

"一个失明者通过脑机接口电极片可以恢复视力,四肢瘫痪的人可以起立行走,中风、癫痫、帕金森、阿尔茨海默……一切行为学上的问题,理论上没有不能解决的。"

戴克顿然醒悟:"我明白了,这些年,你总是泡在黎明动物园,原来是通过黑猩猩研究这个!"

贺拉先生微微一笑:"我们国家有一个强大的研究团队,中心设在基瓦市理工大学,我不过是从旁协助的数据提供者,边缘小人物。"

"哦,懂啦懂啦,难怪你在桥梁炸断之后还坚持要走这条路,只有这条公路经过基瓦市啊。先生你是早就规划好了,要在途经基瓦的时候取到这个小东西。"

"不错,孩子,有思考能力。"贺拉先生赞许道。

"可这是在战争时期啊,你们的科学实验……"

"小戴克,听我说,是这样的,战争虽然在我们身边发生了,但是不可能永远持续,归根到底,人类总是渴望和平,追求更美好的生活。比如说,你今天身陷泥沼,你心里想的会是泥沼下面的那个世界吗?不,你会竭尽全力地把自己从泥沼里拔上来,你全心全意地想,我上去之后要去做什么,要如何爱我的家人,要生几个孩子,要怎么养育和教导他们。人只有这么思考,才有努力活下去的动力。科学家同样如此。在深陷泥沼时,永远相信有一天能见到世间最美的奇迹,自己亲手创造的奇迹,这就是我们做这一切的动机和力量。"

戴克挪到贺拉先生对面,屈膝跪坐,伸手上前,小心翼翼地碰一下那个透明的盒子:"贺拉先生,我想,如果这个实验需要志愿者,我愿意。"

"好孩子。"贺拉先生拉过他,在他额头上轻轻一吻,"不过我们已经有实验对象了。"

"谁?"戴克猛然抬头。

"黑猩猩,芮芮。"

戴克张开的嘴巴许久都没有合上。现在他彻底明白了，贺拉先生的身体这么差，为什么还要执意跟车队走，因为芮芮在车上啊。他模模糊糊地意识到，贺拉先生这是在跟时间赛跑，一分一秒都不肯浪费呢。

手里紧攥着那个透明小盒子，贺拉先生看向戴克："小家伙，真想帮我的忙，就听我说个事。"

戴克闻言，心里先觉一喜，紧跟着又是一沉。贺拉先生的口气过于郑重，不像是在面对他这个年纪的男孩，这让他觉得奇怪。

贺拉先生的第一句话是："不要害怕，人长大就是要学会接受一切。"

他的第二句话是："我恐怕活不了多久。"

戴克的头顶瞬间爆炸了一发炮弹，轰然一声巨响，震得他头晕眼花，天旋地转。

"孩子，是真的，我是肺癌晚期患者，战争开始前，医生就已经宣判了我死刑，我现在只是靠药物维持而已。"贺拉先生说出这句话之后，神情越发轻松，脸上甚至有了些笑容。

戴克想哭，但心里发紧，哭不出来。他大口呼吸，努力让自己保持镇定。然后他开始安慰贺拉先生："不怕，先生，不怕。我爸爸说，现在医学很发达，癌症、艾滋病、瘫痪、帕金森，什么病都能治好。我们快一点赶路，离开这里，到没有战争的国家去，住最好的医院，请最好的医生，让他们把你的病治好。"

贺拉先生轻轻一笑："你爸爸的话，有道理，但是不完全对。医学技术虽然发展很快，可是人类远没有到达永生的境界，我们会生很多奇奇怪怪的病，也会因各种各样的状况死去。每个人都不想过早地离开这个世界啊，因为我们是有好奇心的生物，不愿意错过这世界上的任何一点进步，那些巨大的欢乐，微妙的情感。可是我们终归会死，肉身终归会化为尘土，成为大地上的分子。"

贺拉先生做了个手势，制止戴克开口："别说了，孩子，我知道你要说什么，那不重要。你听着，我要告诉你的事情才是非常重要的。我把芮芮拜托给你，万一我的肉身不争气，坚持不到旅程终点，你必须带着芮芮平安到达，会有我的朋友在那边接收它，我们这个团队的研究项目要接力进行。这是我唯一唯一，最放心不下，最不甘心半途而废的……"

他说着，又一次爆发山崩地裂般的咳嗽，似乎要把肺一点点地咳出喉咙。

"戴克，小家伙，"他喘息着说，"我的情况，我不希望你说出去，别告诉大家，是我自己争取加入车队的，我不能成为大家的负担，明白吗？"贺拉先生抱住戴克的脑袋，望着他的眼睛，"明白吗？别说出去，永远都不要！"

戴克点头，同时用力地瞪大眼睛，不让泪水流出眼眶。

第九章

园长和上校

戴莉在自己家里跟哥哥视频连线。她举着手机，楼上楼下奔跑，在每个房间里 360 度转圈，好让戴克看清家里的每一个细节。

"瞧，这是爸爸的卫生间，这只绿毛龟很喜欢泡浴缸，我想是因为我每天都会把浴缸打扫一次，你看水很清是不是？它的绿头发又长又软，多漂亮啊，昨天夏伊过来，还以为我家的浴缸里长了一蓬水草！天哪，笑死我了。"

"夏伊是谁？"

"一个女孩。动物园驻军的家属。"

"十字星联盟军？"

"不然呢？"

"你怎么跟她交了朋友？"

"是她盯上我了呀。我觉得她也挺孤独的。"

"嗯……你得小心，他们是敌人。"

"我知道。我懂得怎么跟她相处。爸爸说，我现在不可以跟她闹翻,因为他们会报复我们的人,还有我们的动物。"

"你知道就好。"戴克用的是长辈的口吻。

"这只秃鹳,看到了吗?它太爱干净了,每个小时都要跳进浴缸里洗一次澡。我觉得绿毛龟大概讨厌它,因为它会去啄绿毛龟的毛,它肯定跟夏伊一样,也以为这是水草。"

"分开它们。"戴克指示。

"谁?秃鹳和绿毛龟?"

"当然。"

"哈,我也这么想来着。我可能会把秃鹳关到小花园里,给它个塑料澡盆,放满水,随它怎么折腾。"

"那只松尾猴,它怎么样?"

"可乖了,模范生,一直蹲在碗柜顶上,给它一把瓜子,它能安安静静吃半天。等着啊,我现在下楼到厨房,让你看一眼。"

"嗨,小家伙!"戴克在视频里对松尾猴挥手,打招呼。蹲在柜顶的小猴子茫然地眨眼睛,转动脑袋四下看,搞不清楚这声音从何而来。

"嗯,它真的很安静。好奇怪,以前它那么调皮,喝水的碗都会抓起来往头上顶。"戴克感叹。

"是啊,你记得它爬到小薇阿姨的肩膀上,揪她的头发玩吗?现在它完全变了个样。我觉得是因为它快要当妈妈了,它要给它的孩子做个好示范。"

"我不确定。有这个可能。"

接下来，戴莉带着哥哥去看客厅，看她自己的房间，看戴克的房间。

"很抱歉，你的房间里收容的小家伙最多，因为你这几天不在家住。这里是小兔子一家。这里是小松鼠一家。这儿还有一盆黄金龟和巴西红耳龟。别担心，我把兔子和松鼠都关在笼子里，不会允许它们咬坏你的任何一样东西。它们真的好可怜，以前在小农场，每天都会有小朋友来看望它们，喂食物，逗它们玩。现在小农场变成驻军仓库，它们无家可归了。"

"无家可归？这不对，它们有家，我们的家就是它们的家。"

戴莉开心地笑起来，她说，她要把哥哥的这句话传达给爸爸。

"爸爸最担心的就是你，真的。爸爸说，你们在战火中冒险、吃苦，是为了保护那些珍贵动物，这是勇士的行为。"

戴克嘿嘿笑了两声，有点不好意思。

"你都好吗？贺拉先生好吗？芮芮好吗？我都有点想它了，我把它以前画的一张画贴在我房间里，夏伊死活都不相信那是芮芮的作品。"

"哈，你绝对不会想到，贺拉先生正在进行一项伟大的科学试验！真的，我一点儿不夸张。目前为止我还不能说出去。绝对是个惊喜！还有，也有悲伤……不过我现在

第九章　园长和上校　177

不能说，绝对不能。好吧，我必须下线了，否则我会泄露机密。我会，我忍不住。再见戴莉。"

"再见哥哥。"

戴莉请求爸爸为她提供了一张简易行军床，支在大象妈妈曼妮的寝室角落里。曼妮的脾气变得越来越焦躁。饲养员报告说，它有几夜几乎通宵未眠，不断地走动，用鼻子甩打墙壁，皮肤都擦破了。

"它恐怕患了失眠症。"饲养员对戴莉说，"我想应该请赫仁医生来，看看要不要给它打点催眠针。"

戴莉不让饲养员这么做。曼妮的体形这么大，催眠药的剂量非常难把握。再说了，偶尔催眠对它有帮助，长期用药就很可怕。戴莉自告奋勇搬到象馆陪曼妮一起住，在曼妮极度焦躁时，她可以和它说话，抚摸它，安慰它。

上午，戴莉收拾了她的寝具和一些生活用品，要往象馆送。夏伊推来一辆自行车，很热心地帮忙把被子什么的捆到车座上。

"我也能住进象馆吗？小象婕妮会不会也需要陪伴？"

"你不行，光是那里的气味你就受不了。"

"你可以，我就可以。"

"不，曼妮妈妈能够接受我，婕妮宝宝可不会接受你。"

这句话让夏伊很气馁，她说变脸就变脸，手一松，绑上了寝具的自行车咣当一声倒在台阶旁。

戴莉看看她:"你没必要生气,跟动物相处需要时间,我从学会走路开始就认识曼妮了。"

夏伊沉默着,头低垂,把她的栗色鬈发拉到胸前,绕上食指,一圈一圈转动。

"那好吧,"戴莉看她难受的模样,心一软,"你可以帮我另外一个忙。有一只刚出生的小狐猴,它妈妈不给它喂奶,饲养员说,这跟母猴受到惊吓有关。"

戴莉看到夏伊抬起眼睛,脸上有了关切的神色。

"我这两天一直在用婴儿奶粉喂它。把奶粉冲开,灌进注射器,它会吮吸,一点不复杂。"

"我行吗?"夏伊小声问。

"完全可以。"

夏伊笑起来:"那还等什么?"

戴莉反身上楼,从她自己的房间里拎出一个小篮子,里面有一件她小时候穿过的毛茸茸的小外套、一小罐奶粉、几支医用注射器。掀开外套,一个粉色的小脑袋颤巍巍地动了动,小眼睛还没有睁开,嘴巴却已经会四处寻找食物了。

"它真小,比一只老鼠还要小很多!"夏伊惊呼着接过篮子,立刻就喜欢上了这个肉乎乎的小东西。

在象馆里安置好了戴莉的床,两个女孩出门去往医务室。戴莉家里的两只小猴子打架,打得皮肤被挠破了,戴莉要找赫仁医生讨点消毒药水。

戴莉骑上车，夏伊侧坐在她车后，怀里小心地抱着那只小篮子。现在她有了施加爱心的对象，神情开朗了许多，开始跟戴莉有说有笑。

"戴莉，你觉得我们给曼妮妈妈装一台电视机怎么样？我们可以每天给它放大草原的录像，它会看到很多大树、河流、泥塘、狮子和角马，还有它的兄弟姐妹，估计心情会好。"

"也许吧。"

"不是也许，是肯定。"

"嗯，要是真有一台的话。"

"我去找我爸要，他会答应我的。"

戴莉突然捏了刹车，屁股从车座滑下来，一只脚点地，另一只踩在脚踏上，扭过头，口气严肃地警告后座上的夏伊："不可以，听清楚了吗？我们的动物园不允许你们十字星联盟的人插手任何一件事。"

夏伊紧跟着跳下车："为什么？对曼妮妈妈有好处也不行吗？"

戴莉不说话，就那么气呼呼地盯住夏伊。

过了大约十秒钟，夏伊低了头，开始一声不响地往前走。戴莉推着自行车，同样一声不响地跟在她后面。两个人都明白对方心里想什么，彼此间的气氛瞬间又降到了冰点。

自从十字星联盟军的参谋部驻扎到黎明动物园，中央大道上来来往往的全是武装到牙齿的军人们，他们穿戴齐全：防水防风的迷彩棉军服，迷彩头盔，条纹防弹背心，腰间足有十厘米宽的弹夹带，水壶和背包，笨笨的半高筒防水靴。他们有高有矮，有胖有瘦，胡子拉碴的，苍白羞怯的，看上去参差不齐，跟电影电视里阅兵式上的军人形象大相径庭。当他们荷枪实弹地挤坐在军用卡车上，缩着脑袋，从戴莉身边呼啸而过时，各人的神情也是有悲有喜：有人眉飞色舞，看起来踌躇满志；也有人低眉耷眼，满脸满心的不情不愿。这个时候，戴莉心里就会不由自主地想，他们到底愿不愿意到别国的领土上打这样一场仗？如果他们在战场上死去，或者肢体不全地回到家乡，他们的父母妻子会自豪还是会后悔？

戴莉现在很少能在这条大道上见到动物园的老员工，他们为了避免见到敌对国的士兵，让自己心里平白添堵，总是在各个场馆之间曲里拐弯的小路上绕行。甚至，大道两边几个重要场馆里的动物，他们也尽量地撤出来，另找地点安置，比如两只很老的老虎，还有一头怀孕的母狮。他们嘴上说是怕士兵们来来回回太惊扰动物，其实就是不想让那些人白白观赏。我们的可爱的猛兽，凭什么要让他们看得开心？

好像十字星联盟的驻军也巴不得这样，因为这些撤出的场馆正在被他们逐一改建：加固墙体，封闭栅栏，安装雷达和防空设备，围墙四面增设电子监控。戴莉听夏伊说过，这些地方会用来放置军备用品。戴莉好奇，问："哪些东西算是军备用品？比如呢？"夏伊马上就含糊起来，敷衍地回答说她也不清楚，也许是武器，也许就是些军服被褥口粮什么的。

戴莉听出来了，夏伊表面上前脚后脚黏着自己，不过是因为她在这里过于寂寞，需要一个合适的女伴，在内心深处，她对陌生国土上的所有人都有点儿警惕和防范。

两个女孩，就这么各怀心思，一前一后，一个抱着小藤篮，一个推着自行车，穿过那些士兵和军车，拐上一条冬青夹道的砖石路，去往医务室。

离这条小路不远处，隔着一个敞开式的小型动物雕塑园，便是禽鸟岛。走在路上时，戴莉听到禽鸟岛传来父亲的说话声。父亲在禽鸟岛不奇怪，奇怪的是父亲平时说话总是轻声细气、温文尔雅，此时传过来的声音却特别愤怒和高亢，这让戴莉心里有了疑问，不由自主地就往岛上走。

才走两步，戴莉听到身后有动静，一回头，发现夏伊也跟着过来了。戴莉有些好笑，却没说可以，也没说不可以。

隔着禽鸟岛的铁丝围网，两个女孩都看到了令她们目瞪口呆的一幕：戴莉的爸爸，黎明动物园的园长，怀里抱着一只体形硕大的火烈鸟，怒火中烧地拦在几个十字星联盟军的士兵面前，死活都不肯放他们走。

"野蛮人！畜生！白痴！刽子手！"儒雅平和的动物学者戴安宁先生，难得涨红了面孔，嘴里蹦出一个个他最为激愤的词语，"野蛮人啊！白痴啊！"极度痛苦的中年人，几乎是声泪俱下。

戴莉扔下自行车,急急忙忙冲进原本就已经敞开的铁网门。

"爸爸,"她高声问,"怎么了?"

戴安宁怀抱火烈鸟,眼圈发红,痛心疾首:"瞧,是他们,这些畜生,开枪打死了这只火烈鸟,园里最漂亮的一只雄性鸟。"

死去的火烈鸟软绵绵地耷拉在戴安宁的怀抱中,两条纤纤细腿伸得笔直,一直拖到戴安宁的膝盖下方,原本优美的脖颈像一段粗麻绳,毫无生气地蜷曲在他肘弯里,小小的脑袋被他托着,淋漓鲜血珠串般从半张的鸟嘴中往下滴落,落在地上,像是开了星星点点的小红花。鸟身上原本油光发亮、极其绚丽的玫瑰色羽毛,此时已经变得黯淡无光,像舞台上粗制滥造的鸟人的羽衣。戴安宁自己,也因为怀抱着这只火烈鸟,衣襟染上了大片血迹,暗红发黑紫的颜色令人触目惊心。

"爸爸!为什么会这样?"戴莉扑上去,手抚着火烈鸟尚有余温的翅羽,眼泪瞬间飞出,"他们为什么要打死一只鸟?"

几个身背长枪、衣冠不整的老油子士兵被戴安宁堵在小桥边,七倒八歪地站着,吹着口哨,晃着腿脚,一副大大咧咧、满不在乎的模样。其中一个敦实矮胖、胡须漆黑的中年男人,军服鼓鼓囊囊地裹在身上,军用皮带里掖着油腻腻的、揉成抹布状的军帽,一双旧皮靴沾满灰白色鸟粪,两腿叉开成八字形站立,嬉皮笑脸地替自己辩解:

"什么火烈鸟,花里胡哨的,我还以为是花野鸭,想打一只解解馋。说来说去,不怪我们枪法准,怪它长得太惹眼……弟兄们说说,是不是这个理?"

这几个士兵文化程度都不高,说的都是发音古怪而且卷舌音浓重的家乡话。估计他们听不懂戴安宁的星球通用语。反过来说,戴安宁也听不懂他们的乡音。不过这不妨碍他们的交涉,因为事情本身明明白白,双方的肢体语言和神情一目了然。

中年士兵身边的那些兵油子七嘴八舌地附和:"没错,什么火烈鸟水烈鸟,八辈子没见过,要怪就怪它们自己,活该撞到枪口上,哈。"

戴安宁大声呵斥:"住口!文明世界哪有你们这样的野蛮人?打死了珍贵动物,不道歉,不赔偿,我今天不会让你们走。"

中年士兵装痴作傻:"兄弟们,这人说什么?道歉?是这个意思吗?"

有人起哄:"啊哈,道歉?说什么呢,道歉是什么玩意儿?哥们儿知道不?"

另一个嘻嘻哈哈:"没听说过。"

"北崖领地人的杂碎玩意儿吧?"

"跟大爷们谈道歉?笑话哦。"

戴安宁沉声重复:"不道歉,不准走。"

士兵们肯定是明白了他的要求,谁都不是傻子。为首那个胡须漆黑的中年人突然拉下脸,步枪往身后一甩,耸起肩膀快步上前,硬生生地要从戴安宁和戴莉之间强行穿过,张开的手肘差点儿把矮个子戴莉撞到小桥下面。戴安宁赶快放下火烈鸟,随手抓住这人的一只衣袖,紧攥在手里。中年士兵甩了两甩,没有甩脱,相当恼火,面露凶光,卸下步枪,横过来就是一枪托,刚好打在戴安宁的腰眼上,疼得他大口吸气,面色苍白,腰弓成虾米,手捂着伤处,一时间话都说不出来。

旁观的几个士兵,大约没想到会有这一出,半张着嘴愣住了。

戴莉哇地哭出声,抢步上前,死揪住那个士兵的皮带不肯放:"你个坏蛋,该死的,你打了我爸爸……你个坏蛋……"

士兵被戴莉缠住,不好意思对一个小女孩动拳头,哗地拉开枪栓:"走开!交战规则知道不?你这是侵犯了我,我有权对你开枪。"

戴莉哭着说:"你开枪吧,我不怕你,你把火烈鸟都打死了……"

这时候,禽鸟岛的小桥上发生了一件让所有人震惊无比的事:一直站在铁网门外静默不语的夏伊,疾步冲上来,头发一甩,手一抬,"啪"的一声,干脆利落地给了那个中年士兵一巴掌。

这一巴掌如此迅捷和突然,士兵们蒙了,戴莉和戴安宁也蒙了。在场的七八个人,全都惊成了木雕泥塑,足足一分钟时间,没有人开口说一句话,挪一下身。

下午，通往园区办公小楼的路上，一群士兵正忙着设置路障：卡车拉来一车带铁蒺藜的滚筒丝网，自动卸货机将一圈一圈沉重的丝网沿路放下，士兵们用铁钩子将它们拖拉到位。空气中有拖拽丝网摩擦出来的新鲜又浓烈的铁腥气，还有年轻士兵的钢盔下面散发出来的热腾腾的汗气，带着大蒜和洋葱的刺鼻呛劲儿。戴莉很是奇怪，既然动物园已经被他们完全占领，园区内门岗森严，电子监控无处不在，为什么还要多此一举设置路障？是因为他们占领了别人的领土心虚胆怯，不把自己裹进层层铠甲之中就无法安睡？

　　她寸步不离紧跟父亲，穿过一地狼藉，进入她之前再熟悉不过的那幢砖红色楼房。门岗照例上前询问，旁边那个带他们过来的尉官模样的军人做个简单的手势，士兵立即退后，并且"啪"一声敬了一个标准的军礼。

　　上楼，穿过不长的走廊，拐一个弯，在尉官的示意下，他们停在一扇漆成白色、上半截有着镂空花纹的门前。门楣上方有一个小小的金属铭牌：园长办公室。戴莉好笑地想，占领军们霸占了爸爸的办公室，居然忘了把这块铭牌取下来。

　　尉官上前一步，屈指敲门，而后恭恭敬敬替他们把门扇推开。

　　一切都是原先的模样：迎门一张胡桃木办公桌，桌上是一只蓝色的海豚造型的玻璃花瓶，一个固定在铁架子上的浅灰色猫头鹰标本；墙上挂着一张巨幅照片，内容是大草原上的动物迁徙,这是某一年戴安宁去考察时拍摄到的一个壮观瞬间;窗口几盆高低错落的花草,因为缺乏照料,叶片有点枯黄,花茎也显得垂头丧气。唯一的变化就是桌上戴安宁原本的电脑被他搬回了家,现在摆上去的是一台硕大的军用电台模样的玩意儿和盘踞在桌面、归置整齐的一堆电源和连接线。

夏伊的父亲,十字星联盟军参谋长佛明上校,一个瘦削严肃的中年军人,从书桌后面站起来,绕过桌角,上前几步,敷衍了事地跟戴安宁握了握手。他的军容一丝不苟,西装式军服领口内,一条黑色领带打得端端正正,脸上的胡茬刮得干干净净,面色白里发青,耳后隐约飘出淡淡的古龙水的香味。

戴莉心里的第一个念头:夏伊若不是毁了容,父女两个一定非常相像。

"园长先生,荣幸之至。"佛明上校寒暄了一句,随即对站在门口的尉官挥一挥手。

门打开,一个全副武装的押运官从走廊上往里面猛地推进一个人,一个胡须漆黑、身形矮胖、头颅低垂在胸前、大气都不敢出一声的狼狈的军人。

是那个射杀火烈鸟之后,又拿枪托去捅戴安宁的中年士兵。

"尊敬的园长先生,请你确认,是不是这个人杀死了你们的珍稀动物,犯下大错?"

戴安宁瞥了一眼面前这个人。士兵赶快转头,从眼角上方可怜巴巴地回视,并且挣扎出一个比哭还要难看的笑脸。

"园长先生,我不是……请你……"他小声嗫嚅。

"住口。"佛明上校冰冷地喝止了他,"告诉园长先生,开枪射杀动物的是不是你?"

"我……"

佛明上校走到戴安宁面前,往他手里塞了一把精致小巧的手枪。

"现在,亲爱的先生,我可以把这个糟糕的士兵交由你任意处置,你可以打伤他的一条胳膊、一条腿,甚至打碎他的脑袋。"

佛明上校跟戴安宁对话用的是通用语,但是矮胖士兵瞬间明白了他的意思,转头对戴安宁发出猪一般的号叫:"不!请不要!先生我恳求你,请看在我两个孩子的分上……"

佛明上校语气平静:"恐怕你的孩子还不及园长先生的火烈鸟来得珍贵。"

"长官,求求你长官!"

戴安宁感到恶心,五脏六腑都在翻腾。他像丢一根烧得通红的铁钎子一样,把佛明上校塞给他的手枪丢到桌上。

佛明上校眉毛一扬:"这么说,园长先生决定放弃这个神圣的权力?"

戴安宁回答:"我只是个动物园的园长,我不认为我对你手下的罪犯拥有处置大权。"

他说完,拉着女儿戴莉转身要走。尉官上前一步,拦住他们,同时回头等待上司指示。

"那好吧,"佛明上校似笑非笑,"为了表示我们的公正,惩罚必须有,我来替你执行。"

他说完,命令尉官:"鉴于园长先生高贵的同情,罚这个人关五天禁闭,并交出三个月军饷,作为射杀动物的赔偿。禁闭结束之后,送他到基瓦前线。"

矮胖士兵张嘴愣怔五秒钟,也不知道是觉得庆幸还是崩溃。反正,他灰白了面孔,"哗"的一下,动作机械地先对上校敬礼,转身朝戴安宁鞠躬,然后才踮着脚尖小心翼翼退出门。

"亲爱的园长先生,你是否满意这样的责罚?"士兵出门后,上校扬着脸,询问戴安宁。他无比自负的神情和居高临下的口气里,明显带着一种屈尊和俯就。

戴安宁想了想,回答说:"无论多重的责罚,也改变不了这个事实——世界上有一条美丽的生命无缘无故地消失了,这是毫无怜悯之心的滥杀,这样的罪恶无可挽回。"

上校微微一笑:"我能够理解你的愤怒,我个人完全赞同你的想法。动物是全人类的朋友,它们不持立场,不分国别,伤害它们的行为非常愚蠢,不可饶恕。"

戴莉在一旁攥紧了拳头,差点要问出一句话:"那么,战争和杀人的行为呢?你们杀了我们这么多同胞,那不是更不能饶恕吗?"

她望着父亲阴郁如铁块的面孔,勉强咽下了滚动在喉咙口的这句话。

刚出小楼,夏伊从后面追了上来。

"戴莉,戴莉!"她兴冲冲地喊戴莉的名字。

戴莉和父亲一同停下脚步,回身张望。

夏伊飞奔过来,披散在脸边的长发飘开,无意中露出她不愿被人看见的侧颜。她发现周边士兵们都在凝视她,赶快抬手,从肩后把头发拢了回来。

"我爸责罚了那个可恶的家伙,是吧?"她带了一点讨好的意味。

戴莉惊奇她这么快就得到了消息。

夏伊挤挤眼睛:"猜猜是谁告状的?我。我告诉我爸爸,必须责罚这个士兵,不允许有人射杀动物。"

戴莉和父亲对视一眼,没有说话。

"我跟你说过,我爸爸会听我的。他是世界上最通情达理的父亲。"

戴安宁很客气地点了点头:"谢谢你,你帮助了我们。"

夏伊更加开心:"还有什么需要吗?告诉我就可以,真的,我可以做我爸爸一半的主。"

"那好吧,"戴安宁想了一下,"如果可以的话,我需要出门证给动物们购买饲料,园里菜地上的甘蓝和胡萝卜最多撑三天,就会统统被吃光。还有,过冬的干草也必须储备充足，猛兽的食物更需要提前订购。药品，消毒和清洁用品，冬季动物的保暖问题，一切都很混乱，很多动物已经变得虚弱……"

"好的，"夏伊雀跃着说，"戴莉爸爸，你完全不用担心，这些事情，我直接找我们驻地的后勤部长就可以帮你搞定。"

戴安宁有一点不敢相信，朝夏伊一摊手："那么，能干的小姑娘，我想问问，黎明动物园可以回报你什么呢？"

夏伊支吾了一阵儿，微微涨红了脸："今天晚上，我想请戴莉到家里吃饭，我爸爸做饭很棒。"她接着补充一句："我在这里只有她一个朋友。"

戴莉不想去，她赶快向爸爸皱眉示意。可是爸爸替她答应了下来："好吧。"

离开夏伊之后，戴莉抱怨爸爸没有征求她的意见："你知道的，那个佛明上校，他根本就是个战争罪犯，你看他那张脸，他说话的腔调，多么恐怖啊，我一点都不想看见他。"

"亲爱的戴莉，宝贝儿，为了我们的动物园，为了你的曼妮妈妈……"戴安宁搂住了女儿的肩膀。

因为要去赴一场正式晚餐，戴莉不想被那个佛明上校看轻，特地在毛衣外面穿上一件粗花呢的背心短裙，脚上是高筒皮靴，再套上一件紫红色仿麂皮的齐膝大衣。

礼物是她自己做的，用各色树叶剪贴成的一幅动物画，镶了个旧的塑料镜框，没花一分钱，也不显得过于廉价。秋冬时节，动物园里的树叶五彩缤纷，随便捡几片，拼贴出来都是艺术品。

仍旧是进园区的办公小楼，等候在门口的还是那个年轻尉官，他把戴莉领到顶层的一个房间。这个房间原先是动物园的贵宾室，用于招待星球各地过来交流和做科研的动物学家们，十字星联盟军占领园区后，贵宾室就做了佛明上校的临时寓所。

门一打开，夏伊看见穿戴时尚的戴莉，有一瞬间的惊讶和错愕，不过她很快就调整好情绪，扑上来亲亲热热地抱住戴莉："天哪，戴莉，你太漂亮了！"

拿到礼物，她又再次惊叫："哦，亲爱的，这个真美！"

可是，戴莉发现她随手就把树叶画扔在门后的鞋柜上，再没碰过。

戴莉心里很不舒服，她意识到夏伊其实是个虚伪和小心眼的女孩。

夏伊的父亲佛明上校，即便在厨房做饭，从头到脚依然一丝不苟：头发用摩丝精心打理过，油亮而有型；一件米色羊绒毛衣，恰到好处地翻出浅蓝色衬衣的衣领；带折缝的咖啡色西裤，棕色休闲皮鞋，胸前围一条雪白的厨房专用围裙。他正准备拌一盘沙拉，操一把雪亮的厨刀把案板上的西红柿和黄瓜切成薄片，嚓嚓的切菜声听起来准确而且果断。

客厅里有夏伊和父亲的合影，海边的，山间悬崖上的，乡居小屋里的。照片上的夏伊总是侧身，披发，完全看不出她脸上丑陋的伤疤。父女俩或坐，或蹲，大笑，搂肩，头靠头看同一本画册，亲密无间。照片有的挂在墙上，有的镶进相框，摆在茶几、柜子上，总之都是置放在显眼之处。戴莉找了一圈，没有看见这个家里女主人的任何一点痕迹，她忽然意识到夏伊或许跟她一样，都是没有妈妈的孩子。

　　饭菜不算特别，一大盘蔬菜沙拉，每人一份奶油蘑菇浓汤，餐桌中央摆了一只撒上某种香料的风味烤鸡。佛明上校拿一把剔骨尖刀，替两个女孩切割鸡肉，最好的一块给了夏伊，然后才是戴莉。

　　"听我说，亲爱的小姑娘，"佛明上校挥舞着尖刀，"在我们家乡，最好的厨师都是男人，女人只能洗洗刷刷打下手。我的夏伊，从小到大都吃我做的饭，只吃我做的饭，是不是，宝贝儿？"

　　他转向夏伊，脸上难得浮起了笑意。

　　戴莉很艰难地想，这个时候，她是不是应该适当夸奖一下佛明上校的厨艺？可是她怎么也说不出口。她机械地咀嚼有一点老的鸡肉，根本就觉得味同嚼蜡。

　　夏伊开始跟她父亲谈论动物园的事，她刚刚收养的小狐猴，她喜欢的小象婕妮，长颈鹿最爱吃树叶还是水果。看得出来，他们父女两个亲密无间，其乐融融。戴莉觉得自己完全插不上嘴。她也不想插嘴。来做客吃饭是爸爸的意思，是爸爸要求她为动物园做出的牺牲，如果饭桌上仅仅需要咀嚼而不是说话，对她是再好不过。

饭后，夏伊主动要求洗盘子。佛明上校煮好一壶咖啡，过来跟戴莉谈话。

戴莉眼睁睁望着佛明上校向她走过来，心里慌乱成了一团麻线。她很少跟成年人说话，何况面前还是一个这种身份的人。她一下子站了起来，脸憋得通红。

佛明上校对她压了一下手掌："坐下，放松，可爱的女孩。"

戴莉慢慢坐下，身体依然僵硬。

佛明上校尽量和颜悦色："我想跟你谈谈夏伊。"

"哦……好的……"戴莉结结巴巴。

佛明上校喝了一口咖啡，仿佛在思考如何开口："我想，你是个聪明的孩子，你肯定已经明白了夏伊在我心里的分量。"

戴莉点点头。

"作为父亲，我对夏伊有很深的负疚感，她变成这个模样，完全是我的过错。"

他停顿了好一会儿，继续说道：

"两岁之前，她是个漂亮的女孩，非常漂亮，跟她母亲一模一样。有一天，她母亲有事出门，将她交给我照看。天很冷，屋里生了壁炉，我在炉火前喝酒看书。夏伊逗着她的小狗满屋乱跑，整座房子里都是她的笑声。因为妻子不在，没有约束，我喝着喝着就喝多了，醉眼蒙眬，昏昏欲睡。夏伊被小狗绊倒在壁炉旁边的那一刻，我完全没有察觉，直到她大声哭叫。等我冲上去抱起她的时候，她的半边小脸已经被烧出了燎泡。我的妻子因此无法原谅我，等孩子植皮失败出院之后，她选择跟我离婚。我留下了夏伊。这是我的罪孽，我必须偿还，我要对得起夏伊。"

戴莉极为震惊，愣愣地望着眼前这个神情颓丧的男人，一时间口干舌燥，无言以对。

"你也看到了，我是个宠溺孩子的父亲，因为我只有她这一个亲人。我没有再婚，我们父女相依为命，无论我的队伍调防到哪里，我都会把她带在身边。"他用手指一指厨房里的夏伊。

戴莉艰难地点点头："是的，我明白。"

他望着屋顶，突然脸色一变，口气极为冰冷："夏伊想要得到的，无论如何我都会让她得到，没有商量。"

不知为何，这句话让戴莉的心怦地一跳，她感觉到慌乱惶然，仿佛有什么东西正带着她的身体骤然下坠，坠往不可预测的深渊。

"我亲爱的小姑娘，"佛明上校换了一种较为柔和的口气，"现在，我想跟你和你的父亲商量一件事，请你们黎明动物园把夏伊喜欢的那头小象赠送给我的家乡，我和夏伊生活的城市，作为我们两国人民友好的象征。"

戴莉猛地弹跳起来，面孔通红，张口结舌。

佛明上校示意她坐下："请听我说完。我们家乡的城市很小，偏僻，安静，还有一点点保守，跟这里，繁华现代的高堡市，不在一个级别。我们城市里只有一个简陋到微不足道的动物园，很多孩子终其一生都没有见过大象。而夏伊特别喜欢……它叫什么来着？婕妮？对，是这个名字。她希望把婕妮带回家乡，让她的朋友们能够分享快乐。这样的话，她在她的学校会有不一样的地位，这对她……她这样一个特别的孩子，非常重要，非常重要！亲爱的小姑娘。"

"我不知道，先生，我不敢想……"

佛明上校一字一句地说："这是我的郑重提议，请转达给你的父亲。再说一遍：夏伊想要得到的，无论如何我都会让她得到，没有商量。"

戴莉急促地喘气，两眼含泪，几乎要把刚刚吃下去的烤鸡和沙拉呕出来。

第十章
黑猩猩芮芮

"说出你的名字。"

"已经说过很多遍了,戴克老兄,你不会是转头就忘吧?健忘症?"

"就是要你再说一遍。"

"好吧,好吧,算你厉害,我的天!芮芮,是这么写吧?没错吧?"

"来自哪儿?"

"黎明动物园。"

"哪儿的黎明动物园?"

"难道这星球上还有第二个叫'黎明'的动物园?"

"也许有呢?"

"你可以上网去搜,搜出有同名的,晚饭之后我给你十个香吻。"

戴克哈哈大笑起来。想到黑猩猩芮芮毛茸茸的嘴巴蹭在脸颊上会是什么感觉,他简直乐不可支。

他现在终于可以用手机畅通无阻地跟芮芮进行"脑机

对话"。他没有想到芮芮的智力进步简直可以用"飞越"这个词来形容,一旦启动,每隔几分钟,芮芮的学习能力都会跃上一个台阶,让戴克惊喜又恍惚。戴克开始焦虑自己的知识库存跟不上"日行千里"的芮芮,很快他将要被芮芮反哺,由芮芮口中的"老兄"变成"老弟"。

不过戴克还是乐意这样。想想看,如果有一天芮芮变成一只无所不知、无所不能的神奇猩猩,可以指导并且辅助戴克一切的学习和工作,那是多么让人热血沸腾啊!

昨天,一开始,这项工作进行得并不十分顺利。贺拉先生打开放置在大巴上的那台实验仪器,和芮芮脑中植入的电极片连接之后,屏幕上瞬间呈现一片乱码,毫无规律地跳跃着连绵不断的超现实主义的符号,圆圈线条图形色块什么都有,几乎称得上群魔乱舞。

全车队的人都来围观,一片唏嘘。

贺拉先生抬起头,脸上笑着,异常镇定:"不能急,慢慢来。"

他有条不紊地操作程序,试着先从图形进行突破,屏幕上开始跳出芮芮大脑里的即时意识:香蕉、苹果、玉米棒、小胡桃……还有一个冰激凌蛋筒!

"哈,都是芮芮爱吃的!"戴克惊叫。

贺拉先生满脸溺爱:"瞧这家伙,满脑子只有一个字:馋。"

大家哄笑,围观的兴致更高。

贺拉先生停住手,稍微想了想,先从存储卡上调出一部小学生字典，开始强行往芮芮的大脑里输入读音、字词解释、句子间的联想。他告诉大家，人类的文明从语言开始，学会语言才能沟通。接下来，他又输进了星球通用语词典、例句大全、日常情景对话、大百科全书、人类行为准则、小学课本、中学课本、世界简史、时间简史……

屏幕上的进度条飞快地变绿，伸展，直至满格，然后再变绿，再伸展，再满格。

一次又一次。

戴克非常惊奇，一个婴儿从牙牙学语到成年，十几年时间里日积月累的知识，贺拉先生居然就在短时间内通过网络输送到了一只黑猩猩的脑子里。

车队成员全体静默，目瞪口呆地见证了这一场神奇的实验。

调试成功后，贺拉先生嫌这台终端机器太笨重，使用不便，众目睽睽之下，他拿戴克的手机，和芮芮的大脑做了另一条连接路线。贺拉先生声明，他的视力不够好，手机内容看多了会生眼眵，以后由戴克来当他和芮芮之间的联络大使。

人们都信以为真，只有戴克知道贺拉先生的良苦用心。但是戴克没有说。贺拉先生嘱咐他不能说。

然后，到了今天，得到司机劳德的允许后，贺拉先生把芮芮带进驾驶室，跟戴克肩并肩坐在后排座位上。两个小家伙开始了一路上的斗嘴和调侃。戴克在贺拉先生的指导下，不断用手机输入问题，敦促对方思维加速运转。调皮的芮芮时而爱理不理，时而金句连篇，一会儿坐着，一会儿蹲着，在座位上四仰八叉或者是蜷成一个黑色毛球，总之很少有一刻安稳。

戴克飞快地打字："能不能安静十分钟？否则会取消你的午餐。"

芮芮朝他翻个白眼，手机上立刻跳出一行字："才不会，贺拉先生舍不得让我饿肚子。"

戴克撇了一下嘴，心里想，等会儿他要跟贺拉先生做个沟通，既然芮芮交给了他，一切就该由他来做主。

手机上突然又跳出一行字："谁放了一个屁？好臭！"

戴克抬头嗅一嗅，车里果然有臭味。他哈哈大笑，把手机拿给贺拉先生看。贺拉先生看一眼，跟着笑，又把手机递给劳德看。

劳德立刻红着脸承认："好吧，是我，早晨我吃的是芸豆罐头。"

说完这句话，他突然醒悟了似的，转过身，瞪着后排座位上眉飞色舞、一脸坏笑的芮芮："老天，这是你说的？手机上的这些字，是你的意思？"他又转头问贺拉先生："这家伙，它是成人了还是成神了啊？"

手机上再次跳出一行字："太臭了，打开窗户换换空气怎么样？"

戴克在后座上大声地读出来。

劳德面色通红，愤愤不平："老天，还有没有规矩啊？这个家伙居然在我的车上指手画脚、胡说八道，要造反啊？告诉它，再啰唆一句，看我不把它一脚踹下车。"

戴克往前探过身子："劳德大叔，你该高兴，贺拉先生的实验成功啦，芮芮现在可以使用人工智能了噢。"

劳德不以为然地摇一摇头："什么人工智能？如今这时代，让人弄不懂。"

戴克赶快把劳德的抱怨打到手机上。

手机立刻跳出一句话："没关系，不懂我可以帮助你。"

戴克不想读了，用手机里的语音转换功能大声地播放出声音。贺拉先生头靠在车窗玻璃上，乐得直跺脚，像个孩子。劳德不笑，他一边紧握方向盘，一边嘀咕："行行好吧，你个见鬼的黑家伙，别抢我的饭碗就谢天谢地了。"

行进在深秋与初冬交接时节的平原上，每一天窗外闪现的都是不一样的风景。

就说银杏，大平原上四处可见的落叶乔木，车队从高堡市出发那天，密密簇簇的银杏树叶还是大片厚重的黄，黄中稍带一点点绿，有些生涩和凝滞，像少女发育之前的缄默期。出发之后，一路开往南部边境，田野荒芜，阳光澄澈，沿途的银杏一天天变得生动和明媚：树干坚实如铁，树叶褪去了青春期的生涩，进入空灵澄明之境，每一片都如舞蹈的精灵，轻薄透明，成熟妩媚，通身上下闪烁着黄金般的辉煌。如果迎着阳光细看，叶片的经络丝丝分明，从容展开，如山川河流，如大地诗篇。

戴克在手机上打出一行字："考考你，伙计，秋天树叶为什么会变黄？"

手机上呈现出来的是一片扭动的乱码。

"哈哈，这么简单的问题！"戴克很得意。

可是，不到十秒钟，手机屏幕开始疯狂弹出一行行的文字：

"树叶是树木进行光合作用的部位。叶子有各种不同的形状、颜色和质感，可以在树干上聚成一簇，也可以满树散落。

"树叶里有叶绿素、叶黄素、胡萝卜素。其中叶绿素是绿色的，怕冷；叶黄素和胡萝卜素都是黄色的，怕热。

"夏天，树木利用叶绿素捕获光能，并且以'糖'这样的化学物质存储起来。秋天气温下降，影响了根系的吸收能力和叶片的光合作用，树叶中的水分蒸发很快，树根吸收水分的能力又大大下降。落叶树为了生存，停止生长，并且分解叶绿素，把分解产生的物质从叶片输送到树根，作为过冬养料。

"叶绿素分解之后，树叶里只剩下叶黄素和胡萝卜素，这就是树叶由绿变黄或者变红的原因。"

三十秒的惊愕。戴克把屏幕上的大段文字又扫了一眼，抬眼去看芮芮。芮芮歪坐在座位上，双臂抱胸，咧开一张大嘴，龇开玉米粒般的一排黄牙，对着他无声大笑，眼神里有戏谑也有顽皮。

"贺拉先生，"戴克探身向前，将手机举起来给对方看,"你输进去的大百科全书里,有这段话?"

贺拉先生瞥一眼,耸耸肩:"显而易见,它已经启动了自主学习的程序。"

"什么意思?"

"打个比方,人类在接受完初级教育,学会看书识字以后,可以通过去图书馆看书增长知识,或者在社会历练中完善自身。比如旧时期的那些伟大作家,他们都接受过高等教育吗?没有,可是他们看待世界的目光多么锐利,对人性的挖掘多么深刻。教育是一种规范化的程序,它会把你的知识结构框定在某个范围之内。自主学习却是没有穷尽的,理论上来说,身处大千世界,只要你有足够的好奇,你能够掌握的知识信息会多到让你自己惊讶。"

贺拉先生说得多了,有点气喘。芮芮看在眼里,坐直身子,伸出长臂抚一抚前方座位上贺拉先生的肩膀。这个贴心的动作也让戴克惊讶,以前似乎没见它这么做过。

贺拉先生反手拍了拍搭在他肩上的芮芮的胳膊,表示谢意。

他继续扭头问戴克:"你知道电脑的运算速度有多快吗?"

"不太清楚。每秒几十万次?"戴克努力说了个大数字。

贺拉先生笑笑:"不,是几十亿次。这还是普通电脑。"

戴克伸了一下舌头。

第十章 黑猩猩芮芮

"你可以想象，芮芮脑中的芯片接通之后，它的学习能力该有多强。我估计，再有几个小时，你就不可能问出能够难倒它的问题了。"

戴克有一点不服气，瞄一眼贺拉先生身边的芮芮。芮芮正在抓耳挠腮，探头探脑，像是要努力猜测贺拉先生和戴克对话的内容，却又无从下手的模样。戴克很开心地想，这家伙，幸亏它的耳朵还听不懂人话，喉管也暂时不可能模仿人的声音。

贺拉先生话说得多了，体力明显跟不上，喘气声粗重起来，开始咳嗽。从一声两声到逐渐剧烈，声声连绵，他的脸憋到发红，胸腔里发出啸叫一样的嘶鸣，让身边的人听得倍感不忍。劳德一边开车，一边频频转头张望，用眼神表示他的关切。戴克手忙脚乱地拿了劳德的保温杯，想喂贺拉先生喝口热水，却不知如何下手。

这时候，扔在座位上的手机，屏幕亮起来，跳出一行字：药药药药药……

一连十几个"药"，急切之至。

戴克被芮芮提醒，才想到探身从贺拉先生的口袋里掏药瓶，拧开瓶盖，取出贺拉先生平常的药量，倒进他的嘴巴，再喂他喝水，让他咽下那些药片。

芮芮的屁股在座位上弹来弹去，一只手不停地拍打座椅，目光一直在贺拉先生后脑勺打转，喉咙里还有含糊的呜咽声，关切之情一望而知。

片刻之后，药物起了作用，贺拉先生平静下来，脸色慢慢回转,喘息也不再急促。他疲倦地靠坐在椅背上,抱歉地说:"吓着你们了。我没事。"

手机上跳出的字符是:"唵嘛呢叭咪吽。"

戴克一头雾水:"什么意思?"

贺拉先生转头瞄一眼,惨白的脸上露出笑:"一种祈祷的咒语。"

戴克目瞪口呆:"这家伙,怎么连咒语都懂啦!"

芮芮得意扬扬地捶两下胸脯,摇头晃脑,开心到极点。

一路向南,斑斓秋色中,村庄凋敝,田园荒芜,满目都是战争带来的创伤。偶尔看到戴头巾的老妇人在收割之后的地里捡土豆,弯腰弓背,动作迟缓。一听到公路上有汽车轰轰开过,她们立刻惊慌失措,直起腰,抬手搭个凉棚,仔细辨认车身上的标志,生怕遇上十字星联盟军的强盗。其实,真要有人开枪射击,凭她们衰老的腿脚,是无论如何躲不过去的。

再远处,有一辆红色的大型拖拉机在田地里缓缓行驶,不知道是在耕地还是压肥。车到地头停住,驾驶室爬下来一个老头儿,脑袋光亮亮的,脖颈上扎条白毛巾,步履蹒跚,费劲地走在田垄里,身子直打晃。

劳德嘴巴里嚼着烟叶,感叹说:"年轻人要么上了战场,要么出门避祸,逼得老头老太太们不得不下地干活,真是作孽。"他又说,他父母还在老家,也是闲不住的老人,他要接父母进城来住,老人住不惯,真没办法。

"老人还种田？"

"种啊，有地不种，这个可是要他们命的事。"

贺拉先生感慨万端地说了一段话："我们国家的土地真是太有包容性了啊，森林、庄稼，无数的植物一代一代从容地生长在这里，干旱渴不死，大水淹不死，子弹同样打不死。我们的民族，我们的人民，跟土地同样坚韧和伟大，'屈服'这两个字同样不是我们的写照呢。"

戴克低头在手机上打了一行字："小老弟，出个题目考考你，关于秋天，你能背出哪些词句？"

瞬间，芮芮用手机回复了一屏幕的诗行：

> 我喜爱秋天，犹如喜爱悲伤的目光，
> 寂静的起着雾气的日子里，
> 我时常步入树林，安坐在那里——
> 凝望着白色的天空，
> 和那黑色的松尖。
> 我爱嚼着酸味的叶子，
> 躺在草地上，带着懒散的微笑，
> 凝听啄木鸟的叫声，
> 脑海里布满新奇的想象——
> 当青草全部枯萎时，它的上面将浮现一层寒冷的光亮。
> 那时我的心将整个沉浸于，幸福和自由的悲伤。

戴克一句句读着，非常喜欢。这些诗句让他想起了和平的时光，那时他和妹妹戴莉在寒冷的秋日早晨步行去学校，头顶上的路灯还没有熄灭，身边弥漫着乳白色的薄薄的雾气，寂静的街道上有清洁工人扫地的唰唰声，沿途开了门的早餐店里，飘散出面包和咖啡的浓浓香味。他们一边走路，一边用劲地从嘴巴里往外呼气，比赛谁的呼吸更长，眼前小烟柱似的白气升得最高。他们脚底下踩着的，鼻子里嗅到的，全是秋天的光景，秋天的气息。

戴克不由自主地，把手机上的这些诗句大声朗读了出来。

贺拉先生半倚在车座上，闭着眼睛听，回味许久后，轻轻说一声："多美啊，这是遥远的地球上一位叫屠格涅夫的大诗人写的诗呢。"

戴克越发钦佩芮芮。每一分每一秒，这家伙的情商智商都像坐着火箭似的噌噌往上蹿。

中午，车队在公路附近的一个村庄休息吃饭。

村庄看起来刚刚遭受过小股侵略军的洗劫，家家门户大开，主人们不知去向，狼藉一片的屋子里只遗下随地丢弃的小孩衣服、识字课本、碎一地的玻璃镜框、东一只西一只大小不等颜色各异的鞋。有两处房子不知为何起了火，车队到达时还有余烬在燃烧，冒出淡青色袅袅不绝的烟，一圈一圈萦绕不散，像舍不得离家的幽灵一样。空气中有硫黄味、烟火味、塑料制品燃烧后特殊的呛鼻味，夹杂着令人作呕的恶臭。放眼望去，小巷中几头猪羊的躯体被烧得膨胀，肚皮破裂，流了一地的粪便和内脏，应该是恶臭的来源。

在村口大路边，他们发现了一头受伤倒地的奶牛，它黑白相间的背部有一道很大的伤口，鲜红色的肌肉翻出，像悚然开放的花朵。奶牛一时片刻死不了，表情却痛苦，肚皮剧烈抽动，嘴角流出涎沫，一双失去光亮的大眼睛哀哀凝视环绕在它身边的人，仿佛祈求他们帮助它结束痛苦。

劳德对安琪说："瞧瞧，多惨啊，杀死它算了。你的那些狮子老虎也饿得够呛，一头牛，好歹能让它们混个半饱。"

安琪不忍心。这是一头漂亮的奶牛。

"主人不在场呢，谁知道人家愿不愿意？"她自语。

伊娃也帮腔："关系到财产权的问题……"

波扬大声说："我赞同劳德大叔。没见奶牛多么痛苦吗？财产权和生命尊严，哪一样更重要？"

七嘴八舌间，服过兵役的年轻司机李罗已经从大巴车上取了一支备用手枪，走过来喝令大家："都让开！"然后他手起枪响，"砰"，子弹穿过奶牛的脖颈，它抽搐两秒，瘫软在地。

围在旁边的人，包括安琪和伊娃，居然都松了一口气。

男人们一齐上前，拿各种刀具奋力切割，整出满满几大桶的肉块，加上头蹄内脏，两辆转运车上的猛兽们都开怀饱餐了一顿。

安琪还在惦记,要怎么才能把钱付给奶牛主人。她很严肃地声明:"黎明动物园和我们动物收容所的人都不是强盗也不是小偷,不能白吃一头牛。"

可是,战乱时节,村庄农户们都在外面避难,钱交给谁?怎么交?又讨论半天,最终决定,等战争结束,安琪自己要重返这个村庄,找到奶牛主人,跟他结清这笔账。

天黑前,照例要拐下公路,寻找合适的宿营地。

路途早已过半。越往南部,路况相对越好,因为十字星联盟军在开战之初的密集打击没有发生在这一带。

按理讲,路况好转的话,一鼓作气狂开个两天两夜,差不多能到边境了。但是不行,十字星联盟军的士兵都有夜视镜,白天的车队,从远处看不出车里装着什么,士兵们或许懒得理睬,到天黑透,巡逻的部队夜视镜一戴,笼子里的各色野兽轮廓清晰,老虎狮子熊狸金丝猴什么都有,好玩得紧,保不准会有士兵杀心顿起,玩笑般开上一炮。前一天夜里就发生过这么一回。幸亏他们的炮弹定位不准,开炮的士兵技术更拉垮,炮弹在车队后方爆炸,人和动物有惊无险。他们赶快拐下公路,找一处林子隐藏起来,才没有再遭不测。

下了公路,赶到一个很小的集镇。远远观测,镇子里虽不见人影,但是也平静如常,看不出有敌军骚扰过的样子。再开一段,路边跳出几个军人,全副武装,荷枪实弹。戴克他们先吓一跳,细看士兵的胳膊上都绑着自己军队的标志，才长出一口气。

三辆车依次停稳，军人们上前问话。为首的军人好像是一位士官，皮肤粗糙，脸上有弹片擦过的伤痕，左边的眉毛秃了一半，说话的时候那半边眉毛跳动不停，像一只振翅欲飞的灰蛾。

他看了他们的转运文件，询问了最终目的地，然后有点遗憾地摊摊手，告知这个小镇今晚无法给他们提供住宿，因为即将有战事在此地发生，目前无线电已经处于静默状态，还请他们理解，另择合适地点。

戴克低头看一下手机，果然没有网络信号。

车队原路掉头。虽说投宿遇阻，大家的心里却很兴奋。一路上餐风宿露，见到的都是十字星联盟军队的各类暴行，今天终于碰到自己的军队，而且，摆明了要有一场大战要打，自然觉得扬眉吐气。

戴克按捺不住兴奋，凑上前问开车的劳德："你猜这场战斗会有多大规模？"

劳德把牢方向盘，嚼着烟草头也不回："小子，闭紧嘴巴，不该问的别问！"

戴克耸一下肩，吐吐舌头，懊恼自己不够沉稳，露了短板。

芮芮坐在后座上，从劳德的语气和戴克的沮丧神气里猜到朋友受挫，幸灾乐祸起来，笑得手舞足蹈。戴克生了气，学劳德的口气斥责它一句："别傻乐，闭紧嘴巴！"

贺拉先生赶紧扭头，把一根食指竖在自己嘴巴上，示意芮芮别再惹戴克。

汽车开出半个小时，地势渐高，通红的圆日已经落到了戴克的视线之下，天光将尽，暮色四起。远处的景色，从刚才大片的一望无际的枯黄色平原草地，逐渐过渡到初冬时节五彩缤纷的无边林海。车窗外能感觉到寒风飒飒、落叶萧萧，一切都笼罩在青紫色的朦胧微光之中，除风声之外，世界静谧无比。

天高地阔，世相庄严，戴克把额头抵在车窗上，贪婪地饱览眼前茂密的树林、灌木和杂草，心里涌出一种莫名的感动。他想起了留在动物园里的爸爸和妹妹，祈祷他们也能够享受到如此宁静安详的黄昏美景。

车上的对讲机吱吱响起来，安琪招呼大家停车，就地宿营休息。

林中有水源，是一条清冽见底的潺潺小溪。趁着暮色余晖，大家一齐动手，将大大小小的动物笼子推下车，清洁粪便，喂水喂食，隔着铁笼跟它们絮絮叨叨交流，个别的还需要饲养员过去挠一挠肚皮，摸一摸脑袋，安抚一阵。白虎兄弟大概被关得太久，感觉尤其躁郁，擦着笼子的铁条转来转去，时不时短促地嘶吼一声。怕它们来回折腾伤着自己，也怕它们的不良情绪影响其他动物，伊娃在喂给它们的溪水中加了一点点镇静药。

聪明的芮芮是所有动物中唯一获得自由的，所以很自觉地担当起守护职责。当饲养人员忙着干这干那的时候，它威风凛凛地绕着一只只笼子打转，巡视，碰上有小动物

第十章 黑猩猩芮芮 213

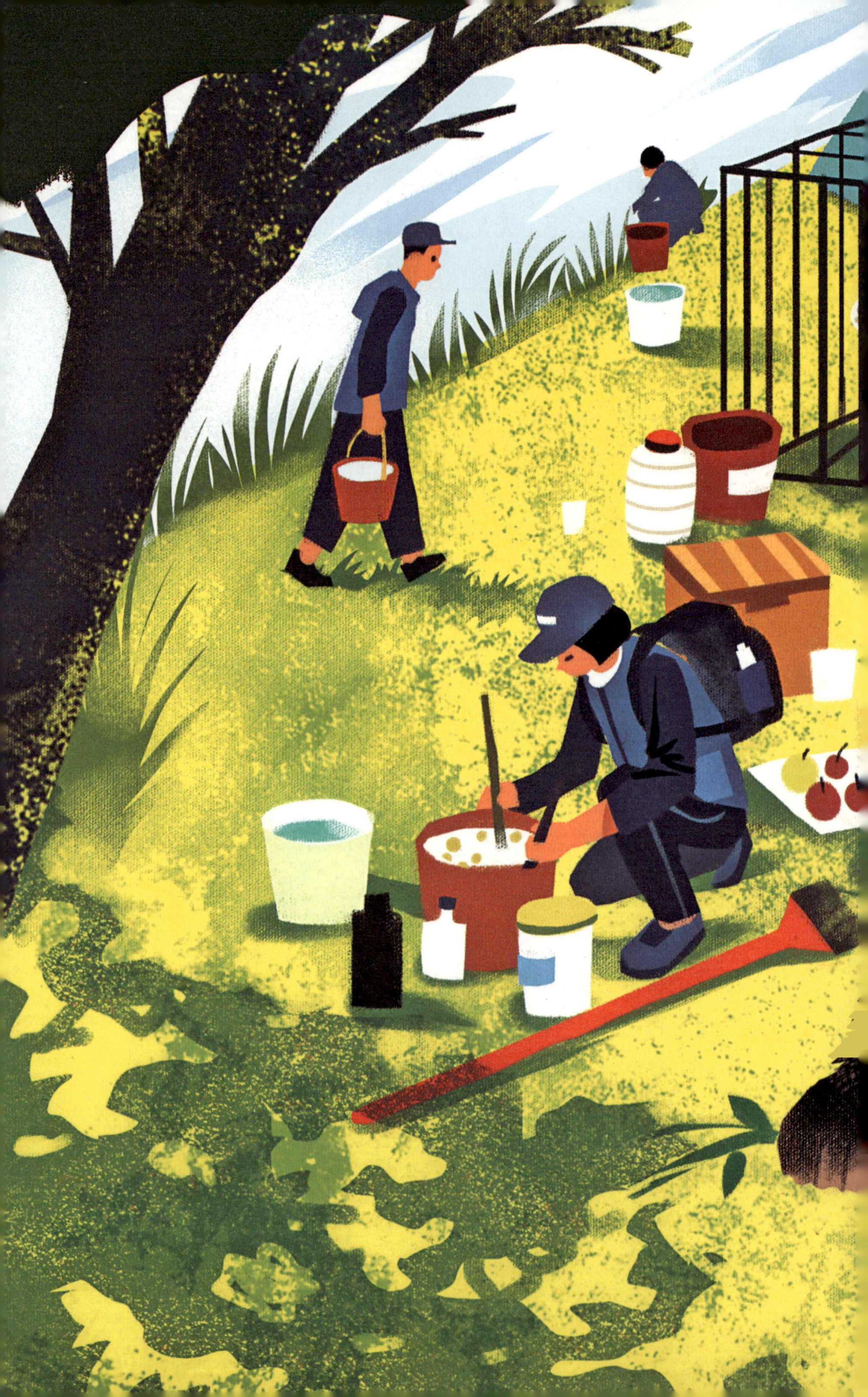

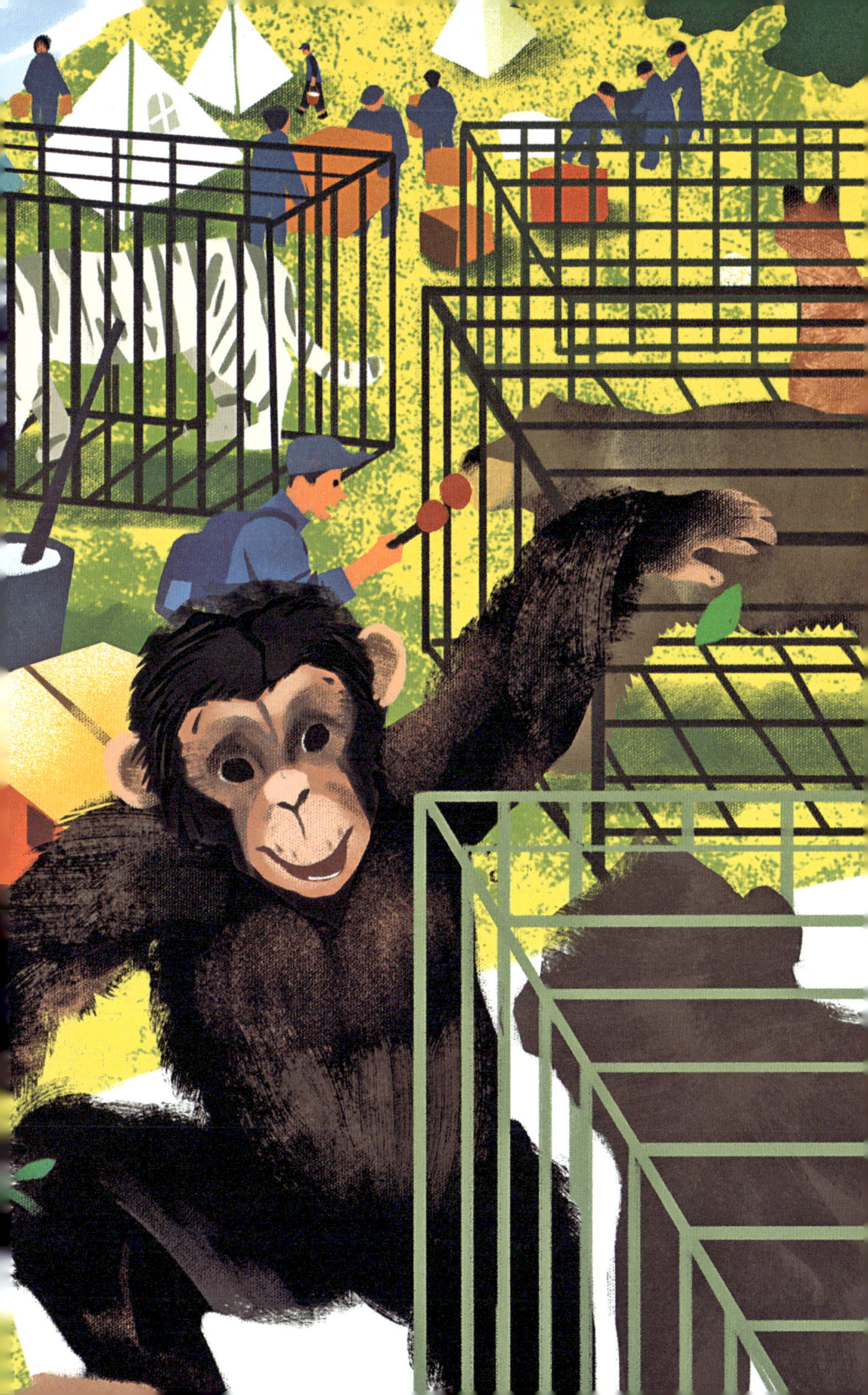

调皮，不安分，它会冲它们龇牙张臂，作威胁状。一只年轻的狒狒，大概不服气芮芮的特殊待遇，在芮芮走过它笼子边时，冷不防伸手抓了一把，惊得芮芮猛然一跳。这个小心眼的搞笑家伙马上找来一根两尺长的树枝，高高举起，冲到狒狒笼子前面，吹胡子瞪眼，吓得狒狒立刻趴下，伏地求饶。

戴克喝叫它："芮芮，你不准欺负小朋友，这样可不好。"又指着它手里的树枝："把武器放下。"

芮芮明白了他的意思，做一个很不情愿又不得不从的鬼脸，扔掉树枝后，还拍拍两手，摊开手掌给戴克看，像是要自证清白，把戴克逗得忍俊不禁。

伺候完动物之后，人们对付自己就简单得多了。天黑林深，不便生火做饭，各自吃些面包、罐头，便支了帐篷，钻进去和衣而卧。

戴克白天在车上睡了一觉，此时觉得时辰还早，全无困意，又不敢打扰同一个帐篷里的贺拉先生和波扬，就提出他可以带着芮芮去卡车驾驶室里睡。驾驶室后座放倒就是一张床，身高体胖的劳德睡下要蜷腿，戴克倒是刚合适。

生性爱动的芮芮，估计对司机劳德的驾驶座位觊觎已久，车门一开，它一屁股就坐到了方向盘后，惟妙惟肖地模仿起了劳德开车的姿态：上身挺直，手握方向盘，两眼直视前方，偶尔身体斜侧，是转弯，上身往前一趴，是急刹车。

"哈哈，活像真的一样。"戴克哭笑不得。

过足了驾驶瘾，芮芮开始研究驾驶台上的那些按钮拨杆，能按动的都按了个遍。

戴克在后面拍它的肩膀："伙计，那些不可以随便动，弄乱了，当心劳德大叔揍你屁股。"

芮芮正玩得高兴，被戴克阻止，有点生气，回过头，龇出牙，凶了戴克一下子。

戴克忍住笑："哪天你真的会开车了，那才神气，我保证每个路过看到的人都会吓一大跳，什么情况啊！"

戴克自己想象了一下芮芮驾驶这辆车，自己坐在旁边副驾驶座上优哉游哉的情景，心里乐了好一阵儿。

等这家伙过足瘾，戴克便舒舒服服地躺下，脖子下面垫个靠垫，打开手机，跟芮芮脑子里的电极片做了智能连接。芮芮此时正兴奋，脑神经活跃得很。他俩开始在屏幕上你来我往，逗趣耍宝，从星球大战一直说到深谷幽灵。戴克存心要难倒芮芮，拐着弯儿提问各种促狭的问题。芮芮四仰八叉，脚跷在方向盘上，或正经或戏谑，笃悠悠从容应对。戴克怎么都赢不了对方，倒把自己累得缺氧，头昏脑涨，便有点泄气，道了晚安后，放下手机，一转身就沉沉睡去。

也不知道过了多久，戴克在睡梦中感觉有人拍打他。勉强睁开眼，一张漆黑的丑脸悬浮在面前，跟沉沉黑夜几乎融为一体，只有两只泛绿光的眼睛灼灼闪烁，并且快速眨动，显得焦急又惊恐。

"怎么啦？"戴克一下子坐起来。

芮芮张大嘴巴，发出嗷嗷的尖叫，将亮起了屏幕的手机塞到他的手里。

戴克用劲甩一下脑袋，让自己清醒过来。

"十字星联盟军的阵地起了火，风在往我们这边吹。"芮芮通过手机屏幕简单地告诉他。

戴克一骨碌跳下床铺，打开车门，往远处眺望。夜黑得透彻，一弯细瘦的月牙儿高挂头顶，很远很远的北边，隐约有微微的红光。

"那是在打仗啊，伙计，炮火的亮光罢了。"他飞快地在屏幕上打字。

"相信我，是弹药爆炸引起的山火。炮火和山火的气味完全不同。"

戴克有点发愣。

"听我说，天干草枯，地广人稀，野火很快会在全域蔓延。目前风速六级，每秒12米，粗略测算，大火前锋最多两小时就会到达。如果火场中发生冷热空气交换，风速会更快，我们被大火包围当然就更快。请你立刻向大家报警，立刻！立刻！"

芮芮神色急迫，不由分说地把戴克推下车。

戴克觉得应该相信芮芮的判断。他首先飞奔到贺拉先生的帐篷，把芮芮发出的警报告诉了他。然后他又去叫醒劳德、李罗、安琪和伊娃，以及车队的其他员工。

劳德睡得迷迷瞪瞪，被叫醒之后很恼火，打着哈欠骂骂咧咧:"戴克你小子,胡说八道什么?野火?野你个头啊!我可没闻到一丝丝烟火味。"

波扬帮腔:"就是起火,我们的营地跟北边隔着一条小溪呢,不至于烧到这边。深更半夜,黑灯瞎火,带着这么多动物,怎么走?"

贺拉先生第一时间相信了芮芮,态度最是坚决:"不能大意,必须走!立刻走!一刻也不要耽误!"

七嘴八舌说话的当儿,原本熟睡的动物们都醒过来了,开始骚动不安,高一声低一声地呜咽和号叫,有的甚至用脑袋撞笼子,用脚掌拍地面。

伊娃说:"瞧啊,动物都这么反常!它们肯定对山火有感知。"

安琪考虑了一分钟,拍板说:"谨慎为上。没时间讨论了,赶紧动手,装车,出发。"

安琪一发话,大家就不再争执。车灯打开,用作照明。人们收完了帐篷睡具,在两辆卡车后面搭了斜梯,开始往车上推装动物笼子。依然是由大到小,由重到轻。因为惊恐,动物们焦躁不安,蹦来跳去,笼子也就跟着东倒西歪,比平常更难把控。个儿最大的一头野牛,四个人把笼子推上斜梯后,又从旁边上去四个人,抓着把手往上拎,八个汉子耸肩抵脚,吃奶的劲儿都用上了,笼子边缘却卡死在缝隙里,纹丝不能动,把安琪急得大叫大喊。多亏了芮芮,长臂一伸,攀上车厢,反身抓住笼边,帮忙用劲一提,笼子这才脱离困境,哗啦一声被推了上去。

第十章 黑猩猩芮芮

戴克对着芮芮竖起大拇指。芮芮挠挠脖子，回他一个"胜利"的手势，意思似乎是：小事一桩。

装载完毕，北边的地平线一带已经烧到通红，透过树林高耸在半空的枝枝杈杈，能看到远处一条条颤动的火光舔舐天空，像魔鬼灵活而满是毒液的舌头。空气里有了呛人的烟火味，干燥刺鼻，令人不安和窒息。贺拉先生肺部有病，反应最强烈，已经在一旁弯腰弓背，喘咳成一团，痛苦到眼珠子都要挤出来。

都是城市里长大的人，对付这样的山林野火，车队该往哪个方向突围，没有一个人能够提供经验。

劳德说："火是北边烧起来的，肯定要往南开，油门踩到底，火速肯定比不上车速。"

李罗反驳他："你这是正常情况，现在的问题是，往南走都是林区，林区没有大路，开进去就得准备钻树林。黑天瞎地的，这么大的转运车，万一又卡在林子里，油门踩爆都没用，干等着大火追过来。"

波扬哆哆嗦嗦地建议："那那……往西走，原路返回？"

伊娃白他一眼："别忘了我们的军队在那儿有行动，你成心去添乱？"

安琪征求意见说："继续往东呢？"

李罗答："车开不快，也未必能避开。"

戴克看到芮芮龇牙咧嘴对着他打手势，急忙低头看手机，屏幕上闪烁着一句话："往北，迎着火头冲。"

他大声地把这句话读出来。

伊娃惊叫一声："酷！逆向思维！"

因为有了刚才的火情警报，人们现在对聪慧的芮芮无比信任。波扬立刻在自己的手机上搜索了"火场逃生方法"，然后宣布说，这是个正确决策。

李罗问劳德："怎么说，老伙计？"

劳德一咬牙："冲就冲！既然碰上了，伸头是一刀，缩头也是一刀。"

波扬又说："按逃生指南做，冲进火场时，最好用打湿的毛毯裹住身体，短时间能够抵御高温和浓烟。"

安琪想起来，两辆卡车都备了厚毛毯，本来是用于防备雨雪冰雹的。大家又是一番忙碌，将毛毯拖出来，一片片地盖在动物笼子上，而后波扬和戴克站上车，余下的人从卡车到小溪排成一列，用塑料水桶提水，接龙传递上去，把那些厚毛毯浇到湿透。毯子下面大大小小的动物本就惶然，骤然间又被毛毯渗下的冷水浇淋，冷到发抖，大吼小叫，哀号不断。波扬不住地劝慰它们："没办法，忍一忍啊，要逃命只能受点委屈啊。"

处置完动物，人们自己也做了点防护：毛巾浸湿，一条顶在头上，另一条扎在口鼻处。戴克询问劳德："要不要把衣服也淋上一些水？"劳德啐他说："拜托，你小子是坐驾驶室的，火要是能烧到你身上，那还要这该死的车干吗？"他边说边用劲地拍车身，对自己日夜不离的这台铁家伙无比信任。

戴克被啐了一句,心里反倒踏实了,笑眯眯地搂一下芮芮的肩:"伙计,瞧,什么都不用怕,一切都会好的。"

三台车迅速发动,照例是劳德的车打头,大巴车殿后,三位司机开亮大灯,猛踩油门,车辆一台跟着一台,猛虎一般蹿出营地,勇敢地冲向火光。

枯草萋萋,荆棘遍地,田野坑洼不平。车子像黑夜里咆哮的巨兽,红着眼睛闷头狂奔。巨大的颠簸让车里的人和动物如同置身十二级风暴中的海上舟船,冲上浪尖又落下谷底,凌空跃起再重重砸落。车厢里的铁笼子互相挤撞,哐哐作响,坐在驾驶室里都能感觉到车厢底板的异常震动。戴克系好安全带,但仍然控制不住地跟着车身扭摆跳舞,时而被甩到左边,时而又被拍向右边。更多的时候,一瞬间被抛离座位,好像整个人要腾空而起,安全带猛地一扯,身子又重重地落下,肩膀肚子都被勒得生疼。

戴克头昏眼花,五脏六腑都像被揪紧、搓揉和猛击,他很想请求劳德开慢一点,可是他无法开口,害怕嘴巴张开便会有什么喷射而出。他死死地盯住劳德的后颈,看着对方膨胀紧绷、像公牛一样稳实的肩背,多少觉得安慰。他又看向正前方的贺拉先生,担心病弱的老人受不了这样的折腾。不过贺拉先生非常镇静,他虾米一样蜷缩着身体,一只胳膊抬起来,用劲握紧车窗上方的把手,跟着车身来回摇晃,完全不出声。

芮芮突然在黑暗中伸出手,把戴克汗淋淋的手握在掌

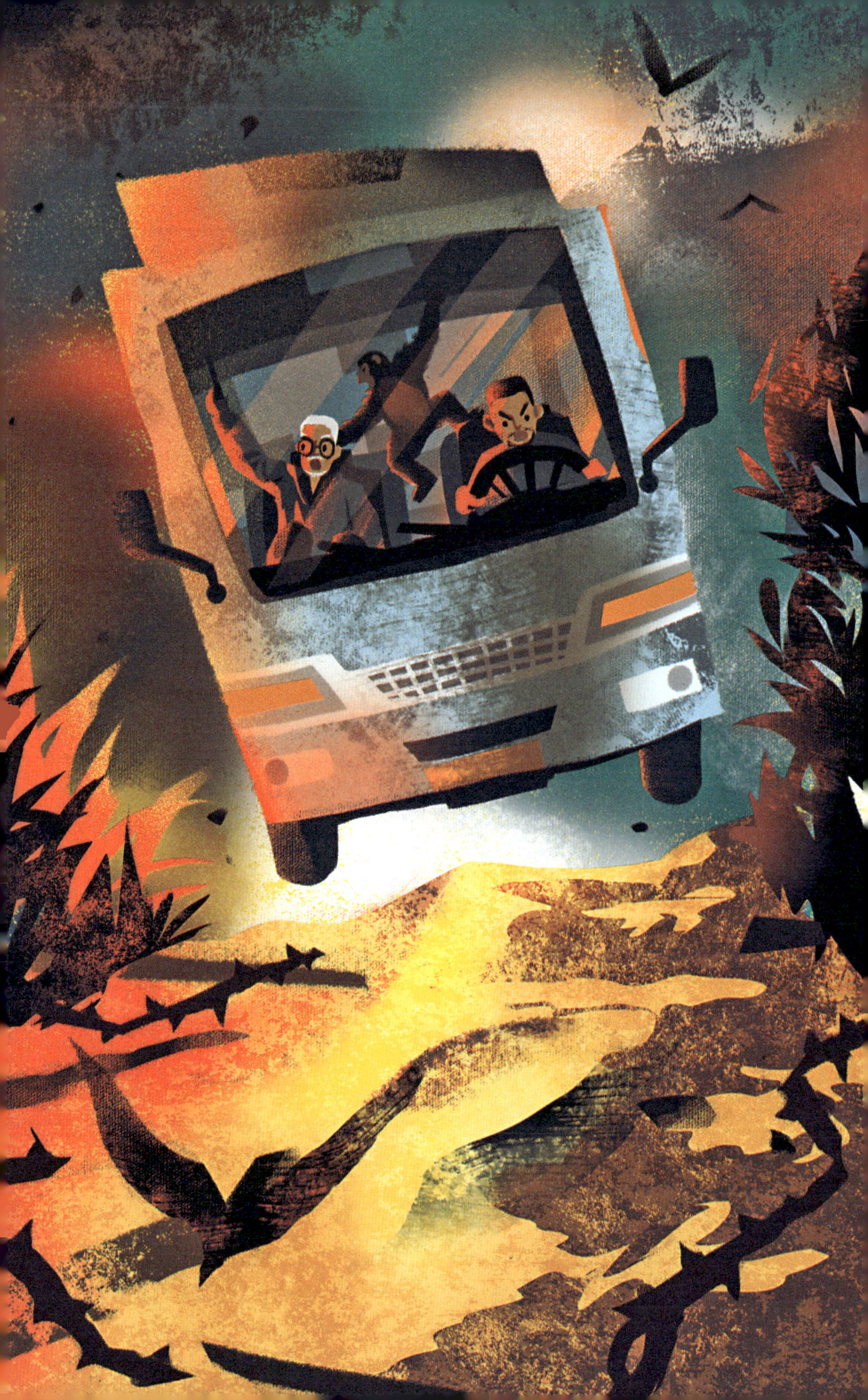

中，捏了一捏。戴克扭头，看见芮芮的眼睛在半空中像两颗绿钻一样闪闪发光。他忽然明白了芮芮的意思，想了想，反过来捏了一下芮芮的手。

车队颠簸着、跳跃着，吭吭嘶吼，扑向火场。空气在燃烧，灼热到眼珠子都要融化，皮肤像在铁板上烘烤，每一个毛孔都嗞嗞往外冒油，遮住口鼻的毛巾滚烫，弄得鼻腔中仿佛也有火苗在蹿，气管连带着肺腑阵阵发疼。

车窗外面，整片田野已经被野火映成红彤彤一片，听得到热风席卷和呼啸的可怕声响。有时火舌从窗边舔过，手碰到的玻璃和钢板都炙热无比，令他们感觉无路可逃，即将葬身火海。戴克低下头，紧闭双眼，紧握双手，强迫自己不去想窗外的大火，只想留在高堡市的爸爸、妹妹、大象曼妮、边牧卷毛，和他久未见面的老师同学。他祈祷，如果能从火场脱身，回到亲爱的黎明动物园，他要给爸爸和妹妹一千一万个吻，要为学校和班级做一百件好事，要每天给大象妈妈摘一筐最嫩的树芽，给卷毛啃一块最大的排骨……

然后，很奇怪，他听到了左右两边窗玻璃落下的哗哗声。风灌进来，依然炙热，但是少了烈度，变得可以忍受。皮肤不再滚烫，鼻腔里也不似火烧。他小心地睁开眼睛：野火已经从身边退去，他们冲进了大片被焚烧过的灼热田野，眼前是朦胧天光和焦黑的土地，还有一小股一小股随风起舞的细碎灰烬。

劳德"吱"的一声刹了车，朝后扭转他庞大的身体，狗熊一样笨拙地跪在座椅上,一伸手捞起芮芮毛茸茸的脑袋,嘴巴凑上去一通狂吻,一边不住声地说:"胜利了胜利了,你个黑家伙真神了,你就是我的天使!天使!天使啊!"

他又回过身,把脑袋和肩膀探出车窗,对着后面的卡车和大巴狂喜大叫:"得救了!伙计们,我们胜利了!"

可是他声音嘶哑,闷在喉咙里咝咝作响,像泄气的阀门,根本传不出去。于是他猛按喇叭:嘀嘀,嘀嘀……

下车检视,几辆车的车头滚烫,车漆被火舌舔成斑驳花脸,"黎明动物园"标识缺边少角,显得奇奇怪怪。轮胎微微冒着青烟,散发出刺鼻的橡胶气味。大巴车的窗玻璃黑乎乎的,还爆裂了几块,裂纹像各种形状的雪花。

劳德的脸上横一道竖一道全是烟灰,他使劲地抹一把脸,连声惊叹:"好险好险,再多两分钟,车胎一爆,全玩完!"

赶快去看动物们。亏得有那层淋湿的厚毛毯,虽说毛毯被烤到直冒白汽,热得烫手,好歹毯子下面的动物们安然无恙。只不过,揭开毛毯后,小家伙们个个都在翻白眼,大喘气,肚子剧烈收缩,口鼻处涎水滴答。

伊娃说:"要赶快给它们补充水分,不然会送命。"

波扬艰难地咽下一口干唾沫:"何止动物啊,人也快脱水了。"

李罗补充:"车也得喝水,水箱都干得见底了,刚刚我打开看了,里面滚烫滚烫。瞧瞧我的手,烫出两个大水疱,真邪乎!"他把手掌摊开给大家看。

李罗的嘴唇干得起皮,说话时被口水粘着,张不开,含含糊糊的,像裹着一枚枣,有点好笑。

安琪让大巴司机打开车肚下面的行李箱,去查点他们还剩多少瓶矿泉水。结果让她大吃一惊:因为行李箱贴近地面,高温烘烤中,塑料瓶身全部变形扭曲,横七竖八滚落在各处,还有一部分已经破裂,水漏得精光。不过,也亏了这些水,车底盘一直被润湿,好歹没起火。

"怎么办?"安琪急得来回踱步,"我们自己可以忍,可是水箱要补水,动物要喝水,找不到水源的话,我们就要被困死在这片荒原上了。"

波扬补充一句:"林子和草都烧光了,我们现在四面不靠,联盟军几发炮弹打过来的话……"他咽住话头,没敢说下去。

此时,天空已经大亮,满天浓烟中升起了蛋黄一般的太阳。火场的前锋远远推移到了车队之前出发的营地,在高挂的太阳和广阔天地的映衬下,成排的火苗变得低矮和渺小,紧贴在地平线之上,远远没有了黑夜里的惊心动魄。大家都庆幸,逃离火场的包围是一件多么了不起的事。可是大家心里又焦急,困在焦土中的后果同样不堪设想。

戴克四下找寻,发现芮芮不在身边,再抬头,这家伙正蹲在百米开外的一片低洼处,两条长胳膊舞得飞起来,快速刨挖地上的土。戴克飞奔过去时,芮芮已经刨开一个脸盆大小的坑,正弯腰将鼻子凑上去,专注地嗅闻土坑里的气味。

"芮芮,"戴克喊了它一声,"你在干什么?挖便坑?"

可是戴克立刻发现,芮芮拼命刨挖的哪是便坑啊,动物本能让它嗅出了焦土之下的水的气味。那个脸盆大小、深不过半米的土坑,在戴克的眼皮子底下,坑底慢慢地湿润起来,慢慢地渗出深色的水迹,慢慢地冒出细细的、透亮晶莹的水珠,几分钟之后聚成小小的一汪,映照出天上的浑圆红日,芮芮那张毛乎乎脸庞上的米黄色大嘴巴,还有戴克自己因为吃惊而瞪得溜圆的眼睛。即便嗅觉比芮芮迟钝很多,戴克也清晰地闻到了土坑里那股子沁人心脾的美好的清凉。

他猛地站起来,伸展腰肢,朝着人们大力挥手:"来啊,贺拉先生,劳德大叔,伊娃,都来看哪,这里有水!芮芮帮我们找到了水……"

第十一章

大象妈妈和女儿

戴莉在象馆的训练场地上，对大象妈妈曼妮抛出手中的一枚硬币。

"来吧，曼妮，玩个游戏。"戴莉招呼它。赫拉医生昨天来看了曼妮的情况之后，说，要防备曼妮得抑郁症，就得多跟它交流和玩耍，让它动起来，快乐起来。

曼妮看到了硬币落地，不兴奋，却也不敷衍，慢慢地踱过去，低下头，拿鼻子拾起，再一步步地走向戴莉，交回她手上。

站在栅栏外面的夏伊看得目瞪口呆："天哪，曼妮的鼻孔那么大，居然不会把硬币吸进去。"

"当然不会。"戴莉回答。

"这个硬币，难道是悬浮在鼻孔当中？如果它打个喷嚏，或者突然一吸气的话……哦，天哪天哪……"

"不是悬浮，"戴莉解释，"曼妮才不会这么傻，它是用鼻尖的突起部位夹住硬币的。"

夏伊越发惊奇，干脆跪下去，趴低身，瞪大眼睛往曼妮的鼻孔里面看。

戴莉不太想理夏伊。从前天晚上佛明上校替夏伊向黎明动物园索要小象婕妮之后，戴莉就不想再看到夏伊。至于夏伊没皮没脸地黏着她，影子一样尾随在她身后，难以摆脱，戴莉无能为力。毕竟佛明上校还是动物园驻军的最高军事长官，爸爸对戴莉一再嘱咐，要尽可能地跟这对父女周旋，好为动物们谋求一些生存空间。

夏伊兴致勃勃地呼唤小象婕妮："宝贝儿，你来，过来看，我也有一个硬币，照你妈妈的样子做，快！"

她从口袋里摸出硬币，用劲抛到小象脚下。

婕妮根本看都没看，飞快地奔到妈妈身边，脑袋在妈妈身上蹭来蹭去，撒着娇。

"婕妮！"夏伊提高了声音。

婕妮是个顽皮的小家伙，它勾下头，从妈妈的两腿之间看夏伊，一脸的满不在乎。

夏伊从口袋里掏出一根香蕉，对着婕妮摇晃。自从夏伊对婕妮动了心思，她每次过来看它都要带上一根香蕉。

婕妮毕竟是幼崽，香蕉在战争期间又是稀罕物，这种诱惑婕妮抵抗不住，它快乐地叫一声，撒着欢儿乐颠颠地奔过来。

夏伊一手抓着香蕉，另一只手再从口袋里摸硬币。摸来摸去，没有了，她气恼地嘀咕一声，干脆伸手从脖子上扯下项链，项链的挂坠刚好是一枚圆形银饰，上面是一个漂亮女人的浮雕头像。

"婕妮宝贝儿，看好了，把这枚银饰捡给我，香蕉就是你的。"

"噗"的一声，隔着栅栏，夏伊把银饰扔到婕妮脚前的泥地上。

婕妮傻乎乎地看着地上的银饰，走过去用脚一踩，把漂亮银饰碾进了泥土中。

"嘿，你这个蠢家伙，不听话，香蕉不会给你哦。"夏伊的半张脸孔骤然涨红，眼睛里明显有怒火。

戴莉好心提醒她："婕妮还是宝宝，它还没学会跟人互动做游戏。"

"那它必须尽快学会，至少不能比它的妈妈差。"夏伊冷冰冰地说。

一早起床，戴安宁就接到禽鸟岛饲养员的报告：火烈鸟又死了一只。

"先生，是人为死亡……被人拧断了脖子。"

戴安宁大吃一惊，他顾不上胡子才刮了一半，对着镜子拿毛巾擦去剃须膏，匆匆忙忙跟着来人去往禽鸟岛。

一只纤细美丽的粉色大鸟，被人用一根黑色绳索套住脖颈，软绵绵地悬吊在通往禽鸟岛的小桥栏杆上，灰色的眼睛半睁半闭，暗淡得宛如马路边两颗沾满尘土的石子。

戴安宁的心疼到发颤，伸手解开绳索，把死去的大鸟抱在怀里。他先摸到鸟翅下面的一点温热，断定火烈鸟刚刚死去，也许就在黎明前的熟睡之中。然后他又摸到鸟儿的脖子，明显是暴力拧折的结果。他极其震惊：是什么人会下此狠手，生生把一只无辜火烈鸟的脖子拧断！

目光在周围搜索，他看到小桥栏杆上还挂了个小小的标签。摘下标签，正面用黑色粗笔写了一个通用语单词"复仇"，反面画了一个打上叉叉的骷髅头。

细想了几秒钟，戴安宁立刻明白：佛明上校惩罚了那个开枪打死火烈鸟的士兵，士兵的同伙不服，又不敢拿戴安宁下刀，便开始对禽鸟岛里的动物展开报复。

这是怎样的一群禽兽啊！他们的血管里流淌着何等的罪恶？戴安宁站在桥上，眼睛冒火，四肢哆嗦，恨不得手里能有一杆枪，让他跟那帮恶魔小人面对面决斗。

片刻之后，他冷静下来，招手喊来禽鸟岛的饲养员。

"先生，"饲养员咬牙切齿，"不能轻饶了这些魔鬼。"

戴安宁摆摆手："把铁网门打开，让可怜的鸟儿们逃生吧。"

"园长先生！"饲养员无比惊讶，猛地抬起双手捂住嘴巴。

戴安宁冷静地说："如果这些恶魔打定主意要使坏，我们是没有办法阻止的。将鸟儿们放生，还给它们天空和自由，也许是最好的办法。"

年轻的饲养员无言以对，但是他从戴安宁哀痛到扭曲的脸上，看到自己尊敬的园长做出这个决定时的愤怒和绝望。

饲养员想了一下，对戴安宁说："先生，如果你执意要放走这些可爱的鸟儿，请你先走开，我不愿意当你的面来做这件事，这会让你非常难受。"

"好吧，谢谢你。"戴安宁短促地握了一下饲养员的手，一转身，快步离开。

走到半路，他听到了身后响起风暴卷过般呼啦啦的声音，驻足回看，天空中的鸟儿们或大或小，五彩斑斓，冠冕绚烂，一只跟着一只，高抬头颅，啾啾鸣叫，在高远透明的蓝天里掀起一股小小的旋风，它们黑压压地聚拢，像是要对戴安宁致以敬意，接着又倏忽一下散开，慢慢地消失不见。

"走吧，走远点，别回来，记住你们住过的地方就好。"

戴安宁仰头，使劲眨巴眼睛，不让泪水滚落。

戴莉牵着一匹矮马，慢慢地从鹿舍走向动物园北边仓库区。

矮马原本是为园区内的亲子乐园购买的，战前的每个周末，动物园都会拥进来无数天真快乐的小孩子，他们看望了老虎和狮子，跟黑猩猩和大象有过少许互动，喂完小鹿和山羊，还渴望跟动物们多一点亲密接触，于是驯马师们就会牵着矮马入场啦。这些可爱的马身量矮小，四腿粗壮，头顶和脖颈上覆盖着长长的、茂密的鬃毛，拖一条蓬松肥大的马尾巴，尾巴随意一甩，长毛唰地散开，如一蓬

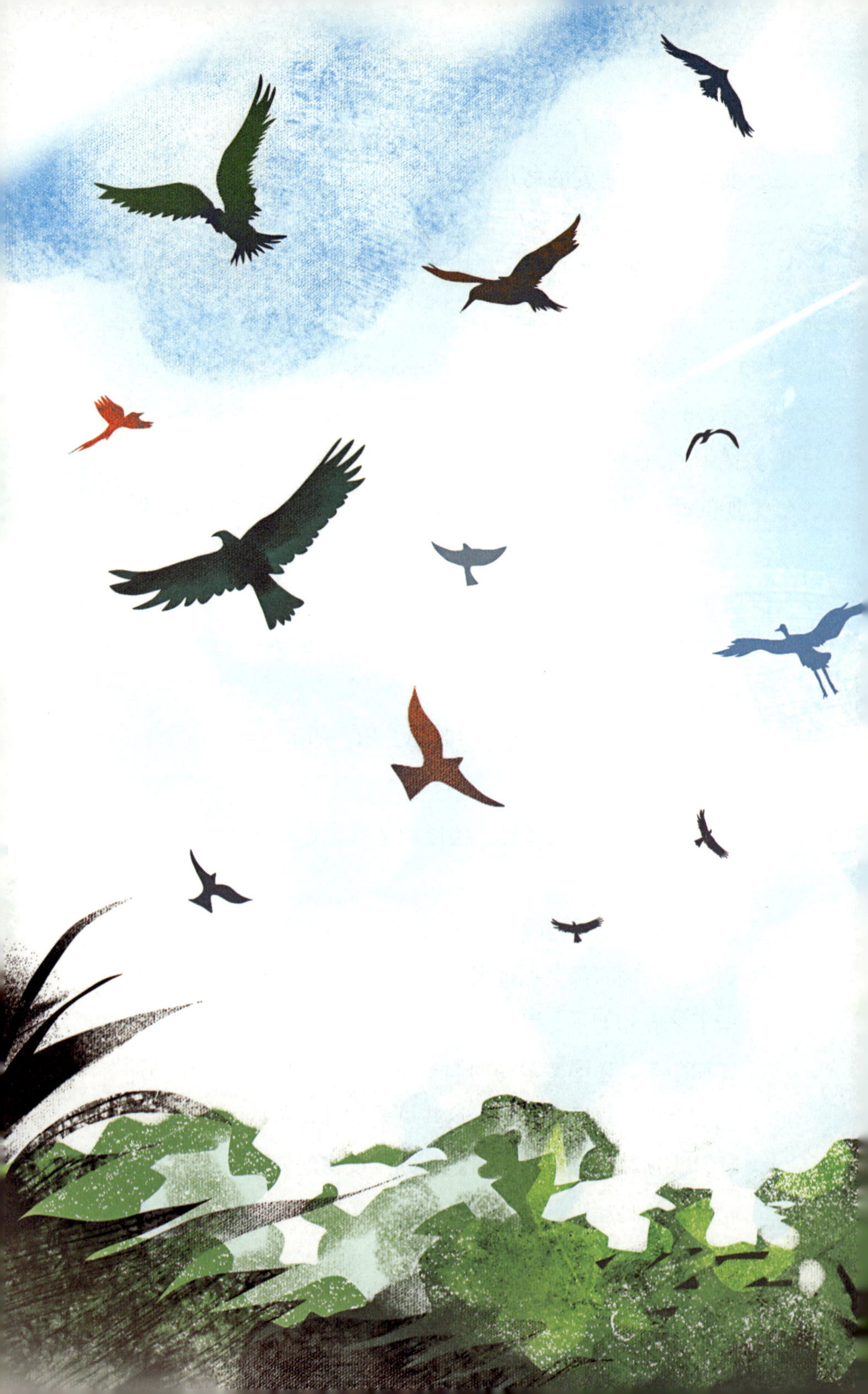

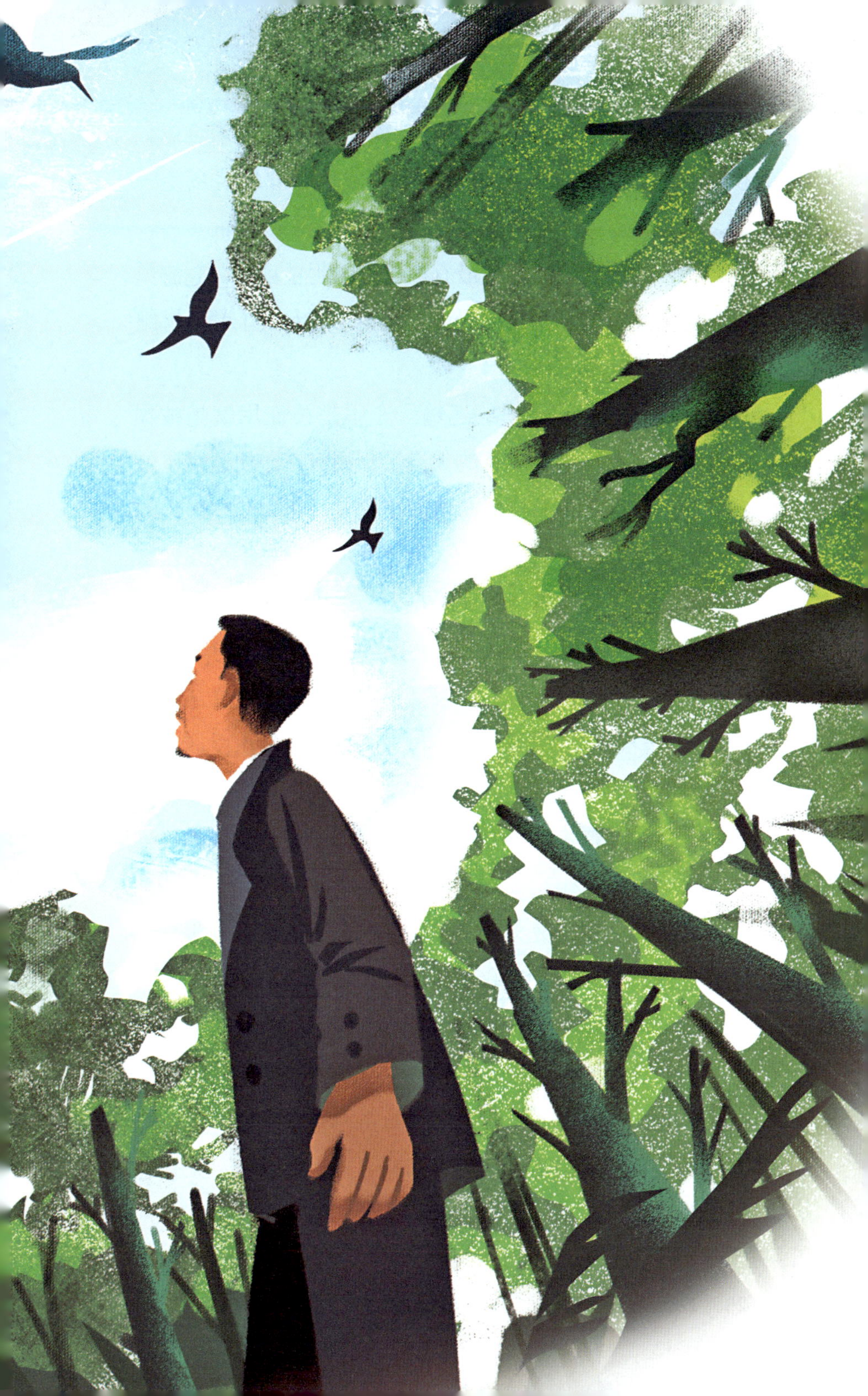

伞形的裙。孩子们只要见到就会开心尖叫，排队求合影，摸摸马尾巴，碰碰马耳朵，骑上去威风凛凛地绕场走一圈，再恋恋不舍地跟小马告别，许诺下周再来会面。

矮马是黎明动物园里最有孩子缘的明星动物，它憨厚的长相和温顺的个性，使得最羞涩胆小的女孩子都能够跟它交朋友。

战争开始后，园里的运输卡车不是被征用就是被损毁。食草动物每天要消耗的大量干草饲料，即便运进了园内仓库，整理加工后分发给各间馆舍时，还需要园区内的一段短程运力。这时候工作人员才发现，矮马不仅仅对孩子有亲和力，还是特殊时期最得力的运输员。它们短短的腿脚和滚圆的身体，注定配得上"大力小马"的光荣称号。而且它们耐力非凡，温顺又镇定，偶尔被枪弹或爆炸物惊吓，普通马匹也许会下意识地高抬前蹄做出反应，弄得背上的草料散落一地，矮马却不会，它们神情自若，不慌不忙，绕开弹坑继续行走，仿佛一个个身经百战的优雅骑士。

戴莉在动物园做义工，最喜欢的事情就是牵着小马往返各处送草料。她喜欢它们与生俱来的安详、镇静和有力量。慢慢地走在它们温暖的身体旁，听着"嘚嘚"的马蹄声和"噗噗"的响鼻声，嗅到它们皮肤上散发出来的淡淡的马粪味，戴莉的心里就踏实，就觉得战争可以忍受，混乱和饥饿也可以忍受，世间终归有更加强大的力量来战胜一切邪恶。

到了仓库门外，戴莉把矮马拴在一棵小树上，转身给它抱来一把干草，让它慢慢吃着，自己去里面找管理员认领下一个任务。

她看到鹿舍老金正在跟管草料的维拉吵架，嫌维拉分给鹿舍的饲料太少，品质也差。

"你瞧瞧，瞧啊，"老金手里抓着一颗煮熟的土豆，"这什么土豆？都烂了。你自己尝尝，一股子酸味！这不是该扔进垃圾堆沤肥的东西吗？"

维拉摊着两手跟老金解释："没有办法，园里收购回来的就只有这些烂土豆。"

"发了霉的土豆有毒，这个你应该知道，你这不是喂养我们的鹿，是毒杀，是要它们的小命！"

"听我说，老金，不会的，鹿可没你说的这么娇气，赫仁医生都点过头了，而且你瞧，我特意蒸熟了，毒素应该蒸没了，我保证你的鹿吃了没事……"

"不可以！"老金咆哮，"不可以这样！我不允许！"

维拉嘀咕："我能怎么办？我只有这些，各个场馆都一样。"

"我去找园长，得跟他谈谈。"老金说着，与戴莉擦肩而过，怒气冲冲出了门。

"谈吧谈吧，"维拉也冲他喊，"园长不是魔术师，变不出你要的东西！"

等老金的背影消失，她忽然哭了出来："我多难啊，每个人都冲我大喊大叫，可我的仓库里只有这些。我今天煮了土豆，明天的细粮就只剩一小袋燕麦，分到每个人手里只有一捧……天哪，我可真是受罪……"

戴莉上前抱住她胖胖的后腰："维拉阿姨，你别生老金叔叔的气，他是舍不得他的那些鹿。"

维拉说："谁舍得呢？我吗？我不心疼那些可怜的小家伙吗？我小儿子跟我撤退到动物园，还认领了一头梅花鹿，照顾它，当它的哥哥呢。可我是管仓库的，我得公平，不是吗？啊啊，我真是难死了，小戴莉。"

她抓起戴莉的手，放在嘴边，不停地亲吻，好像这样能让她好受点。

禽鸟岛的年轻饲养员推着一辆小车走进仓库的门，发现维拉眼泪汪汪，有点不知所措，就尴尬地站在一旁，没有立刻开口。

维拉看见他，用衣袖擦一下眼睛，恼火地摊开双手："瞧啊，又是一个来要饲料的！"她顺势划拉一下胳膊，"不是说园长把鸟儿们都放生了，让它们自找活路了吗？"

年轻饲养员赔着笑脸："维拉大姐，鸟儿恋家，又回来了，回来了就是我们的责任，得喂它们吃的喝的。"

维拉大叫："我这是哪辈子欠下了这些小祖宗的债啊！"

戴莉飞奔出门，去禽鸟岛。她远远地看见站在小桥上的爸爸，仰着头，看在禽鸟岛的丝网上空盘旋起落的鸟儿们。娇小可爱的钻石鸟、金翅雀、蓝雀和虎皮鹦鹉，抢先在丝网上落了五彩缤纷的一层，叽叽喳喳叫个不停，不知道是不是在向园长讨要吃的。火烈鸟只用脚踩住丝网，以此表明这里有它的一席之地，然后挺直身体，在空中振翅，翅膀扇出一小团粉色烟雾。鹈鹕和信天翁的身体太过沉重，自己似乎也明白薄薄一层丝网不能承载它们的重量，便盘旋在半空，一圈一圈翱翔，时时刻刻注意地面的动向。

"爸爸，"戴莉哀求，"鸟儿想家了，它们喜欢动物园的家，求求你，别再赶它们走了。"

戴安宁叹了口气，上前打开禽鸟岛的铁网门，挥手招呼鸟儿们："进来吧，都进来，饿死也好，打死也好，是死是活我们都在一起。"

戴莉说："不，爸爸，不能说泄气话，无论如何，要让它们好好活着。"

鸟儿们一群跟着一群飞进铁网门，各自进入熟悉的水面和馆室。它们从戴莉眼前掠过时，留下满天细碎的绒毛，还有禽鸟身上那股特有的淡淡腥臭。

夏伊来找戴莉，带着那个装小狐猴的篮子，满脸都是沮丧和抱歉。

"它死了，戴莉，我每天都要给它喂五次以上的奶，可它还是死了。"

戴莉接过篮子，翻看小狐猴的尸体。它紧闭双眼，四肢僵硬，肚皮尤其紧绷，胀得像一面小鼓。

"我猜它是排便不畅。如果是它妈妈照顾它，妈妈会用舌头舔宝宝的肛门，帮助它排便。"戴莉告诉她。

"对不起，我不知道要这么办，我已经尽力了。"夏伊显得很难过，眼睛有点发红。

戴莉没说话，拎着小篮子往园区中心花园走。夏伊一声不响地跟着她。走到一处泥土松软的星形花坛边，戴莉蹲下来，用手刨土坑。夏伊也蹲下，很卖力地帮她刨。小狐猴实在是太小，钢盔大小的一个坑，足够埋下它。回填完泥土后，戴莉站起来，拿脚踩实，告诉夏伊："这个花坛里种的是矢车菊，到明年夏天，花儿肯定开得特别漂亮。"

夏伊双手合十，闭上眼睛，像是为小狐猴祈祷。这个小小的举动让戴莉心里有了暖意，她觉得自己开始理解对方的自卑和孤僻，也有点为她不敢示人的半边面孔而难过。

"夏伊，上次的那个士兵，打死了火烈鸟的那个，你记得吗？"

"当然。他被我爸爸惩罚了。"夏伊很骄傲。

"可是他的朋友们在报复动物园，把另一只火烈鸟的脖子拧断了。"

夏伊瞪大眼睛："怎么会？哦，这些该死的士兵，太可恶了，我得去告诉我爸爸，让他加倍惩罚，立刻送他们到前线！戴莉你相信我，我不会允许，这是恶行！"

"还有，我今天一整天都没见到我的卷毛。以前我每天早上走出家门，它总是会来讨一片火腿肠。"

"也许它被别人喂饱了。"

"谁？你们军队的人？不可能，卷毛从来不会随便接受陌生人的食物。"

"那么，你认为……"

戴莉目光灼灼地盯住夏伊。

夏伊猛然捂住嘴巴："你是说，小狗卷毛也被那些士兵杀死了？他们不光杀了一只火烈鸟，还杀了你们的巡逻犬？"

"要不然呢？"

夏伊看着她唯一的朋友，眼泪慢慢涌出眼眶："我不知道，戴莉，我想不明白为什么有人会这么邪恶，拿可怜的动物下手。这一切都不是我想要的。如果事实真的如此，我要替我爸爸向你们道歉。"

"用不着。我们也不稀罕。"戴莉说着转身就走。

夏伊一把拉住她的胳膊："戴莉，求求你，别把我看得跟那些士兵一样，我会非常伤心。"她哀哀地望向戴莉，"真的，求你别怪到我头上，我跟他们不一样，我喜欢动物，火烈鸟、卷毛，我都喜欢。动物不会欺负人，不会瞧不起人，我住到你们动物园的这几天，是我一辈子最开心的几天。"

停了一下，她又说："我知道，有时候我让人讨厌，从小就自卑、自私、爱耍小性子、好胜，还尖刻……我很想像你一样，戴莉，阳光又大方，人见人爱，可是想做的和能够做到的不是一回事。等我长大，我或许会选择去动物园工作，只跟动物打交道。我要做个跟你爸爸一样的人。"

戴莉感觉夏伊说的是真心话，她有点为夏伊难过，轻轻捏了一下对方的手。

夏伊马上开心起来："戴莉，谢谢你把我当朋友。你知道吗，我已经给我们家乡的动物园园长发了一封邮件，我告诉他，这里的黎明动物园有可能答应赠送他一头聪明可爱的小象。你知道他高兴成什么样吗？园长马上向市长做了报告，市长说要为我的小婕妮举行一场入城欢迎式，要请它站在敞篷车厢里，披挂红绸，视频转播，让全城市民都能亲眼看到。还有，我们学校的校长说了，等战争结束，我回校上课，她会亲手给我颁发一枚优秀学生奖章。还有还有，从此以后我就是我们小城动物园的荣誉员工，随时都可以免票进去看望小婕妮。最后还有，我给园长发了一封备忘录，告诉他要每天给婕妮准备一把香蕉，婕妮最喜欢吃香蕉，必须的……"

戴莉呆呆地望着夏伊激动到有点变形的脸，完全不清楚她说了些什么。对她的一点点好感，因为这一番语无伦次的话，忽然之间消失得无影无踪。是的是的，她凭什么认为小象婕妮已经是"他们"的？谁给了她这样的自信，这样的把握？小婕妮是黎明动物园的，它现在还住在象馆，跟它的妈妈曼妮、跟戴莉在一起。戴莉甚至都没有把佛明上校索要小象的事告诉爸爸——凭什么，占领军想要的东西，黎明动物园就得给？

戴莉不肯对爸爸说，不等于爸爸不会知道。中午，戴莉远远地看见佛明上校带着他那个年轻尉官，衣着光鲜，皮靴锃亮，屈尊俯就地走进园区仓库边戴安宁的临时办公室。没有争吵，没有从玻璃窗户突然飞出一只咖啡杯或者小花瓶什么的，更没有枪声鞭打声。戴莉站在树丛中探头往爸爸的房间看，突然明白她心里设想的一切都是在战争电影中看到的，和现实中的情况未必吻合。平静的会面往往有相同的平静，如果必须剑拔弩张，那会有各不相同的惊天动地。

可是戴莉依然紧张。她明白佛明上校要谈的是什么。她既怕爸爸倔脾气上来断然拒绝，又怕爸爸答应得太快让她失望。她用双手紧攥着一根光秃秃的树枝，浅色树皮上被她攥出两块深色的汗印。

不知道过了多久。也许就是一刻钟，半个小时，戴莉却感觉有半个世纪那么长。中间老金到仓库来领草料，看见了她，喊她的名字，问她是不是在跟谁藏猫猫，还说天冷风大，别站着不动，会感冒。戴莉对老金摇摇头，然后又点点头。她自己也不清楚她摇头和点头的意思。

终于看见佛明上校和年轻尉官大步出门。他们从戴莉面前走过去，戴莉下意识地往树干后面躲了躲，可是那两个人根本就没有转头看她一眼的意思。戴莉拔脚飞奔，冲进爸爸的办公室，发现戴安宁正坐在办公桌后面，对着几份报表之类的文件蹙眉细看。

"爸爸……"戴莉不想再说什么，她明白佛明上校已经得到了他女儿想要的小婕妮。

第十一章　大象妈妈和女儿　245

"别告诉我你不伤心。"她小声说。

戴安宁抬头看她一眼,起身,把桌上的文件掉个方向,推到戴莉面前。

"妥协很可耻,可是我们得到了对方城市签署的承诺书,整个冬季,对方会提供我们黎明动物园需要的一切饲料:肉类、干草和谷物。所有我们不得不留下的动物:长颈鹿、河马、怀孕的骆驼、跛了脚的黑熊、爬行动物、鸟……它们都能度过最艰难的日子。我觉得很好,宝贝儿,我们送出了小婕妮,可是换来了这么多动物的生命保障。"

"是的,爸爸,我知道……"戴莉用劲绞着她的两只手。

"全星球的动物园,都是在不停地繁殖和交换,从而保证物种多样,填补稀缺。战争中对立的是人类,跟动物无关。对方已经同意我们在小婕妮身上安装一个电子追踪器,婕妮的一举一动我们都能够掌控,如果它受到不公平对待,我们有办法通过星球动物组织来交涉。"

停了一会儿,戴安宁又说:"相信我,孩子,曼妮妈妈还能生育,你把它照顾得这么好,我们很快会有一头新的小象。"

但是戴安宁想得简单了,佛明上校的要求在步步递进。

当天下午,戴安宁再一次被请到佛明上校的办公室。进门的瞬间,他感觉气氛有异常,然后他注意到房间正中摆着一把座椅，座椅正对面架设了一台专业摄像机。佛明上校和他的尉官背着双手，笑容可掬地站在摄像机左右两边，而在那把座椅的后面，笔挺地站立着两个全副武装的占领军士兵，仿佛哼哈二将。再后面，作为背景的墙上，居然挂有一幅大象母女的巨幅彩照。

"园长先生，请坐。"佛明上校伸手指一指房间正中的座椅。

戴安宁迟疑了一下，站着没动："佛明上校，有话请讲，我今天有点忙，得去给动物们筹办过冬饲料。"

佛明上校微微一笑："饲料的事，园长不必挂心，只要园长先生愿意配合，一切都是小事。"

戴安宁心生警惕，没有说话。

佛明上校缓缓说出了他的安排：为证实戴安宁签署的赠送文件真实有效，并且不至于被民众误解为"强夺"，请戴安宁园长以大象照片为背景，录制一段气氛融洽的视频，亲口说出对两国人民友好关系的祝福，对那个遥远又陌生的小城动物园的祝福。佛明上校强调，在这样的影像时代，文件很重要，用以传播和宣传的视频更重要，一切一切都要以影像资料为证。

"如何？"佛明上校上前一步，脸上还有笑容，眼睛却扫过站在后方的两个士兵。士兵们心领神会，两双手同时放到了腰间的手枪套上。

"请原谅，"戴安宁沉默片刻，温和地予以拒绝，"这事有违我的意愿，我想我也不擅长面对镜头。"

年轻尉官对他展开一张写上了大号字的白纸:"你正常说话,照着纸上的文字念就行。"

"请不要强迫我。"戴安宁坚定地重复。

两个士兵上前,不由分说扭住戴安宁的双臂,将他押送到座椅上。戴安宁剧烈反抗,被士兵用枪托狠狠地打在后背上。

"不可能。"戴安宁忍着剧痛,咝咝地吸着气,说。

戴安宁被绑在椅子上,佛明上校派人带来了赫仁医生,当场宣布,占领军即刻解除戴安宁的园长职务,改由赫仁医生接任。

赫仁医生搀扶戴安宁走出小楼时,忧心忡忡地说:"情况不乐观。我不会做这个傀儡园长,也许我该离开,到乡下住一段时间。"

戴安宁说:"都这么想的话,我们的动物们谁来照顾呢?你忍心丢下这么多的小生灵?"

赫仁医生为难了:"那我应该怎么办?"

"原则问题之外,尽量配合吧。时间总会在我们这一边,请你相信,我们的动物园有未来,而他们不会有。"

赫仁医生叹口气:"说来说去,婕妮还是要给出去。"

"可是更多的动物能保住,你必须这么想。"

一早,给小象婕妮喂过一顿最好的水果和谷物之后,戴莉把它带到曼妮妈妈身边,让母女俩度过最后的告别时光。

小婕妮浑然不知离别在即,亲昵地蹭靠在妈妈腿边,不断用它的小鼻子各处试探,摆动耳朵,哼哼轻叫。曼妮妈妈似乎对将要发生的事情有一点察觉,长鼻子搂住婕妮的脑袋,额头来回地摩挲女儿的身体,眼睛里流露着无限的爱意。

戴莉拿着一把长柄刷子,用劲挥动,把大象母女的身体刷得干干净净。她边刷边劝告曼妮妈妈:"别伤心,孩子长大了总要离开你,它不可能跟着你过一辈子,对不对?你瞧我哥哥戴克,他离开我们都好几天了,我爸爸说他正在长成一个男子汉……婕妮也是,它长大会是一个好姑娘,肯定会有一个英俊的小伙子爱上它,以后它也会生孩子,当妈妈……瞧,婕妮在冲你笑,它嘴巴咧得跟什么似的。嗨,婕妮,你个傻姑娘!"

戴莉听见汽车发动机的轰响,抬头看见一辆改装过的军用轻卡飞驰而来,在象馆的侧门路边猛地停下,车身往前拱了一拱。开车的小伙子动作粗鲁,简直有点莽撞,这让戴莉心一拎,担心小婕妮去往新家的路上同样要被粗暴对待。她想,等下要好好跟夏伊说说,最好换个慢性子的、更稳妥的司机。

接着过来的是一辆军用吉普,佛明上校、夏伊和两个陌生男人跳出车门。两个男人看见栅栏里的小婕妮,瞬间眼睛发亮,满脸都是掩饰不住的兴奋和欲望。夏伊对戴莉介绍说,这两个是她家乡动物园的人,他们会负责小象的长途运送事宜。夏伊说:"放心哦,他们拿脑袋担保,不会有任何问题。"

"拿脑袋担保",这句话同样让戴莉心里别扭。在黎明动物园,人们不是这样说话的。

佛明上校四下张望,没见到戴安宁,眉头皱起来:"我们可敬的园长先生,他不愿意来给他的宝贝送个行吗?"

"他已经不是园长了。"戴莉说。

"哦,对,前园长。我记得是他亲笔签署了赠送文件。"

戴莉沉默片刻:"我爸爸去办公室打印一份备忘录,要请你们转交给小婕妮的饲养员。"

佛明上校面色阴沉:"怎么?他认为我们的动物园没能力养好一头象?"

戴莉没有回答。对这个傲慢又自以为是的男人,她一句话都不想多说。

象馆的饲养员已经等在门口,他的任务是把小婕妮引导进卡车。婕妮虽然才两岁,体重早已经超过两个成年男人,除非动用起重机,要想强行抬它上车,几乎是不可能的。饲养员为此特别准备了几穗冷藏的鲜玉米,这是小婕妮最最喜欢的食物。

"好啦,让我们动手吧。"夏伊小心地迈进象馆,对着大家拍了拍手。她比那两个来自她家乡动物园的男人显得更加主动和积极,脸颊泛红,奔前跑后,一会儿指挥卡车司机倒车,一会儿安排几个男人站在卡车边帮忙,一头长发在肩上飘飘拂拂，兴奋到整个人都飞了起来。

大象妈妈很久没有见到身边围过来这么多的人，历经世事的它，眼神里明显有了戒备，耳朵支棱起来，硬邦邦地向两边张开，像是摔跤运动员下蹲之后抬挚开来的双臂。它的鼻子也开始不安地翕动，弯曲向上，如一个倒写的问号。它大步而且迅疾地奔到门口，一眼看见敞开的车厢和挂靠在车厢后的步行斜梯，仿佛童年时代某种久远的记忆被激活，它回头就跑，跟婕妮会合之后，急切地用鼻子驱赶小象宝宝，一大一小母女两个，躲进了象馆的内室。

这一下麻烦了，大象妈妈把小象护在身后不让它露头，外面的人还真是没办法下手。曼妮不是婕妮，童年在南境大草原上被捕获的经历，让它体内的每个细胞都镌刻了"警惕"因子，脑子里的报警雷达时刻启动，对来历不明的陌生人群高度紧张，区区几根香蕉和玉米棒子不可能诱它上当。而且，因为紧张，它更容易暴躁和动怒，万一发火，以它重达四吨的身体，在场的男人们加起来都不是它的对手。

人们都挤在室外场地上，面面相觑，无从下手。

佛明上校因为大象妈妈的不合作而生气。尤其在自己的女儿和黎明动物园园长的女儿面前，极其自负的他不能随心所欲取走他想要的东西，这让他觉得颜面尽失。他挥动一支精致的手枪，跑过去逼问象馆饲养员："现在要怎么办？嗯？要怎么对付这个讨厌的大家伙？"

饲养员耸耸肩："我不知道，先生，也许该有点耐心，等它的情绪缓和些。"

"要多久？半小时？一小时？"

"先生，我真不知道。大象不是人，我们没法猜透它的想法。"

"混蛋！"佛明上校骂了一句，"愚蠢的说法！"

饲养员嘀咕："也许有些人就是比动物愚蠢……"

幸好佛明上校没有听见。他冲过去对他的手下喊："怎么回事？都束手无策？堂堂的联盟军人，难道要被一头大象控制？"

夏伊说："爸爸，要想个办法。也许可以麻醉大象妈妈。"

"好主意。"佛明上校说。他立刻转身吩咐戴莉："你，小姑娘，请你去找你们的赫仁医生，要他带上麻醉枪，还有足够的麻醉弹，跑步过来！"

戴莉摇头："不能这样，曼妮妈妈年龄大了，精神状态也不好，麻醉弹对它伤害很大，赫仁医生不会同意。"

"如果我坚持呢？"

"赫仁医生是个有原则的人。"

佛明上校盯着戴莉足有两分钟，然后轻轻一笑，脸色忽然间变得阴沉可怕，他走到内室门口，举起枪，瞄准了躲在墙角的大象妈妈。

"那么，还有更简单的办法：如果它不肯配合，我可以杀死它。立刻。"

夏伊"啊"的一声尖叫，扑上前去，抓住佛明上校的枪:"爸爸,不可以,当着小婕妮的面,这太残忍了,它是婕妮的妈妈!"

佛明上校一字一句道:"在军人的世界里,没有人可以违抗命令,何况还是一头动物。"

夏伊恳求:"动物也是生命,它不可以没有母亲,想想我吧,我就是没有母亲的孩子……"

佛明上校举枪的胳膊,稍稍颤抖了一下。

在这时候,戴莉背对夏伊,慢慢地走进室内,一步步地走向曼妮妈妈。她腰背笔挺,步伐坚定,瘦削的身体被大象妈妈的庞大躯体映衬得更加娇小单薄,像巨石前面一个柔软可爱的棉布娃娃。她一边走,一边轻声呼唤:"曼妮,曼妮妈妈,别怕,我来了,我在这儿……"

寂静无声中,众目睽睽之下,庞大的曼妮看到戴莉,神色开始一点一点放松,绷紧的皮肤有了起伏,眼睛里慢慢泛出雾气。过了一会儿,它居然低下头颅,前腿弯曲,轻轻扇动耳朵,对戴莉做出邀请的姿势。

于是戴莉面朝曼妮,爬上它长长的鼻子,趴坐着,胸口和脸颊紧贴它粗糙的皮肤,两只胳膊尽量伸展,把这根温暖的、有生命的圆柱体抱在怀里。

她为曼妮哼唱了一首歌:

妈妈的双手轻轻摇着你,
摇篮摇你,快快安睡,
睡吧睡吧,我亲爱的宝贝,

妈妈爱你，妈妈喜欢你，
世上一切，幸福愿望，
一束百合，一枝玫瑰，
等你睡醒，妈妈都给你
……

在戴莉温柔的哼唱中，曼妮一点点地抬起身体，稳稳站立，轻摇长鼻，有节奏地晃荡，好像它巨型的鼻子就是一张舒适摇篮，它要摇晃这个小小的女孩安然入睡。一束阳光从天窗射下，照着曼妮妈妈和戴莉，细碎的金黄色的微尘在她们两个周围飘浮、起落、游移和旋转。曼妮身上泥土的气味，谷物加青草的气味，还有少许乳汁的气味，伴随它皮肤温度的升高，混杂交融，钻进戴莉的鼻子。

戴莉说："曼妮妈妈，放手吧，让你的女儿走吧，它是天使，它能够拯救我们大家。"

呢喃声里，戴莉感觉大象妈妈转动身体，让开门洞，给小婕妮留出了一条通道。然后她继续趴着，微微侧头，看见婕妮在饲养员的引导下，走出房间，穿过室外的活动场地，慢慢踏上了进入车厢的木制斜梯。婕妮甚至都没有回头看它的妈妈。它还太小，完全不明白生离死别是一件多么特别的事情。

戴莉哭了，温热的泪水滴滴滚落，打湿了脸颊下方曼妮妈妈的鼻梁，在它的皮肤上染出两块深色印痕。

第十二章

出发吧,朝着光明

从高堡市到转运目的地，两千多千米的路程，按照之前的计划，应该在第六天穿越中转国的边境，接下来再奔波两天，到达第三国，跟星球动物组织的救助专员会合，去到他们早已租妥的场馆，让疲惫不堪的动物们休息、加餐、治疗，踏踏实实住下，等待战争结束。

然而战争是不以人的意志为转移的，一路的泥泞、轰炸、大火、饥饿和寒冷，耗尽了安琪这一队人马的心力，也让大大小小的动物们饥寒交迫，挣扎在生死边缘。现在他们的跋涉时间已经接近两周。昨天晚上，一只可怜的狒狒拉稀之后悄无声息地躺倒在笼子里。白虎兄弟大威小威瘦得皮包骨头，眼睛里已经失去虎虎生威的神气。斑马的身上长满疥疮，它不停地在铁笼条上蹭痒，蹭得肚皮血肉模糊，让人们看着心疼。

劳德不停地摇头，嘴里嘟囔："太作孽了，当初还不如不走，就在动物园里待着，看那帮混蛋军人拿它们怎么办。"

戴克说:"不对,走,有活下去的可能;不走,你永远不知道结局是什么样子。"

"老话说,好死不如赖活……"

"可是,赖活也不让你活啊!我妹妹戴莉都告诉我了,动物园里的火烈鸟被当野鸭子打死,梅花鹿挨了炮弹粉身碎骨,小象婕妮被生生抢走,这还只是开始。"

劳德无话可说,把手里的半片面包省下来,喂到患病斑马的嘴巴里,又在它身上轻轻拍了拍。

"走,上车!"他挥手说,"能开多快开多快,跟天杀的十字星联盟军抢时间!"

天气阴沉,寒风萧瑟,灰色的乌云在天空密布,凝滞不动,仿佛下一秒钟就要沉甸甸地整体坠落,咣啷一声压在这个世界上。

"好像要下雪了,是今年冬天的第一场雪吧?"贺拉先生蜷缩在座位上,灰白了脸,自言自语。他看起来很不舒服。不过戴克知道,贺拉先生看似羸弱,实则坚强,他永远都不会在别人面前展露自己的痛苦。

芮芮在任何时候都是个不安分的家伙,它自在地蹲坐在驾驶室后座,背倚车门,对着戴克眨巴眼睛,手机屏幕上飞快地跳出一行又一行字:受冷空气过境影响,今夜到明天,本地区将有小雪。偏北风 4 级左右,阵风 6 级。气压 1004.28 百帕,能见度 2000 米。白天气温 3 摄氏度,建议穿风衣、夹衣、外套、防寒服。夜间气温零下 8 摄氏度，建议穿棉衣、冬大衣、羽绒服、皮袄……

戴克没好气地打出一行字："能不能不啰唆啊？还羽绒服、大皮袄呢，你带了？"

芮芮拍拍胸口，一脸坏笑。

戴克于是又写："哦，是哦，你天生自带皮袄，祝贺你。可你别气我，我可是夜夜冻得半死。"

芮芮立刻把戴克的手拉过去，掖在自己毛茸茸的腋下。

"暖和吗，伙计？"它眼神关切，感觉这一句话就要脱口而出。

戴克还真是有几分感动，他拎起自己的双肩包，掏摸了半天，摸出一块口香糖，递给芮芮。

"嚼，然后把胶皮吐掉。"他比画着，做出咀嚼和吐出的示范。

芮芮根本没听，很老练地剥开糖纸，把薄薄一片口香糖塞进嘴巴，嚼得吧嗒直响。

"吐掉，把胶皮吐掉！"戴克提示它。

芮芮张开一张巨大的阔嘴巴，给戴克看自己的口腔。它的嘴巴里空空如也。

戴克急得扑了上去："天哪，你吞下去了？你把胶皮吞下去了？"

芮芮突然无声大笑，手伸进嘴巴，从口腔一侧抠出一小块白色口香糖，捻在指尖。

戴克恍然大悟："你个坏家伙，逗我玩？好吧看我……"

第十二章　出发吧，朝着光明　259

正笑闹着,忽然听到前座的劳德压低声音说:"快看,那是什么?"他一只手指着左前方,脸上露出不安的神色。

戴克放开芮芮,压低身体,从驾驶室前窗往外面看去。低垂的铅灰色云层下,云和云之间破裂的缝隙里,接二连三地吐出几架缓慢飞行的直升机,巨大的螺旋桨在顶部旋转成一个薄薄的飞盘,迷彩机身被灰白色的天空映衬,如同几只盘旋的沉重的钢铁蜻蜓,反射出一种钝感十足的威严的光泽。视力超强的戴克,努力眯缝眼睛,在机身上找到了十字星联盟军那个张牙舞爪的标志。

"是敌机,快躲避!"他从后座上一把抓住了劳德的肩膀,失声大喊。

话音刚落,直升机已经一架接一架俯冲下来,直扑公路。机身倾斜的角度接近90度,螺旋桨旋转出来的飞盘从平行变成几乎直立,轰鸣声震耳欲聋。隔着车窗玻璃,戴克能看到头顶上方飞机驾驶室里被头盔遮盖了一半的若无其事的面孔,那两片隐藏在胡须里的肥厚乌紫的嘴唇。

"别惊慌,孩子,坐好。"劳德头也不回地吼了一声,开始朝着路肩猛打方向盘。

已经迟了,直升机呼啸而来,开始对着车队扫射,高爆机枪的子弹密集喷泻,像天空中突然降下的一片片雨帘,忽然如扇形环绕,忽然又直线突入,锐不可当。路面迸起成片的水泥石子,尘土四起,硝烟弥漫。路边的树木纷纷被子弹削头断臂,落叶残枝哗啦啦坠落,一时间感觉地面矮了一层，天空又高了一层。

动物园的车队慌不择路冲下路面，朝着远处更茂密的树林狂奔。林间无路，劳德不管不顾地在灌木丛中横冲直撞，一路上树枝喀啦啦地刮擦车身，嘭嘭地击打玻璃。戴克提心吊胆，生怕玻璃碎裂，树枝像钢刺般突然插入，把他们扎得头破血流。他下意识地抱住脑袋，缩在椅背之下，同时心里想，这要在平时，车子被刮成这副鬼样，劳德非要气疯不可。

狂奔两三百米，再也无法前进，三辆车无可奈何地停在林中。此时，在戴克的左侧不远处，有一道火光从树丛背后呼地升起，飞向空中，转一个弯，如同磁铁一般盯上了低空中狂轰滥炸的一架直升机，眨眼之间，一团巨大的红色火球在空中爆开，飞机炸了，大股黑烟直升天空，起火的碎片先是往四面飞溅，然后缓慢落地，其中一些还在空中自由飘移了半秒或者一秒，像是对广袤天空恋恋不舍。

第二道火光接着升上天空。但是这一次直升机有了防备，抢在飞弹到达之前做了规避，大幅度的晃动中，两架飞机差点迎头撞上。调整姿势之后，没有片刻迟疑，这两架直升机恶狠狠地直扑树林，朝着飞弹发出的地点一股脑儿射出全部子弹。林中火舌飞窜，胳膊粗细的残枝满天横扫，黑烟笼罩了百米范围的一片荒地。

子弹射光之后，两架直升机屁股一转，快速爬升，扬长而去。

很久,车队里众人才回过神来。出发这么久,看过炮击,看过死人,看过大火,看过毁灭,可是如此近距离地看到双方交战,还是头一次。

戴克小心翼翼下了车。芮芮屁股一滑,紧跟在他身后下来。司机劳德已经围着他心爱的车转了一圈,拿手指触摸那些刮破的车漆、刮花的玻璃,一边哀号,一边骂人。前两天的大火突围已经让他心爱的卡车伤痕累累,如今又遭劫难,简直雪上加霜,这比他自己毁了容、受了伤更让他伤心绝望。

李罗也一样,绕着车子检查一圈后,抱住脑袋,一个劲跺脚,一张还算清秀的面孔,活活皱成一只苦瓜。

同样惊魂不定的是两辆转运卡车上的动物们,车刚停稳,就听它们在车厢里一声接一声呜咽和号叫。动物不比人,虽然闷在不见天光的车厢里,完全不知道外面发生了什么,但是它们比人类更敏锐,确定自己身陷危险又无处可逃,因此都害怕得瑟瑟发抖。

戴克想要爬上车厢,好歹去安抚一下可怜的动物,一只脚才蹬上踏板,却听见后面的大巴车里突然传出伊娃的一声尖叫。他赶紧收脚,先赶去看望伊娃。走过去,刚好看见安琪和另一个志愿者正从大巴车里往下抬一个人,一具软绵绵、血淋淋的尸体。原来刚刚车队从公路掉头下去时,大巴排在最后,慢了一拍,直升机上的子弹射穿车顶,不偏不倚打中波扬的后背。车在林中行,一时无法停下,颠簸之中,伊娃拼命用衣服压住波扬的伤口,试图替他止血。可是完全没用，机枪子弹的力道太大，波扬在昏迷之中流尽了鲜血。

所有人都围了过去，哭泣和哀悼。波扬多年轻啊，才二十出头，在校大学生，学生物，对基因改造的科研项目有兴趣，曾经信誓旦旦告诉戴克，他将来要去读全星球最好的理工大学，加入国际组织最有名的人类基因学科研小组。至于加入之后做什么，他笑嘻嘻地说，他也不知道，去了再说，英雄总有用武之地。

可是波扬就这么死了，被一颗子弹莫名其妙地射中，躺在硝烟弥漫的树林里，在腐朽污糟的层层落叶之上，连一块墓碑都不可能拥有。戴克泪眼蒙眬，看着波扬苍白的、布满褐色雀斑的圆圆面孔，只觉得胸口疼痛，无法喘气。

回到劳德的车旁，戴克一眼看见贺拉先生斜倚在车身右侧的车轮边艰难喘息。卡车的车轮高大，贺拉先生瘦小，又是蜷坐在地上，更显出奄奄一息的羸弱。戴克心疼无比，冲过去问他怎么了，需要什么。贺拉先生说不出话，有气无力地指一指驾驶室："药……"

戴克冲上车，拿了贺拉先生的药，又拿了水，扶起他的脑袋，喂他吞下几颗。缓过气之后，贺拉先生问戴克："大巴那边出了什么事？"得知波扬意外中弹，贺拉先生老泪纵横，捂住脸，双肩抽搐，泪水从指缝里汩汩流出。戴克不知道怎么安慰他才好。波扬是贺拉先生的学生，也许正因为贺拉先生，波扬才成了动物园的志愿者。对于波

第十二章　出发吧，朝着光明

扬的死，恐怕贺拉先生永远都无法释怀。

芮芮叉开两条腿，很吃力地从树林里狂奔过来。它的手里抱着一个沉重的钢铁玩意儿，一米来长，跟戴克的大腿差不多粗细，漆成迷彩色，两端还系了结实的军用背带。芮芮抱着这玩意儿异常兴奋，龇牙咧嘴，满脸得意。

"老天，你拿的这是什么？"戴克惊呼。

贺拉先生看了一眼："好像是我们军队里使用的肩扛式导弹。芮芮过来。"他招手，指挥芮芮把那枚导弹放到自己面前，俯身去看，"瞧瞧，我猜对了，瞧这儿，这是标志：武器型号，制造工厂，出厂编号……"

他指点戴克看过之后，抬头询问芮芮："小家伙，你从哪儿找到的？"

芮芮秒懂他的意思，对着那边硝烟未散的树林努一努嘴。

戴克不解："树林子里？有导弹？"

芮芮的脸上显出着急的神色，先伸出手指比画，又往后做出仰倒的姿态，还一个劲拽戴克的手。

戴克说："好吧，你带我去看。"

芮芮马上把戴克的手拽着，往树林深处走去。

走出不过百十米，就是刚刚被直升机疯狂扫射的那片林子，一股带着硝烟气味的炙人的热气扑面而来。地面被射出无数深浅不一的坑，活像疤痕累累的月球地表。落叶和枯草聚集处一片片焦黑，草丛深处尚余袅袅青烟。戴克有点奇怪，这一片林地被子弹狂射后居然没有燃起大火。也许是阴雨天气，地面过于潮湿的缘故。

再往前走，两具仰面倒地的北崖领地军人的遗体猝不及防地跳入他的眼中。一个是中年人，络腮胡，头部中弹，满脸是血。另一个书生模样，皮肤白净，金属边框眼镜炸碎在一旁，肩部和腿部的军装都染有血污。他们的身边有两个长约一米的军用弹药箱，一个已经空了，两枚发射过的导弹残筒横亘在他们脚边。另一个箱子也敞开着，左边格子里躺着一枚完整的导弹，右边的格子空了，大概就是被芮芮刚刚搬走的那一枚。

戴克肃穆站立，良久未动。眼前这两个人，是勇敢的士兵，两枚导弹打落一架敌方直升机，与此同时献出了自己的生命。

林子里很安静，枯叶跌落发出轻微的扑簌声。有一只小松鼠迅疾地穿过草地，眨眼间攀上树干消失不见，只留尾巴处的绒毛一闪。一根胳膊粗细的树枝，之前已经被子弹击中，摇摇欲坠，被芮芮抬手一碰，终于嘎巴一声断开，坠落时带下了一地的枯枝焦叶。硝烟的气息，血腥的气息，泥土、腐叶、粪便和各种无名昆虫的气息，掺杂在一起，钻进戴克的鼻孔，让他头晕，脑子里昏乱一团。

他隐约明白过来，刚才车队为什么会在公路上遭遇十字星联盟军直升机的扫射，应该是敌方发现了树林里这处隐秘的肩扛式导弹发射阵地，三架直升机奉命前来解决问题。直升机可能一开始判断有误，认为车队是伪装的军事用车,才会没头没脑地朝着他们一顿狂射。

他又想,幸好车队拖住了直升机,给树林里的两位勇士留出了瞄准和发射的时间。这么理解的话,波扬的牺牲是有价值的。

他琢磨着是不是应该回车队叫人,拿上铁锹,挖坑埋了这两位英雄。转念一想,如果埋了,勇士的部队就再不会知道自己的英雄牺牲在哪里。他觉得应该把他们留在这里,等部队派人过来寻找,带他们回家,好好安葬。

于是,戴克从打开的弹药箱里用力抱起最后一枚肩扛式导弹,由芮芮帮忙把肩带套到他背上,深一脚浅一脚地走回车队。

安琪在树林子里召开了一次全体人员临时会议,戴克扶着贺拉先生赶去参加。此时,波扬的遗体已被临时安葬,李罗削了一根白色树干立在坑边。大家都说,等战争胜利,所有人约好一同来此,把波扬带回高堡市,给他申请"勇敢市民"的荣誉称号。

贺拉先生催促车队重新上路,因为动物们病饿交加,每延误一天都会带来更多的死亡。他还说,最后的路程,也是最危险和紧张的路程,无论如何,大家要咬紧牙关,一口气冲到边境。

讨论的结果,为防止目标太大,引出更多的直升机袭击,车队的三辆车将在公路上拉开距离,各辆车会独自面对险境,机动灵活地解决问题,能过境一辆就过境一辆,能挽救多少生命就挽救多少。会后起身，大家互相击掌，约定天黑之后在国境线对面再次集结。

"拜托了，等着你们。"安琪握了握劳德和李罗的手，又跟贺拉先生和戴克紧紧拥抱。

"放心吧，三四百千米的路，也就是最后一跺脚的事啦。"劳德嘴巴里嚼着烟叶，搓一搓手，目光坚定地看向前方。

各人上车，发动车辆，原地掉头，折返公路。因为林中小路穿行不便，这一次的发车次序颠倒过来：大巴打头，李罗跟上，劳德殿后。

戴克坐在车上，第一次看到前面李罗那辆转运重卡的橙红色车屁股，看到车厢在林中小路上颠簸摇晃，不断地弹跳起来，然后重重坠落；往两边倾斜，在快要侧翻时又及时甩正。他为那辆车上装运的斑马和美洲豹们担惊受怕，心一直拎到喉咙口，不停息地发出"啊哟啊哟"的惊呼，惹得劳德不耐烦地呵斥他："别啊哟个不停，搞得跟个小丫头似的！"

戴克嘀咕："你看前面的车都要颠翻啦，多危险。"

劳德笑话他："别人都是看人挑担不吃力，你小子倒好，看人家开车把自己吓死。"

戴克就闭上嘴，不再吭声。

可是劳德自己，路况不好他不怕，车颠得快要散架他不怕，持续听到树枝刮擦车身的喀啦刺响又无可奈何时，他也忍不住"啊哟啊哟"叫唤起来。戴克趁机回击过去：

第十二章　出发吧，朝着光明　267

"刮都刮了，还叫什么叫？不嫌烦？"

劳德头也不回，骂他一句："小屁孩儿，报复我。"

在座位上翻滚弹跳十多分钟，五脏六腑都要冲出喉咙口的时候，劳德的车终于冲上路面，回归平稳状态。戴克赶快探头去看前座的贺拉先生，问他感觉如何。贺拉先生伸着脖子咝咝喘气，说不出话，只摇了摇手，表示他还可以。

芮芮把脚边贺拉先生的一个背包打开，摸来摸去，居然摸出指甲盖那么大的一个红色小盒子。戴克瞥了一眼，盒盖上有一个狮王的图案。芮芮很灵巧地抠开盒盖，用食指蘸一点，胳膊一伸，准确而果断地抹在了贺拉先生的鼻孔下。戴克闻到一股刺鼻的气味，惊叫起来，刚要斥责芮芮自作主张胡乱下手，却发现贺拉先生深吸几口气之后，身体放松下来，显而易见地舒服了很多。

"捣什么鬼？"戴克悄悄在手机上询问芮芮。

芮芮对戴克挤一挤眼睛，回复几个字："一个秘密。"

戴克生气了："好吧，不肯说的话，我们以后分道扬镳。"

"别呀，你是我亲爱的老哥呢。"

"说！"

"薄荷油，舒心通气清脑。我以前看贺拉先生用过。"

"我也想试试。"

芮芮先做个无奈的手势，紧接着抠开盒盖，挖出火柴头大小的一粒，以迅雷不及掩耳之势捅进了戴克的鼻腔。戴克猝不及防，被呛得喷嚏连连。芮芮调皮地望着他的窘样，笑得肩膀都在哆嗦。

这时，车身猛然颠了一下。劳德反应快，嘎的一声踩下刹车，转头对戴克说："你们两个别闹了，下去帮我看看轮胎。"

戴克问："轮胎怎么了？"

"有点情况，好像。"

戴克拉开副驾驶一侧的车门，从贺拉先生身边挤了下去。脚才落地，就见眼前的一个高大轮胎正在持续发出细微的嗤嗤声，并且以肉眼可见的速度一点点地瘪缩、扁塌。整辆卡车因为轮胎漏气失去了平衡，慢慢地往左前方微微倾斜。

戴克慌乱大叫："劳德，劳德，出事了！"

劳德跳下车，冲过来看："瞧，我就感觉情况不对。"

他趴下，蹭进车底，抠弄半天，后退出来，跃起身，手里举着一块巴掌大小的炮弹皮。

"就这玩意儿，扎进去了。"他自怨自艾，"瞧我多蠢，怎么就没看到。"

"满地都是弹皮弹壳，防不胜防。再说了，你的眼睛又没装雷达，探测不到这玩意儿。"戴克安慰他。

劳德口袋里的对讲机响了起来，喀啦啦的电流声过后，传来安琪略带焦急的声音："劳德，劳德，你们什么情况？车跟上没有？我怎么看不见你们？"

劳德和戴克抬身往前看，前面的道路空空荡荡，安琪和李罗的车辆都已经走远。

"没什么大事。"劳德告诉她，"轮胎扎破了，要换个胎。"

"哦，该死！要不要过去帮忙？"

"别，车上有芮芮呢，大力士。离国境线近了，一脚油门的事，你们赶紧走，过了国境线我们再会合。"

"那好，祝你们顺利。有情况及时通知。"

收了对讲机，劳德看一眼围在旁边的戴克、芮芮和贺拉先生，两手一摊："都走了，只剩我们了。干活儿吧。"

四个人，分工合作。不，其实是三个，贺拉先生帮不了忙，劳德不让他动手，只分派他负责观察前后方路面以及附近树林，防止出现突发状况。

劳德又拉着芮芮，一左一右钻进车肚下方，拧开备胎上的螺栓，解开锁链，两双手合力抬出备胎。力气稍小的戴克，则被分派去车上的工具箱里取千斤顶和扳手什么的。

车胎大而重，直立起来差不多到劳德腰部那么高，要不是有芮芮，搬上搬下还真够劳德喝一壶的。

把车胎滚动到前轮旁边，先躺倒，再动手拆卸扎破的废胎。事情得一步一步来，这活儿劳德是熟手，卡车司机常年在公路奔波，换胎是必备技能。

戴克蹲在旁边一样一样递工具，芮芮龇着牙齿用劲摇升千斤顶，劳德用膝盖顶着废胎，抓着扳手一个个地拧螺帽。螺帽上得紧，第一把拧上去要憋口大气，劳德面孔通红，青筋暴起，下力的时候，感觉眼珠子都要瞪出来。芮芮看得烦，一把搡开他，抓住扳手有样学样，咔的一下子，不费劲就松开了第一颗。

劳德拍一拍芮芮的肩，竖起大拇指夸赞它："好样的，有把子劲。"

芮芮明白劳德的意思，喜形于色，抓过劳德的那根大拇指，戳到自己胸口上。

戴克很好笑地想，这家伙，一点儿都不知道"谦虚"是什么。

螺丝一个接一个地卸下，整齐地摆在地上。劳德示意芮芮，一人一边抱住废胎，摇晃两下，待松动之后，慢慢从轮轴上移开，放到一边，再抬起备胎，套装上去，把卸下的螺丝重新安上，逐一拧紧。

千斤顶还没来得及拆除，贺拉先生和戴克都听到头顶有异乎寻常的嗡嗡响动。一抬头，一架四旋翼的带有十字星联盟军标志的军用无人机幽灵一样从树林后面偷袭过来，机肚子上的电子眼清晰可见，四枚手雷大小的迫击炮弹整齐地悬挂在四个方向，闪出阴森寒冽的乌青色光泽。

"劳德！"贺拉先生惊恐大叫，"快趴下，都趴下！"

劳德迅速扯了一把芮芮，戴克同时扑倒了贺拉先生，人和猩猩四散在卡车周围，胸脯贴地，齐刷刷地用胳膊抱住脑袋，大气不敢出一声。

第十二章　出发吧，朝着光明

无人机不知道是对地面上人和猩猩的奇怪组合产生了兴趣，还是对卡车顶上的动物园标志有了疑问，总之能看出来，远处操纵无人机的这个家伙既无聊又促狭，他让机器时而高飞，时而低旋，忽左忽右，钻前绕后，嗡嗡地围着卡车，警示，威胁，戏弄，就是不走。

贺拉先生趴在戴克身边，恐惧到全身颤抖，紧抓戴克的那只手冰凉冰凉。

"贺拉先生，"戴克轻声安慰他，"别怕，我们不是军事目标。"

糟糕的是，芮芮在地上趴伏片刻之后，忽然不耐烦了，嗖地起身，对着头顶上的无人机跺脚、挥拳、吐口水，嘴巴里发出恶狠狠的威胁声。

戴克着急地大喊："芮芮快趴下！别这样！"他一个劲地用手掌压向地面，向芮芮示意。

还好芮芮明白了他的意思，悻悻地坐下，把头埋在腿间，一只手却仍旧不服气地猛拍地面。

无人机嗡嗡地转了过来，这回盯住了芮芮，似乎开始研究这个一身黑毛、桀骜不驯、拍地不止的大黑家伙到底是谁。

戴克紧张至极，浑身肌肉都绷得生疼，心里一个劲地念叨：别动啊，伙计，别动别动，千万别动。

贺拉先生从两掌之间微抬面孔，紧盯戴克的眼睛，声音哆嗦："戴克，你瞧，他们盯住芮芮了，恐怕要出事。"

"不会，芮芮看起来就是一只普通黑猩猩，军人没必

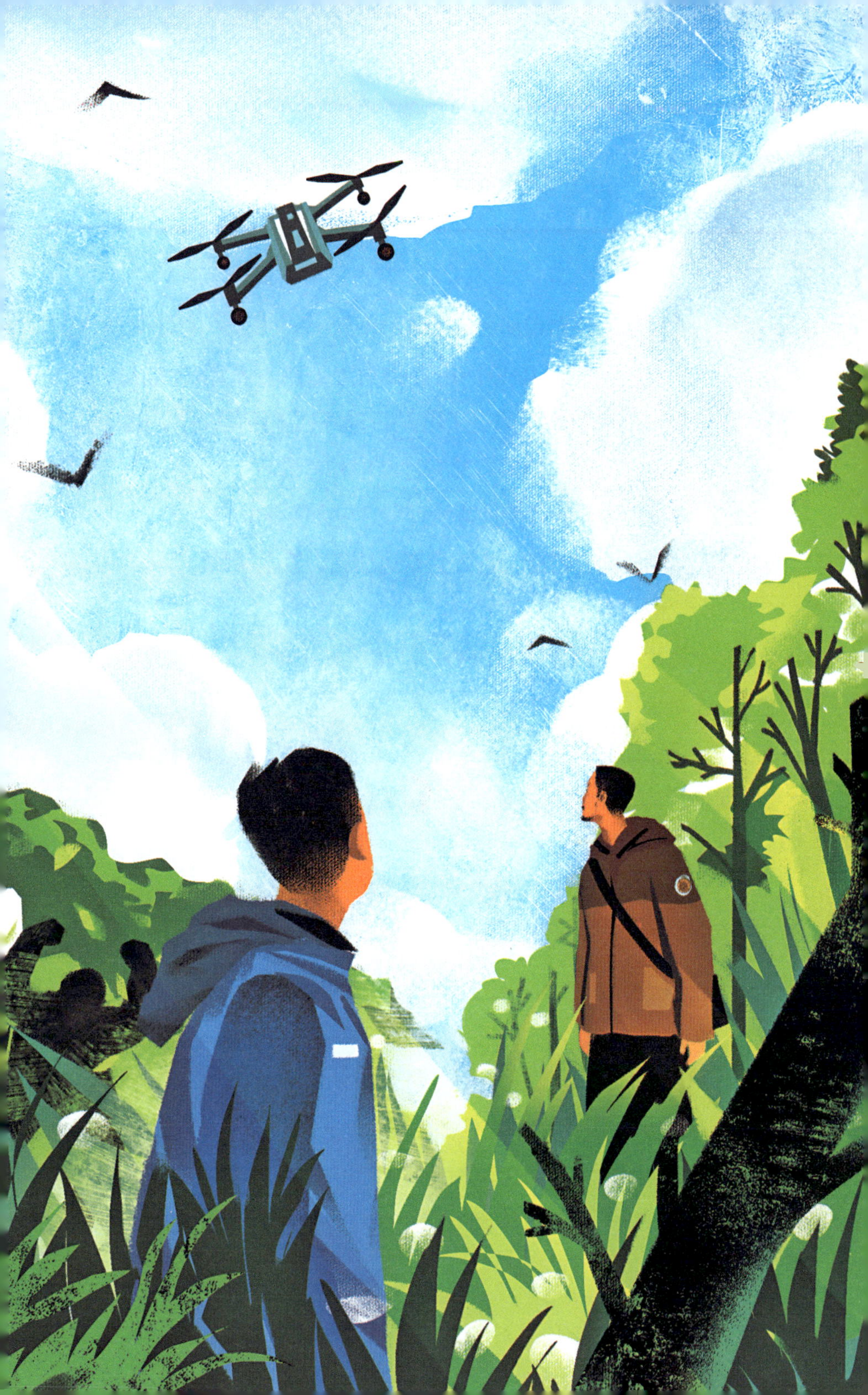

要为难动物。"

"不，芮芮不同，它有情感表达。他们一定看出来了。"

"贺拉先生……"

"一定的，你看那个电子眼……"

戴克轻轻侧过脑袋，观察头顶上方态度不明的无人机。他不能判定机上的电子眼是否只盯住了芮芮一个，这东西似乎在每个人的上方都有过悬停和考量。

"贺拉先生，芮芮是智能猩猩，它会懂得保护自己。"

"正因为它智能，它才会表达情绪，惹上麻烦。"

"但愿当兵的只是好奇。"

贺拉先生终于下定决心："孩子你别动，我过去引开无人机。"

话音刚落，小个儿的贺拉先生一下子跃起，沿着公路向前奔跑。他跌跌撞撞，踉踉跄跄，手捂着胸口，跑得喉咙里呼哧带喘，简直就是在拼尽全力。

"贺拉先生！"戴克着急大叫，顾不得多想，跟着起身，追上前去。贺拉先生重病在身，他答应过爸爸，要做男子汉，保护先生，这样的时刻绝对不能让先生一个人冒险。

无人机反应迅捷，发现两个人的异动，呼的一下转头，升空，嗡嗡嗡紧追不放。戴克怒火中烧，一边跑，一边抓起路上的一块土坷垃，朝着头顶的无人机狠狠扔去。土块飞上天空不过树梢那么高，对天上的机器毫无威胁。

无人机连避让的动作都不屑做，转了一个小弯，怒冲冲反扑。戴克这时已经追上贺拉先生，胳膊伸出来猛地一钩，把瘦小的老人拦腰钩倒，自己也跟着翻落在地。眼角瞥见路边一个巨大的弹坑，他顺势而为，带着老人滚了下去。

与此同时，头顶上方一颗黑乎乎的炸弹凌空坠落，红色火光在身边一闪，他失去了知觉，连爆炸声都没有听到。

很久……也许只有几分钟时间……

戴克睁开眼，看见芮芮坐在他身边，怀里抱着贺拉先生，有节奏地摇晃身体，嘴巴一张一合。戴克耳道里嗡嗡作响，听不见芮芮发出的声音。

"芮芮！"他用劲拍一下自己的双耳，让听觉恢复。

芮芮转过头，悲哀地看着他，眼睛里的伤痛像海水一样漫溢。

贺拉先生软绵绵地倚在芮芮怀中，面色灰白，双目紧闭，脑袋后仰，一只手毫无生气地垂落在地。

戴克愣怔片刻，猛然明白，贺拉先生死了，因为刚刚无人机丢下的那颗炸弹。

戴克只觉前额叭地一响，像是也有一颗子弹在脑袋里爆炸，疼得他浑身一颤。他手脚冰冷，直打哆嗦，想哭，可是脖子仿佛被人掐住了，透不过气，也哭不出声。

土地冰凉。弹坑边缘有暗黑的血迹，飞溅的泥块和弹片均匀地散在各处。硝烟的热辣味和鲜血的甜腥味浓烈又复杂。芮芮紧紧抱住瘦小的贺拉先生,像一位抱着死去婴儿的悲伤的母亲。

戴克哭不出来,只好爬过去,从芮芮身后抱住了它的腰。他不敢探头去看贺拉先生的脸,只用前额死死抵住芮芮的后背,慢慢吐气,止住哆嗦。脸颊贴紧处,黑色的茂密毛发粗糙而又温暖,他清楚地听到芮芮心脏咚咚跳动的声音,一下接一下,缓慢又有力量。他想,贺拉先生死了,安琪他们走远了,他现在只有芮芮了。遥远的国境线,寂静的荒原,一卡车嗷嗷待哺的动物,战争和苦难……不过他不孤单,芮芮也不孤单,贺拉先生不想让他们两个孤单,所以早早教会了他们如何沟通,如何相依相持。贺拉先生会活在他们两个之间。

突然间,戴克想起来,他们还有司机劳德大叔呢!他怎么会忘了劳德大叔?劳德大叔在哪儿?戴克浑身一个激灵,腾地起身,目光越过弹坑,四下寻找。

于是他看见,在刚刚被换上了一只崭新轮胎的转运卡车旁,就在那只躺在路边来不及移走的旧轮胎右侧,四个男孩的父亲劳德,一动不动趴在地上,脸颊紧贴地面,手脚扭曲成一个别扭的姿势,背部插着一块巨大的三角形弹片,整片衣服被血染透……

现在戴克能够哭出来了,所以他开始大声、放肆、呜咽加号啕地哭。他一边哭,一边手脚并用爬上弹坑,向着劳德奔去。

也就在这时候,他猛然发现了不可思议的一幕:不久之前还在他们头顶上耀武扬威，对着他们各种恐吓、各种耍弄的那架军用投弹无人机，已经四分五裂地坠毁在空荡荡的公路当中，焦黑的零件散落一地。那只圆圆的电子眼倒是完整无缺，只可惜光学镜头再不能窥视世界。

接着看过去，越过劳德大叔的遗体，一枚比胳膊略粗的肩扛式导弹打空了弹药，随随便便扔在路边，出弹口似乎还有缕缕硝烟缭绕。

芮芮抱着贺拉先生走过来。戴克看看它，又看看被打空的弹体，再看看一地的无人机残骸，不敢相信地问："难道是你？"

芮芮放下贺拉先生，直起身体，拿手指点一下自己的鼻子。

"你，用这个肩扛式导弹，打下了一架军用无人机？"

戴克狂喜，又哭又笑地搂住了芮芮，把眼泪鼻涕糊满它毛乎乎的脖颈。

"你确信你可以？"

"当然。"

"点火，挂挡，松开离合器，踩油门，这些你都会？"

"老哥，无人机我都能打下来！"

"那不一样，车上不是只有我们两个，还有贺拉先生、劳德大叔，有大威小威、兔狲、狒狒……好多好多生命。"

戴克说着，回头看一眼倚靠在后座上的贺拉先生和劳德大叔。他们两个已经没有心跳，还算得上是"生命"

吗？戴克想，得算啊，肉体的生命消失了，精神的生命会永存。他和芮芮得带着他们跨越国境线，来到车队的会合处，共享胜利喜悦。

劳德口袋里的对讲机喀啦啦地响起来，传出安琪关切的喊声："嗨，劳德，劳德……"

戴克伸手拿过，按一下应答键："安琪阿姨，我们在。"

"是戴克？劳德呢？"

"……他在开车，嗯，不方便……"

"这么说，轮胎换好了？一切都没问题了？"

"是的，没问题，我们很好。"他瞥了一眼身边端坐在驾驶座上的芮芮。可爱的黑伙计，它胸背挺直，毛茸茸的双手紧握方向盘，两眼直视前方，大嘴巴紧闭，神情里有着异乎寻常的坚定和自信。

"我们很好。"戴克又一次说，"别担心我们，集合地点见。"

"好吧，一路小心，集合地点见。"

收了对讲机，戴克又拿手机给高堡市的妹妹戴莉发了信息：最后的路程，一切都好，祝我们顺利。

然后，他同样目视前方，系好安全带，深吸一口气，拍一拍芮芮的手："走吧，伙计，出发吧。"

按下点火器，挂挡，松离合，踩油门，芮芮的动作有条不紊。满载动物的转运重卡缓缓起动，发动机轰轰地响，车行平稳，先左转，绕开无人机的碎片，开出十多米，再右转，旁边是那个沾了鲜血的大弹坑，贺拉先生就是牺牲在这里。芮芮稍稍地停一停，仿佛是做最后的告别。而后，它一踩油门，车头呼地往前一耸，风驰电掣冲上前去。

戴克打开一点车窗。冷风哗哗地灌了进来，在驾驶室里回旋和冲撞，瞬间让他的脸颊生疼，鼻尖发胀。他掉转头，迎着风，看向路边初冬的荒原。原野浩荡，河流闪光，路边树林成片地后退，林间时不时闪过被炸毁的军车和炮架，还有随意丢弃的衣物、军靴、弹药箱、用过的炮弹壳。车速太快，他来不及辨认这些零碎物品属于敌方还是我方。但愿都是十字星联盟军的。他想，毕竟他们是侵略者，应该从我们的国土上败退滚蛋。

更远处，灰黄色的起伏的山岗上，有一只黑色雄鹰在翱翔，羽翼张开，微微倾斜，姿态飘逸而矫健。顺着气流，它的身影一点点升高，变小，隐入云层不见。

飞吧，戴克在心里说，勇敢地飞过去，蓝天就在云层之后啊。

2022 年 12 月 1 日　初稿
2022 年 12 月 31 日　二稿